極道酒場

安達 瑶

ハルキ文庫

角川春樹事務所

目次

プロローグ

西岡亭《にしおかとおる》は三十二歳の営業マンだ。新橋《しんばし》にある会社の近くで同僚《どうりょう》と飲んで二軒ハシゴした後、東京下町の自分が住む街に戻ってきたが、なんとなく物足《ものた》りない。飲み足りない感じもするし、小腹も空《す》いた。ツマミ程度のものしか食べていないので腹が減ったのだ。かと言って、ラーメンというのも、体重が気になる。三十代になって体重が減らなくなってきた。もう夜も更《ふ》けて十時近いし。

西岡は適度に食えて少し飲める、〆《しめ》の店を一人で探しはじめた。というのも、彼が東京スカイツリーが近くに見えるこの街に越してきてまだ間がなくて、「行きつけの店」を開拓中だからだ。

いろいろな店の外観を見ながら歩いていると……駅前の飲み屋街から少し離れたところに、赤提灯《あかちょうちん》と縄のれんの一軒を見つけた。赤提灯には黒々と太い文字で「めしとさけ」と書いてある。

まさに質実剛健、商売っ気が感じられない店構えだ。客に媚《こ》びる気はない、という感じがひしひしと伝わってくる。

口うるさい大将がいて、その大将に叱《しか》られるのを楽しみに客が集まる店はテレビでよく見るパターンだ。そういう「客が大将に媚《ひ》びる店」というのも如何《いかが》なものかと思うが、この素《そ》っ気《け》ない印象にはなんとなく惹かれるものがある。なんということはない、古びた引き戸の店構えなのだが……。

西岡が入ってみようとした、その時。

店の中から激しく言い争う声が聞こえた。

「おい！　今日こそは吐け！　例の場所から消えたカネ、てめえが隠してることは判《わか》ってるんだ！」

それに応《こた》える男の声は低く、何を言っているのか判らない。

「舐《な》めてんじゃねえぞ！　こっちをコケにしてタダで済むとでも」

男の怒号が続いたが突然、めりめりめりばりばりべきっ！　という破壊音とともに入り口の引き戸がふっ飛んだ。続いて店の中から男が転がり出てきた。目付きの鋭い中年で、白髪《しらが》交じりの髪はオールバック、浅黒い顔は頬《ほお》が削《そ》げ、派手《はで》なアロハを着ている。額《ひたい》から血を流しているのは殴《なぐ》られたのか？

引き戸が消え失せた店の入口に、やはり眼光が鋭い、角刈《かくが》りで、板前さんが着る半袖の白衣を着た男が現れた。倒れた男を見下ろし、腕組みして仁王立ちしている。その険しい顔には、失《う》せやがれ、てめえはもう一歩も店には入れねえ、と書いてある。

「ちくしょう覚えてやがれ！」

そう捨て台詞《ぜりふ》を叫んだ男は起き上がると、走って逃げていった。
店の中にいったん引っ込んだ男は瀬戸物の壺《つぼ》を手に戻ってきた。逃げた男が転がってい
た地面に派手に塩を撒《ま》き、再び店の中に引っ込んだ。
……なんだこれは。
西岡は呆気《あっけ》にとられた。まるで往年の仁侠《にんきょう》映画で、因縁《いんねん》を付けに来たチンピラが撃退さ
れたかのような一場面だと思った。
それにしても、ここはヤクザが襲撃しに来るような物騒な店なのか？　外から見る限り
地味な、どこにでもある居酒屋にしか見えないのだが。
店の裏から、ちょっと色っぽい女性が大きな戸板を両腕で支えて運んで来た。どうやら
派手に壊れてしまった引き戸のスペアのようだ。
その女性は手際《てぎわ》よく新しい（と言っても新品ではない）引き戸を、戸口にちゃっちゃっ
と塡《は》め込んだ。二、三度ガラガラと開け閉めして異常がないのを確認している。それから
倒れた引き戸を玄関脇に立てかけ、店の前の箒《ほうき》とちり取りを手に取った。割れたガラスを
慣れた手つきで掃《は》き集めて傍《かたわ》らのゴミ箱に捨てたあと、壊れた引き戸を回収して店の裏に
消えた。その一連の所作は流れるように淀《よど》みなく、美しいとさえ言えた。
……ということは、この店では因縁を付けに来た（のであろう）相手を力ずくで追い出
すような修羅場《しゅらば》が始終起きているのか？　突発事態にしてはあまりに収拾の手際が良すぎ
るのではないか。

西岡は、この店に興味を持った。いや、強く惹かれた。ただの店じゃない事は判る。しかし、どんなふうに「ただの店」じゃないのだろう？

引き戸のガラスは、上の方が透明になっている。ちょっと背伸びして中を覗《のぞ》いてみた。寿司屋《すしや》かと思うほど美しいL字のカウンターがある。白木だ。その中に先刻塩を撒いた白衣姿の男が立っている。

カウンターにはすでに四人の客がいる。男が三人に女が一人。紅一点の女性客は、たった今、引き戸を取り付けた、あの女性だ。裏口から戻ってきたのか。

西岡は、躊躇《ちゅうちょ》なく初めての店にも入っていけるタイプだ。入店して雰囲気《ふんいき》が合わなければそれまでだし、いい感じなら再度訪れる。

それにしても……どうしよう。と躊躇しているうちに、引き戸がガラガラと開いてしまった。

引き戸を開けたのは、入口に一番近い席に座っていた、妙に愛想の良さそうな着流しの男だった。

「あ、どうも。いえね、お兄さんがお入りになるのかと思って」

他の三人いる客も、じっと西岡を見ている。興味津々《しんしん》という顔だ。

「あ……ども」

仕方がない。西岡は軽く挨拶《あいさつ》して、適当に空《あ》いた席に座ろうとした……が、そこで、カウンターに並ぶ客たちから警告が飛んできた。

「あっ、ダメですよ。勝手に座っちゃ！」

誰《だれ》が言ったのか判らないのでカウンターの向こうに立つ男……さっき塩を撒いた、この店の大将と思われる男……を見たが、大将は黙って俯《うつむ》いたまま手を動かしている。

「だから、勝手に座っちゃダメですって！」

「へ？」

西岡の口からは間が抜けた声が漏《も》れた。

声の主は、カウンターの奥の席に座っている、端整《たんせい》な顔に銀縁《ぎんぶち》メガネ、髪は七三分けの、身体《からだ》にぴったり合ったスーツ姿の男だ。公務員か銀行員か、見るからにお堅《かた》そうな職業らしい人物だ。

「でも……あの、ここ空いてるんですよね？」

「ですから空いてても、客が勝手に座っちゃいけないんです」

「へ？」

「暗黙のルールというものがあるんですよ、この店には」

七三分けスーツ男からは、意味不明の言葉が返ってきた。暗黙のルールって、なんだ？

「じゃあ、どこに座れば……？」

「そこでええよ」

大将はカウンター越しに西岡が最初に座ろうとした席を指差した。

ほら、ここでいいんじゃないか、客なのに余計なことを言うなよと内心思いつつ、西岡は、最初に座ろうとした席に座った。

四人の客は、酒を飲む手を止めて西岡の一挙手一投足を見守っている。

西岡としては、のっけにかまされた手荒い洗礼で店を出てしまってもよかったのだが、それも業腹《ごうはら》だ。一撃を食らってすごすごと退散するのは悔しいじゃないか。

「ええと、では……とりあえずビール」

「ちょっとあなた。この世に、『とりあえずビール』というビールはありません。だいいち、ビールに失礼というか、メーカーさんや工場の人に失礼でしょう」

七三分けスーツ男がまたも絡んでくる。

さすがにムカついた。あんたこの店の何なんだ？　同じ客じゃないか。そんなこと、いちいち言うか？　常連がそんなにエラいのか？

西岡は感情を押し殺して、カウンターの中を見た。龍のマークのドラゴンビールの樽《たる》が見えた。

「ドラゴンビールの生で。中生《ちゅうなま》」

「ドラゴン中生！」

大将はドスの効《き》いた声で復唱した。

それを聞いた四人の先客は、ホッとした様子で杯やグラスを口に運んだ。まったく、何事もなかったかのように。

「あの……」

西岡はおそるおそる訊《き》いてみた。

「ハイなんでしょう？」

彼に一番近い席に座る、愛想のいい着流し男が明るい声で応じてくれた。

「さっき、なんか、男が叩《たた》き出されましたよね？」

「あーハイハイ」

着流し男は愛想良く返事をした。

「あれは、なんだったんですか？」

「いやね、アレは……」

「妙なチンピラがアヤ付けてきたけぇ、叩き出した。ああいうのは下手《したて》に出るとつけ上がりよる」

大将が肉を切りながら答えた。相変わらずドスの効いた低い声だ。

「大将の言うとおりですよ。今はみかじめ寄越《よこ》せも筋を通せも、お絞《しぼ》りをウチから買えも、全部、暴対法違反ですからね」

すかさず解説するのは、七三分けスーツ男。

「さいですナ。お上が決めたことは守らないとね」

愛想のいい着流し男は首を竦《すく》めて笑った。

「お兄さんは……ここ初めて？」

愛想のいい着流し男が訊いてきた。

「はい。ちょうど通りがかったところに、あの騒動が。でも、あんな手荒なことをしたら向こうも余計にいきり立つんじゃないかと」

「兄さんは勤《つと》め人？」

大将にそう言われ、はい、と答えた西岡は、量販店で買った紺《こん》のスーツに白いシャツ、ストライプのネクタイに、社会人としてギリ許されるソフトなツーブロックという、典型的量産型サラリーマンだ。

「そうじゃろうな。けどワシらは、あんたらとは別の流儀で動きよるけぇ」

大将にそう言われた瞬間、席を立ってもよかった。まだ水も出して貰《もら》ってないんだし。

しかし、先客たちの様子が妙に穏やかで、大将のコワモテぶりと激しく対照的なのが気になった。

角刈りの大将は眼光鋭く眉《まゆ》は太く、厳《いか》つい顔にはうっすらと切り傷の痕《あと》さえ残っているようにも見える。中肉中背だが、白衣に包まれたその体軀《たいく》は筋肉質だ。若くはないが、まだまだ若造には負けねえぞとそのガタイが語っている。いかにも腕っ節が強そうだ。

対するお客たちはと言えば……愛想のいい男は今どき珍《めずら》しい和装の着流しが妙に板についている。七三分けスーツ男の向こう側にいるのは、髪を金髪に染めてピアスをした、いかにもの「今どきの若いヤツ」。アニメ美少女のTシャツを着たそいつはチャラい遊び人なのかオタクなのか、いまひとつよく判らない。

そして、さっき引き戸を手際よく交換した女性は、三十くらいの色っぽい美女だ。ボデイラインがクッキリ判るトップスにスキニーを穿《は》いて、ショートカットの髪型がボーイッシュで危険な色香を漂わせている。

和装の男が訊いた。

「ところでお兄さん……アタシの顔に、見覚えない？」

愛想のいい男は自分の顔を指差した。いかにも人懐《ひとなつ》こそうな笑みを浮かべている。

「いえ……テレビをあんまり観《み》ないので……タレントさん？」

「ああ、この人は、噺家《はなしか》さんっすよ。桂家名月《かつらやめいげつ》っていう」

金髪ピアスが教えてくれた。

「一応、これでも真打ちでございまして」

噺家はそう言って、扇子《せんす》で額をピシャリと叩いた。

「桂家？　かつらやって珍しくないですか？」

「昔からの名跡ですよ。上方由来ですけどね。アタシ、テレビにも寄席《よせ》にも出ないんで……あちこちで独演会やってます。これを機会に、どうぞお見知りおきを」

桂家名月という落語家はにこやかに笑って頭を下げ、次の独演会のチラシを懐《ふところ》からさっと取り出して西岡に渡した。目の前にいる桂家名月本人が高座に座っている写真、そして浅草のライブハウスの名前と「桂家名月独演会」の告知が印刷されている。

「ついでに簡単にご紹介しときます。こちら金髪の方は今永《いまなが》さん。ユーチューバーで小説家。ユーチューバーとしてはいわゆる炎上系で、今永さん、どういうものか粗忽《そこつ》なんで、始終失言しては燃えさかっております」

嘶家・桂家名月に紹介された今永はきまり悪そうに笑った。

「小説家っつっても、おれは『なろう系』ってヤツなんすよ。投稿《とうこう》はしてるけど、まだ本になったことはなくて」

「どんなものをお書きなんですか？」

西岡は興味を惹かれた。

「いわゆる『転生もの』っすね。小汚い居酒屋でバイトしていたけど転生したら宮廷料理人に、っていうハナシを思いついたんで」

「ここにはその取材で来てるんでしょ？　小汚い居酒屋の」

名月が遠慮会釈《えんりょえしゃく》なく言う。おっとこれは失言か？　しかし大将は表情ひとつ変えることなく、黙って刺身を引いているのがかえって怖《おそ》ろしい。

「今永さんはね、小説を書こうっていうくせに物知らずでね。アタシがいろいろと教えて差し上げてるんで。アタシ、嘶家になる前はいろんな仕事をしてきましたので、世の中の森羅万象《しんらばんしょう》、一応心得ておりますんで」

と、大きく出る名月。

「で、こちらは」

と、名月は七三分けで誂《あつら》えのスーツを着ている男を指した。

「大内《おおうち》さん。こう見えて警視庁捜査二課の刑事さんなんですよ。捜査二課はいわゆる知能犯が専門ですからね。走ったり拳銃撃ったりするのではなく、アタマで勝負する刑事さん」

　どうりで銀行員みたいな感じがするわけだ、と西岡は思った。

「けど、刑事さんは普通、あんまり身元を明かさないのでは？」

　西岡が訊くと、大内はちょっと困った顔になった。

「黙っていたかったんですが、墨井《すみい》の師匠《ししよう》が全部喋《しやべ》っちゃうから」

　噺家も大御所になると、屋号亭号の代わりに住んでいるところで呼ぶのは江戸以来の習わしらしい。ということは、この噺家はこの辺に住んでいるのか。

　西岡は、最後に残ったあの色っぽい女性についての紹介を待ったが、墨井の師匠がいっこうに紹介してくれないので、自分から催促《さいそく》してみた。

「あの……あちらの女性は？」

　そう聞くと、名月師匠は「あっ！」と驚いたような顔をして西岡を見返した。なんだかタブーに触れてしまったような感じだ。

「……実は……アタシ、あの方の名前もナニも、存じ上げないので。あの方も何もおっしゃらないので……いわばミステリアスな存在で」

　ま、美人はミステリアスな方がいいかもしれない、と西岡は納得した。

「で。お兄さん、あなた、この店の大将についても……知りたくない？」

　墨井の師匠はニヤニヤしつつ訊いてきた。

「大将は、親分なんですよ。いや、正確には、親分『だった』。元組長。ヤメ検ならぬヤメ長ですな」

足を洗うについては、いろいろ大変だったんじゃないですかね、と師匠は言った。

「いや、大将は黙して語らずですがね、でも今は、すっかりヤクザ稼業《かぎょう》から足を洗って、カタギの居酒屋の大将。しかも採算度外視で、いつも美味《おい》しいものを安く出してくれる、ほとんど神様みたいなお方なんですよ」

大将は黙って仕事をしているが、心なしか耳が赤くなっている。

「あんまり言いんさんな。恥ずかしいじゃろうが」

大将の言葉は、以前、映画の中で聞いたことがある広島弁のような感じがした。

長年の煙と脂《あぶら》でいい感じに煤《すす》けて汚れた壁には、酒の銘柄を書いた紙が貼り出してある。西岡は日本酒に詳しくはないが、銘酒の誉《ほま》れが高い逸品と並んで、なぜか大衆的な、コンビニで買えるような商品名の酒も混じっている。

「何ぞ？」

壁の貼り紙メニューをじっと見ている西岡に、大将が喧嘩《けんか》なら買うぜ的な口調で訊いた。

「いやその、いろんなお酒を揃《そろ》えてるんですね、と思いまして」

「雑多だって言いたいんですか？」

大将に代わって名月師匠が訊いた。

「いえ。僕は日本酒は詳しくないので」

「大将はね、下戸《げこ》なの。ね、見た目ってアテにならないでしょ？　飲めないクチなのよ。だからお酒にこだわりもなくて、客にアレ出せコレ出せって、言われるままに揃えてるウチにこうなったってわけ。洋酒も同じく」

大将は素知らぬ顔でビールサーバーからジョッキにビールを注いでいるが、神経質に泡の分量を気にして、途中で注入を止めたり再開したりして調整している。ビールにこだわる職人の繊細《せんさい》な手つきだ。その意味では、こだわりがまったくないというわけではないようだ。

とは言え、壁には日本酒だけではなく、ワインもウイスキーもラム酒もテキーラもカクテルも、何もかもがゴッチャに書かれた紙が貼ってある。

「飲めない居酒屋の大将って珍しいですね」

「そんなことはないですよ。そばアレルギーのお蕎麦屋さんだってあるでしょう」

と、二課の刑事・大内が断言したが、そばアレルギーのお蕎麦屋さんはさすがにいないと思う。

「はいお待ち。ドラゴン中生」

西岡の前にほどよく泡立ったジョッキが置かれた。

ジョッキを持ち上げ、口をつけようとしたとき。

「ところであんた、もう酔っとるな？」

大将はケンのある鋭い目付きで西岡を見た。

「正直に言うんじゃ」

詰問された感じで、つい本当のことを言ってしまった。

「あの、二軒ほどで飲んできました……」

「ウチは、酔っぱらいは入れんのじゃ。本来はな」

四人の先客は、声には出さないが「あーあ、知らないぞ」とピリピリした雰囲気になり、固唾《かたず》を呑《の》んで大将と西岡を見比べている。

「アンタは初めてじゃけぇ許しちゃる。けど覚えとけ。本来は、酔っぱらいは入れんのじゃ。酔うならウチで酔えっちゅうてな」

そう言って大将が笑ったので、ここは笑うところなのだとようやく判った。

「いやいやいや、大将のギャグは内角ギリギリを狙《ねら》いますからねえ」

名月が呵々《かか》大笑して、ピリピリしていた店の空気を変えた。さすが噺家というべきか。場の雰囲気を自在に操っている。

「たちまち（まずは）これ、食いんさい」と、出された突き出しは、ちくわとワケギの甘辛煮。赤い唐辛子が見た目もアクセントになっている。

カウンターの、少し離れたところに出されたので、西岡はつい、箸《はし》を使って小鉢を引き寄せた。

「おうワレ！」

その瞬間、大将の雷が落ちた。

「寄せ箸をしんさんな！　今度やったら出入り禁止じゃ！」

それが不作法だと、西岡も知ってはいたのだ。

「すみません！　つい、やってしまいました」

反射的に謝ったが幸い、大将はそれ以上怒らなかった。

それにしても……ここはマナースクールか？

「で、ビールだけか？　なんか摘《つ》まむか？」

そう聞かれても、壁のお品書きには料理もオツマミも書かれていない。カウンターにもメニューはない。

だがその突き出しを口に入れると……美味《うま》い！　ただの甘辛煮なのに、味が深い。素人《しろうと》の西岡にも、この店は、この大将はタダモノではない事が判った。

「ここは、その、あれですか？　言って貰えれば材料があればなんでも作るって……」

西岡は、有名なフィクションの、有名な食堂の名文句を口にした。

「いやいやいやいや、ここはそういう店じゃありませんよ」

名月師匠があっさりと否定した。

「大将はレパートリーが少ないんです。しかしその代わり、美味いモノだけを出すんで」

カウンターのガラスケースの上には大鉢に入ったちくわとワケギの煮物、きんぴらに白菜の酢の物、揚《あ》げ豆腐、空心菜の炒《いた》め物などがそれなりに並んでいる。

「わしは料理のプロじゃないけぇ、言われてなんでも作るっちゅうわけではないんじゃ」

「けどね、大将が作るもんは、これがね、またびっくりするほど美味いんっすよ」

金髪ピアスのなろう系作家・今永が言った。

「まあな。〆の握り飯だけはいっつも作りよる。人間、コメを食わにゃあいけんけぇ」

断言する大将。

「そうなのよ！　大将のおにぎりは、そりゃあもう絶品なのよ！」

紅一点の女性客も西岡のほうを見て、感に堪《た》えたように言った。

「その〆のおにぎりを目当てに来る客だっているんだから」

「口に気ぃつけんかい。ほいじゃまるで、握り飯食いよるためだけに、ほかのもんを嫌々飲み食いしとるみたいじゃ」

独特の言い回しだが一応、大将は喜んで照れた、のだろう。

その時、引き戸が開いて、三人の男たちがいきなり乱入してきた。騒がしく喋りながらめいめいが勝手に席につき、「ビール！」と注文した。

「大将！　ビール三つ！　中生」

傍若無人《ぼうじゃくぶじん》な客の振る舞いに、店内の空気は凍《こお》りついた。西岡には厳しく店のシキタリを指南した大内さんも名月師匠も黙っている。それは三人の客があまりに横柄《おうへい》で、しかも見るからにヤバい雰囲気を放っているからだ。いわゆるヤカラ系の連中だ。

先導して入ってきたのはサングラスにちょび髭《ひげ》の胡散臭《うさんくさ》い痩《や》せ形の三十代の男で、ブランドロゴ入りの白いTシャツを着て、首筋から腕にかけて刺青《いれずみ》がびっしりだ。そのツレの男女二人は、品は無いものの一応裕福そうな、五十代くらいの夫婦というかカップルだ。でっぷり太った貫禄《かんろく》あるハゲオヤジと、同年配だが、ケバケバしい花柄の服を着た、派手なパーマの熟女だ。

刺青Tシャツ男はこの二人に「ここは安くて美味いんですよ。原価率？　なにそれ美味しいのって感じで、もう採算なんて完全無視みたいな店ですよ」と、金満熟年カップルにペラペラと喋り、懸命にアピールしている。「どうやって利益出してるのか、それが気になって」と言ったかと思うと大将に向き直り、いきなり高圧的に「空心菜の突き出し、くれる？」と言った。

大将は無言で空心菜の炒め物の小鉢を出し、生ビールも出した。

キメ細かい泡が美しい生ビールをゴクゴク飲んだ三人は「美味い」と言った。

「ドラゴンでしょ？　他所《よそ》より美味しいわね」

と熟年カップルの派手な女房の方が言い、「仕入れが違うのかしら？」と呟《つぶや》いた。同業者の敵陣視察か？

「ねえちょっと。納豆オムレツとか、作れる？」

刺青Tシャツが相変わらずの軽薄な口調で訊いた。

「いいや作らん。ワシは納豆が駄目なんじゃ。西の人間じゃけぇな」

大将はにべもなく言った。

「じゃあ、牛スジ大根とか」

「今日はない」

大将は愛想ゼロで答えた。

「煮込み系は無いんだ？　じゃあ無難なところで、焼き鳥とか」

「無難じゃと？　焼き鳥をバカにしてはいけん。串打ち五年焼き八年、知らんか？」

それは鰻《うなぎ》のことじゃないかと西岡は思ったが、口には出さない。

「じゃあ、はんぺんフライとか？」

「もう一声、じゃのう」

大将が求める解を得ようと考え込んだ刺青Tシャツ男は、助けを求めるかのように、西岡たち先客が食べているものを見た。

しかし、彼らの前には小鉢に突き出しが入っているだけだ。

「ねえちょっと。ここはアレ？　客が、『今日作れる料理』を推理して当てるわけ？」

そこで、もう我慢《がまん》できなくなったという感じで名月師匠が割って入った。

「いやいやいやいや、そう言うわけじゃなくてですね……まあ、言うなれば、客側の希望と大将の作りたいものが幸福に一致する瞬間を待つ、というかなんというか」

名月師匠はそう言って大将を見た。

なるほど。この店では美味しいものを食べられるのかもしれないが、食事にありつくまでには相当、面倒な手順を踏《ふ》まなければならないようだ……。

西岡と、刺青Tシャツは、たぶん同じ表情を浮かべたのだろう。

「あ、お兄さん、今、面倒くさいと思ったでしょ？　お兄さんの顔にチラッとマイナスな感情が走ったもの」

嘶家に心を読まれてしまった。西岡は否定しない。

「そうですね。正直言って、少し。なんというか、もっと気楽に飲み食いしたいなあって」

「じゃったら、アンガスビーフのサイコロステーキやら、食べんか？」

大将から提案があった。しかし「はんぺんフライでもう一声」の結果が「サイコロステーキ」？　判ったような判らないような……。

「兄さん、ここは大将に任しとけばいいですよ」

大内が言い切った。

「大将が作るものはなんでも美味いんだ。それなりにね」

「じゃあ、それで」

刺青Tシャツが注文した。

「三つね」

大将は険しい顔のまま調理を始めた。

冷蔵庫から肉を出して塩胡椒《こしょう》。フライパンに油を熱してニンニクを入れ、そこに、カットした肉を投入すると、じゃあああと肉が焼ける音と刺激的な香りが、つまりニンニクと肉が焼ける美味そうな音と匂いが、狭い店内に充満した。

「大将は気難しいんだけど、一本筋が通ってるところに、みんな惚《ほ》れちゃうのよね～」

フェロモン美女は、任侠の世界に生きる人のような事を言う。

「男心に男が惚れるっていうのかしら」

「それ、東海林太郎《しょうじたろう》の『名月赤城山《あかぎやま》』でげしょ」

名月がそう言って、一節歌ってみせた。高座で鍛《きた》えているのか、なかなかの美声だ。

カウンターの中からは、大将が瓶に入った「特製ソース」を肉にかけるじゅううぅっという音がした。醤油《しょうゆ》のようなソースのような柑橘《かんきつ》系のような生姜《しょうが》のような、いろんな香りがミックスされて漂ってくる。

「お待ち」

客たちの前に、サイコロステーキの皿が手際よく出された。肉の上には、これがさっきの特製ソースなのか、シャリアピン・ソースというのだろうか、玉ねぎのみじん切りのようなものが載《の》っている。肉の脇には茹《ゆ》でたモヤシ。そしてジャガイモのフライとマカロニサラダ。フライドポテトと言うには大きい、ザク切りの揚げたジャガイモはキツネ色で、いかにも美味そうだ。

西岡は、サイコロステーキを一つ、箸で取って口に入れた。

美味い。肉自体が美味い。脂が甘くて上品であっさりしているが、その脂でしっかり焼かれて、実に香ばしい。赤身は赤身でこれぞ肉、という濃厚な味がする。そして、全体をサッパリさせる柑橘系のソースがまた素晴らしい。酸味と甘さが肉の味を引き立てている。

感想を問われたら、「絶品です」と言うしかない。

付け合わせのポテトフライがこれまたひどく美味だ。大きく切ってあるがしっかり火が通っているからホクホクで、そこに塩気が効いて絶妙だ。なめらかなマカロニサラダがアクセントになっていて、なんともいい案配だ。モヤシも箸休めとしてしっかり機能している。

西岡の顔に、すべてが表れていたのだろう。大将、そして常連四人の全員が、彼の顔を見て、そうこなくっちゃ、と言わんばかりに、満足そうに頷《うなず》いた。

が。

後から来た三人の客は、額を寄せ合ってぼそぼそ話し込んでいる。原価はこれくらい、儲《もう》けを考えるとこれくらい、このソースは出来合いじゃないがなんとか出来るだろう……。

彼らは、この店の味を盗みに来たのだ。

「帰ってくれんか」

大将が口を開いた。

「せっかくの料理が冷める。同業者に研究されとうないんじゃ」

「これ、幾らで出してるの？」

刺青Tシャツがめげずに訊いた。

「五百円」

あり得ない！　と三人が叫《さけ》んだ。

「おれたちを揶揄《からか》ってるのか？」

「揶揄ってはおらん。不愉快じゃけぇ帰ってくれ。儲けやら原価率やらどがぁでもええ。数字で料理を出しとらんのじゃ。代金は要《い》らん」

西岡を含む客たちが凝視《ぎょうし》する中、店の空気はこれ以上ない、というほど悪くなった。

それに堪えられなくなったのか、がたん、と音を立てて、熟年カップルの派手な女房のほうが立ち上がった。

「ちょっと、みんな帰りましょ！　客を叱るなんて冗談《じょうだん》じゃない。客商売を何だと思ってるのよ？　舐めるんじゃないわよ！」

派手な熟女は、さっさと店を出てしまった。

仕方がないという風情《ふぜい》で旦那も渋々立ち上がって女房の後を追う。ちらりと振り返ってサイコロステーキの皿を見る視線が未練たっぷりだ。

最後になった刺青Tシャツは、大将に向かってヘラヘラして「なんか、悪かったね。じゃ、また」と言った。軽い、いや軽すぎるノリだ。礼を失するにも程があるだろう。

「なにが、じゃ、また、じゃ！　ワレはもう二度ときんさんな」

大将は、出刃包丁をドスのように刺青Tシャツに突きつけた。

「ささらもさらにしちゃろうか？」

刺青Tシャツは、大将の気迫に腰を抜かし、這《は》うようにして店を出て行った。

先ほどと同じく大将は塩の壺を手に取ると外に向かって撒き、戻った。この分では一晩に一袋ではとても足りないだろう、と塩の消費量が気になった西岡だが、開けっ放しの引き戸を名月師匠が閉めて、この件は落着した。

「お後がよろしいようで」

「まあ、今晩はまだマシなほうね」

謎《なぞ》の美女が口を開いた。ハスキーでセクシーな声だ。声も色っぽい。

「この前なんか、犬食いでクチャラーな若い客を叩き出しちゃったんだから。やっぱり、今みたいに塩を撒いて」

なにもそこまですることないのにねえ、と呆れる彼女に大将がぼそっと言った。

「ワシはただ、親と慕《した》う人に教わった礼儀作法を、大事にしたいだけじゃ」

すかさず噺家が褒《ほ》めそやす。

「よっ！　常に一本筋を通す。任俠のカガミ！　男ならこうありたいねえ」

西岡もつられて褒めた。

「サイコロステーキだけじゃなくて……ほら、この突き出しも実に美味いじゃないですか。シンプルな味付けがいい。素材がいいからですかね」

なんで客の、それもこの店が初めての自分までが気を遣わされるのだ。だが、この突き出し……シンプルなちくわとワケギの甘辛煮に魅了されていることは確かだ。

大将の機嫌《きげん》は立ちどころに直った。

「美味いじゃろう？　徳島《とくしま》は小松島《こまつしま》の谷《たに》ちくわ商店のちくわじゃ。ワケギも徳島産じゃ」

大将はニコニコしているように見えなくもない。しかし普通の男が微笑《ほほえ》んでいる状態とはちょっと違う。

「徳島……あの、大将は四国の方なんですか？」

「いや」

大将はシンプルに否定するが、どこの出身かは言わない。大内がフォローした。

「この店はね、いい素材なら産地に拘《こだわ》らないから、肉はアメリカ産のアンガスビーフ。何でもかんでも霜降《しもふ》りが美味いわけではないんです。霜降りは、すき焼きかしゃぶしゃぶで食うもんだ。あなたもそう思いませんか？」

大内が大将を代弁するように言い、西岡もそれにつられて、「そうですね」と同意した。

霜降りは大好きなのだが。

「本当にいい霜降りは口の中でアッという間に溶けてなくなる。だがそれもあっけなくてツマらないだろう？」

「そんな、溶けてなくなるような高級な霜降り、食べたことがないっすよボクは」

なろう系作家・今永が文句を言った。

「大丈夫だ。君もすぐに食えるようになるさ。頑張れ！」

大内が今永の肩をバンと叩いた。

「大内さん、公務員だからそんなこと言えるんですよ。いいよなあ、安定した職業の人は。親方日の丸はいいなあ、お気楽で」

「いやいやいやいや、大内さんだって大変なんですよ。昔から言うじゃないですか。すまじきものは宮仕《みやづか》えって。世の中、誰しも思うにまかせぬ人生を生きてるんですよ」

それが浮世ってもんでしょう、名月はそう言って、「な〜んてね。あら、妙に文学的になっちまいましたよ！」と自分に突っ込んだ。

「それにしたって公務員はいいっすよね。なにしろ国家がバックについてるんだもの。絶対に潰《つぶ》れることはない」

なろう系作家が公務員に愚痴《ぐち》ると、大内さんはすかさず「君だって満員電車に乗らなくていいじゃないか。在宅で仕事が出来るじゃないか」と反論し、「でもでもだって」と、なおも言い返そうとした今永が突然、「ひゃあ！」と悲鳴を上げた。

紅一点の謎の美女が、冷えたグラスを今永の頬に押し当てたのだ。

「やめてくださいよ。冷たいじゃないですか！」

常連四人はわちゃわちゃやり始めた。

なるほど、こういう雰囲気か。常連さんがその場の空気を決めている。つまりここは常連さんで保っている店なのだ。だが西岡のような一見《いちげん》の客を邪険にしないだけ、良心的とも言える。そして何より、大将の出す料理が美味い。採算度外視と言っていたが……。

西岡は二杯目はチューハイを頼み、もう一品、なにかを頼もうとしたところで、大将には「コレにしとき」と白菜の酢の物を渡された。大鉢に入った作り置きだが、ゴマ油の風味と塩加減、ダシの味が絶妙の案配《あんばい》で、これも最高だ。つまみにはぴったりの味の濃さなので、チューハイはすぐになくなってしまった。

「あの、お代わりを……」

「もうそのくらいでええんじゃないか、兄さん？　よそでも飲んできたんじゃろう？」

大将は調理をしながら上目遣いで言った。

「あ、そうですね……歩いて帰れるんですけど、ここから十五分くらいかかるんで」

じゃあお勘定《かんじょう》を、と西岡が立ち上がるのを、隣にいる大内が止めた。

「おい君、大将の〆を食べずに帰るのか？」

「そうですよ！　そりゃあダメですよ！　まあお座んなさい」

名月が引き留め、なろう系作家も、そうですよ、そんなの魔王を倒さずに旅を終えるようなもんですよ、と同調した。

「そうよ。ここのおにぎりを食べずに帰るなんて、ありえないわよ」

謎の美女も強く同意した。

「君、握り飯くらい入るでしょう？　それに他所で何食ってきたか知らないけれど、肉と酒と野菜だけじゃあバランスが悪い。やっぱり日本人なら米のメシを腹に入れておかねば」

公務員がそう言っている間に、大将はおおっぷりの握り飯を皿に載せてドンと置いた。結構な量のメシを海苔《のり》で巻いた、よくある三角のおにぎりだ。

大将の顔は、さあ食え、と言っている。常連の三人も全員が西岡を見つめている。どんな反応を見せるか興味津々、西岡の味覚を品定めするような顔だ。

「いただきます」

西岡はそのおにぎりにかぶりついた。

美味い！

握り方が絶妙だ。型などは使わないでホカホカのご飯を手で握ったそれは、きゅっと締まっているから形が壊れず、かと言って握り締めすぎてもいないから、ご飯の間に適度な空気が入っていてほっこりしている。しかも、ご飯の甘さに対する塩加減が正確無比だ。塩味が薄いとおにぎりを食った気がしないし、かと言ってしょっぱすぎるのは論外だ。

そして……ご飯の湿気をまだ吸いきっていない海苔のパリパリ加減と、海苔自体の滋味《じみ》。そしてそして、ご飯の中には……脂の効いた塩ジャケだ！　シャケの塩気、そしておにぎりの塩味がシャケの脂に反応して、絶妙な甘さを引き出している。

皿にはキュウリの糠漬《ぬかづ》けと、沢庵《たくあん》とべったら漬けが一切れずつ載っている。それを指で摘まんで口に運ぶ。右手にはおにぎり、左手で漬け物。ポリポリという音と歯応え、そして漬け物のなめらかな食感が口の中に広がる。

そこに大将は小さなお椀《わん》をことりと置いた。中には赤だしの味噌汁《みそしる》が入っている。中味は色のついた花形の「お麩《ふ》」のみ。

西岡はおにぎりを皿に置き、お椀を両手で捧《ささ》げるように持つと、赤だしを啜《すす》った。

「いや〜これは」

これも美味い。美味いとしか言いようがない。

それからは、おにぎり、漬け物、赤だしの三点食いをして、夢中で食べきった。

常連四人は、西岡を見て満足した様子で、彼から視線を戻してめいめい酒を飲み始めた。

「どうかしましたか？　皆さん急に静かになりましたね」

「いや、大将のおにぎりの感想を聞きたかったんだけどね」

代表して大内が答えた。

「何も言わなくていいよ。兄さんの顔を見れば判る」

潮時《しおどき》だ。西岡は立ち上がって大将に一礼した。

「いやもう、堪能しました。ご馳走様《ちそうさま》でした。お幾らでしょう？」

ぼったくられるかな？　とおっかなびっくり財布を出す。なにしろこれだけ美味しかったのだ。原価が高いとかいいもの使ってるとか言われて、五桁《けた》近い勘定になってもおかしくはない。それなら……美味しかったけれど、残念だけど、二度と来ることはないだろう。

だが。

「千三百円！」

大将はそう言った。

「ビールとチューハイで五百円、サイコロステーキが五百、おにぎりが三百。かばち（文句）あるか？」

「ないですないです！」

西岡は狂喜して飛び上がった。これだけ食べて、全部で千三百円！

「ウチは現金だけじゃ。カードは使えん」

西岡はいそいそと現金で払った。

「いや、ホントにこれでいいんですか？　なんだか申し訳ないです」

「大将がイイって言うんだから、いいのよ」

紅一点が言った。

「気に入ったらまたおいでよ」

「ええ、今度は知り合いを連れてきますよ！」

「いや、そりゃあ断る」

大将が怖い顔で言った。

「来るなら兄さん一人じゃ。大勢で来られるなぁ嫌じゃ。だが兄さんは気に入った。あんた一人なら大歓迎じゃやけぇ」

「判りました！　明日また来ます！」

西岡は名店発見！　の喜びに浸《ひた》りつつ、幸せな気分で家路についた。

第一話　癒《いや》しと赦《ゆる》しの出汁《だし》巻き玉子

「お兄さん、すっかり常連になっちゃいましたね～」

会社からまっすぐやって来たシラフの西岡《にしおか》を見た今永《いまなが》が、親しげに話しかけてきた。

西岡がこの店に通うようになって、はや一ヵ月。元組長である大将のクセの強さも、個性豊かな常連たちにも最初は面食らったが、だんだん様子が判《わか》ってきた。

この金髪イケメンで軽そうな今永は「なろう系」の小説家だと言っているが、西岡には「なろう系」の意味がよく判らないし、彼の本を書店で見かけたことはない。

「いや、最近の書店さんは、新刊が出て一週間は店頭に置いてくれるけど、動きがないとすぐ返品しちゃうから……」

今永は言い訳めいた口調で説明したが、その横で飲んでいる見た目地味な公務員、実は二課の刑事である大内《おおうち》がクールに分析《ぶんせき》した。

「売れないから返品されるんでしょう。いやそれ以前に、『なろう系』というのは、『小説家になりたい系』ということで、その意味では今永君はまだデビューしてないんだから、返品云々《うんぬん》の問題ではない。そもそも本は出ていないんです。誰《だれ》でも投稿《とうこう》出来るサイトに載《の》せて、有象無象《うぞうむぞう》にああだこうだ言われてる段階です」

今永の隣に座る大内は容赦《ようしゃ》がない。

「で、今永くん。以前は『こんなモノ書きました』とか言ってプリントアウトを配ってたけど、最近、どうしたの？」

うっと詰まった今永は口を尖《とが》らせて反論した。

「ええと、公務員で安定したご身分の大内さんには所詮《しょせん》、判らないと思うんすけど、小説家にはスランプというものがあってですね」

今永は刀を大上段に振りかざすような言い方をした。

「小説ってもんは、工場で製品を流れ作業でどんどん作るみたいには書けないいんっすよ」

如何《いか》になろう系でもね、と今永は付け加えた。

「大内さんは机《つくえ》に座って書類にハンコ押してればいいのかもしれないけど」

押印は廃止された、とにべもなく答えた大内がさらに反論する。

「しかし今永くん、きみはユーチューブには毎日なにかしらアップしてるよね。どこそこのラーメンが美味《おい》しかったとか、日々の愚痴《ぐち》とか。今永くんが有名人ならいいよ？　有名人が日常をチラ見せするのは興味あるけど、無名の一般人の愚痴を、誰が見てくれてるの？　最近はストーカーの殺人犯なんかもユーチューブで愚痴とか言い散らかして、あげく犯行に走った事例が増えてきたけども、ああいうの誰が見るんだろうと、常々私には疑問でね」

そこまで言われた今永は大内を指差した。

「西岡さん、知ってます？　大内さんは刑事さんなんすけど、捜査二課。一番暗くて地味で、あんまり脚光を浴びない捜査二課だから、大内さん、いろいろ溜《た》まったものをここで吐き出してるんすよね。それを我々は一方的に聞かされてるの」

「ちょっと違いますね。捜査二課が地味というのは刑事ドラマに登場しないから一般人が知らないだけです。捜査一課みたいに殺人犯を相手にしないので判りやすくないから。でも一課の連中だって、刑事ドラマみたいにやたら発砲したり走り回ったりしませんよ。ソタイは、どっちがヤクザか判らない格好してますけどね。ああそうだ！　あの国民的人気警察ドラマの主人公・右京《うきよう》さんが、そういえば二課出身でした」

「ソタイ？」

「警視庁組織犯罪対策部ね。要するに暴力団とかヤクザを取り締まるの。だけどこの辺にはヤクザはいないから、所轄《しよかつ》の墨井《すみい》署にもソタイはないです」

それに私は所轄ではなくて警視庁の人間ですので、と大内はプライドの片鱗《へんりん》を見せた。

「でも、なんか暇《ひま》そうっすよね、大内さん。ほぼ毎日ここに来てるし」

今永はそう言いきってヘラヘラ笑って大内を見た。

「捜査二課は知能犯を担当します。詐欺《さぎ》とか横領とか。腕力ではなく、頭脳を使う犯罪に対応しています」

そう言った大内はチラッと大将を見たが、無表情だ。

「大内さんが毎日ここに来てるのは何かの捜査っすか？　潜入捜査、みたいな」

詐欺犯や知能犯はどこにいるか判らないっすからね、と言う今永に大内は言った。

「そんなことはありません。それに警視庁は東京都全体が所轄ですから、私がここによく来るからと言って、私が墨井という一部地域の担当ということもありません」

「ところで、何にするね？」

大将が割り込んだ。

「とりあえず、じゃなくって、ビールください。中生《ちゅうなま》で。それと……今日のスペシャルは……」

西岡はカウンターの中を覗《のぞ》き込んだ。

鍋《なべ》がコトコトいっている。フタからは湯気が漏《も》れて、濃い醬油《しょうゆ》と肉の香りが漂う。

「今日こそ煮込みだ！　それも……牛スジ！」

「惜《お》しい。大根と角煮や」

大将は鍋のフタを取って中味を見せてくれた。濃い煮汁に染まって美味しそうに煮込まれた大根と、見るからにほろほろになっている豚の角煮。

それと、もう一品の用意があるようだ。俎板《まないた》の上には普通より分厚い厚揚《あつあ》げがあって、焼かれるのを待っている。

そして、いつものように突き出しの小鉢が数品。

「今日の小鉢のお薦《すす》めは、アボカドに海苔《のり》の佃煮《つくだに》を載せた奴《やつ》じゃ。美味《うま》いけぇ」

まるで西岡が来店するのを待っていたかのように、お皿に大根と角煮が盛られて、たっぷりのカラシが添えられて、出てきた。

箸《はし》を入れると、角煮はホロホロと崩れる。本当に柔らかい。けっこう固く仕上げる角煮もあるが、ここはトロトロになった脂身《あぶらみ》が赤身でようやく繋《つな》がっている。

なんとか箸で摘《つ》まんで口の中に入れると……一瞬で溶けた！

この前、大将の気持ちを代弁した大内が「肉が口の中で溶けてなくなるのは寂《さび》しいだろ」とか言っていたが、この角煮はまさに口の中で溶けてなくなるぞ！

この濃い味が、ビールに合う。西岡は夢中になって食べては飲み、お代わりをした。

「ゆっくり行きんさい。序盤から飛ばしすぎるなぁ良うないよ」

馬と一緒です、と言うのは落語家の桂家名月《かつらやめいげつ》。

「第四コーナーを回ってからの足を残しておかないとね」

いつの間にか店に居て席に着き、冷や酒を飲んでいる。

「ああ名月師匠《ししょう》は競馬が大好きで～。高座より競馬場にいる方が多いんすよね」

今永が解説した。

「忘れた頃《ころ》に勝って、ご馳走《ちそう》してくれることがあるんっすけどね。年に数回」

「勝ったときは必ずご馳走してますよ。だけどなかなか勝てなくてね。ダメですよ～競馬を舐《な》めちゃ」

桂家の師匠は言い訳した。

その時、ガラガラと引き戸が開いて背を丸めた老人が入ってきた。老人は店の一番隅《すみ》っこの席に、まさにこっそり、という感じで座った。

おや？　この店は大将が席を指定するんじゃなかったのか？

しかし大将は、何も言わない。

「今日は……熱燗《あつかん》を頼もうかな」

老人は小さな声でそう言って、西岡たちを見ると軽く会釈《えしゃく》した。

大将は無言で突き出しの小鉢を老人の前に置き、熱燗を置き、角煮も出した。

老人も無言のまま熱燗をぐいと飲んで「ふ～」と息をつき、突き出しを摘まみ、湯気が立ち上る角煮を口に入れた。

「美味いねえ……」

老人は、感に堪《た》えない、という口調で呟《つぶや》いた。

「ああ、美味いねえ。ヒトが作ってくれるものは美味い。温かいって、有り難《がた》いねえ」

美味い美味いと言って、食べ、飲み、「有り難いねえ」と拝《おが》むように呟く。

「こちらは小向《こむかい》さんちゅうて、生まれも育ちも、ここ墨井じゃ」

チャキチャキの墨井っ子ってやつか、と西岡は思った。

「しばらくここを離れとったんだけど、最近戻ってきたんじゃのぉ？」

大将が、いつになく丁寧《ていねい》な言葉遣いで老人を紹介した。

小向という老人は、背を丸めたまま熱燗を啜《すす》り、こちらに黙礼した。

西岡たちも口々に美味いねと言いながら角煮を食べて酒を飲んでいたが……突然、鼻を啜る音や忍び泣く声が聞こえてきたので、その声の方を見ると……小向老人が、むせび泣いていた。

「いや……皆さん楽しく飲んでるところ、申し訳ない」

老人は謝った。

「いえ、とんでもないです」

西岡たちはそう言ったものの……小向老人はなおも盃《さかずき》を口に運び、角煮を咀嚼《そしゃく》しつつ、ハラハラと涙を零《こぼ》した。

この悲しみようは、尋常《じんじょう》ではない。事情を聞いてあげた方がいいように思うが、プライベートなことだし、他人が踏み込んではいけないことかもしれない。しかし……このまま知らん顔をしていていいのか？

西岡たちは互いに顔を見合わせた。みんな、気持ちは同じらしい。

今永が、名月師匠を肘《ひじ》でツンツンと突《つつ》いた。アンタが訊《き》いてみろ、という合図だ。たしかにこういう場合、話術のプロに訊いて貰《もら》うのが一番だろう。

「アタシが？　いやアタシは喋《しゃべ》りのプロですけど、カウンセリング方面ってわけじゃなくて……」

師匠は尻込《しりご》みした。それほどまでに深刻な空気が小向老人の周囲には漂っているのだ。

しばらく一人飲んで、食べて、そして涙していた老人だが、小さな店内に漂う、なんとも気詰まりな雰囲気《ふんいき》を察したらしく、自ら口を開いた。

「私はね、ここから数軒先で喫茶店《きっさてん》をやってたんです。オヤジが始めたのを継《つ》いだんですがね。そこそこ美味いコーヒーは淹《い》れてたと思ってますよ。カレーやサンドウィッチも出しててね。ケーキは他所《よそ》から買ってましたがね。まあ、この辺の連中が集まって、わいわいやる場でしたよ。子供の頃からの馴染《なじ》みが集まってね。あの頃は良かった。本当に楽しかった」

小向老人は天井を見あげて、涙を堪《こら》えた。

「だけど……一緒に店をやっていた女房に先立たれましてね。それがまるでキッカケになったみたいに、この界隈《かいわい》の老人たちがポツポツと亡くなり始めて……」

「老齢人口が多いですからね、このあたりは。昔は工場も多くて、引退した職人さんたちがそのまま住み続けてきた街なんですよ、ここは」

大内が警察の中の人らしい説明をした。

「ちょうどその時期でした。駅前にスタバとかコメダとか、全国チェーンのカフェが進出し始めて。店構えはそっちのほうがカッコいいし、目新しいコーヒーやケーキを出すんで、若いお客はみんな駅前に行っちゃった。客足が落ちたところに、五井《ごい》不動産が来て、このへんを再開発したいと、土地と店の買い取りを持ちかけられました」

そういえば、この近くにけっこう大きなマンションが建っている。一階にはスーパーがあり、ファストフードもいくつか入っている、今どきの複合マンションだ。

「ウチの常連で仲のよかったさだやんも、ちょうどその頃連れ合いを亡くしちまって……私らは釣《つ》りが好きで、休みになると千葉《ちば》とか三浦《みうら》とかに、いつも連れだって磯《いそ》釣りに行ってたんです。留吉《とめきち》っつぁんチも再開発の区画にかかってたんで、だったらここはいさぎよく何もかも五井に売っ払《ぱら》って、みんなで伊豆《いず》に移住しないかって話になって。来る日も来る日も釣り三昧《ざんまい》、温泉に入って美味い魚食って、気候は暖かいし、リゾートで海はきれいだし最高じゃねえかって。丁度ね、リーマンショックの余波で伊豆の別荘も値崩れしてたときで、けっこういい物件がウソみたいな値段で買えたんですよ。その話に、源《げん》さんや山《やま》ちゃんも乗ってきて、じゃあみんなでリゾートに移住しようぜってね」

「結構な話じゃないっすか！　羨《うらや》ましいです～」

今永が羨望《せんぼう》の眼差《まなざ》しで小向老人を見た。

「だけど私はここで生まれ育ったんで、本心ではこの墨井を離れたくはなかったんだ。時々行くからイイんだよね、伊豆みたいなところは。とはいえ、そもそも私は別荘を持つ身分でもない。家を持つなら移住だろうと思った。それでまあ、一人で引っ越すんじゃなくて、みんなで移り住んでワイワイ暮らすなら楽しいじゃないかって話になって……集団移住です」

伊豆はたしかにいいところだと思った、最初のうちは、と小向老人は述懐《じゅっかい》した。

「山賀野《やまがの》は下田《しもだ》の駅からもそんなに遠くない、波の静かな入江でね。浜辺がこう、弓なりに伸びていて、白い砂に松林。心が落ち着く土地だった。町営の銭湯もあった。温泉なもんだから入浴料がウソみたいに安くって、しかも湯が熱々なんだ。湯上がりにはフルーツ牛乳の代わりの名物のソフトクリームに、みんなで舌鼓《したつづみ》を打ったもんだった」

　老人は遠い目をして懐《なつ》かしそうに語った。

「私が結構広い家を買ったんで、私んちが溜まり場になって……それはそれで楽しかったですよ。最初のうちは。カネもあったしね、釣った魚を捌《さば》いて食って、酒飲んで温泉入って……買った別荘にも温泉が引かれてたからね」

「つまり、自分のウチが溜まり場になるのが鬱陶《うっとう》しくなったとか？」

　大内が訊いた。

「いいや。みんな皿洗ったり掃除《そうじ》してくれたり、ウチばっかりじゃあ負担だろうってテンで回り持ちでやったりしてたんで、それはよかったの。でもね、一年経《た》ち二年経ちすると、だんだんと……その、減っていくわけさ」

「減ってくって？　みんな伊豆に飽《あ》きて引っ越したとかっすか？」

　軽い調子で聞いた今永に、小向老人は重い声で答えた。

「そうじゃない。逝《い》っちゃうわけだよ、あの世に」

　あ、と西岡たちは顔を見合わせた。

「最初に源さんが逝き、続いて山ちゃんも逝き、向こうで仲良くなった八郎《はちろう》も逝き……そして、とうとう、さだやんまでが」

　小向老人は涙声でそう言うと、盃をぐいっと呷《あお》った。

「……そして、誰もいなくなった、と」

懲《こ》りない今永がボソッと言った。

「そうなんだよ。誰もいなくなったんだよ。知り合いがみんな先に逝っちまったわけさ。一人残されて、どうするんだよ。釣りに行っても温泉に行ってもメシ食っても、一人だよ」

「咳《せき》をしても一人　by尾崎放哉《おざきほうさい》」

ぽつりと名月師匠が言った。

「地元の飲み屋で友達は出来なかったんですか？」

「向こうのジイサンはみんなけっこう忙しいの。民宿やったりサーフショップやったりで、私みたいに無職で遊んでるジイサンがあんまりいなくて。いても、ヨボヨボで耳が遠くて話がまったく合わなかったりしてさ。ほら、こっちは一応シティボーイだし、洋楽聴いて洋画見て育ってるからね」

「大昔と違って、今は寄席《よせ》も大都会にしかありませんからね」

名月師匠が頷《うなず》き小向老人は嘆《なげ》いた。

「寂しいんだよ！　本当に。何をするのも一人なんて、耐《た》えられねえんだよ。持っていったCDを聴くのも一人。持っていったDVDを観るのも一人。面白かったなあとか主演がヘタクソだなとか、話をしたいじゃないの。でも、そんな相手がいない。一人もいない」

「向こうの老人クラブとかに入るとかってのは？」

今永が言った。

「その老人クラブとかで師匠を呼んで寄席をやったりとか」

「だからみんな現役だから、ヒマじゃないわけ。日曜だって働いてるんだから。老人クラブに来るような年寄りは……地元育ちの、私とは話が合わないと判ってる……何というか」

「死ぬのを待ってるようなボケ老人？」

名月師匠がズバリと訊いた。

「……まあ、ハッキリ言えばそうなんだ。その上、地元の政治家もロクなのがおらん。それはまあ東京も同じようなもんだが、あっちはもっとひどい。地元の政治家のパーティにヤクザが殴《なぐ》り込みをかけて大騒ぎになって、その政治家の裏金が消えたのなんだのと、とんでもない事件が起こったりしてな。それで、ほとほとアッチに嫌気がさして、寂しさもいっそう募《つの》ったんで結局、向こうの家をウッパラって、またこっちに戻ってきたわけさ。ところが」

その先は、想像がついた。

「小向さんは、何年くらい伊豆で暮らしたんですか？」

西岡が訊いてみた。

「なんだかんだで十年くらいかな」

十年！　それは短いようで、長い。

「十年ひと昔と申しますからねえ」

名月師匠が高座の口調で言った。

「私やさだやんチの界隈も、全然変わっちまったんだよ。マンションの住人はみんな他所から来た人ばかりだし、伊豆で次々に消えちまったのと同じく、こっちでも、昔馴染みはどんどん逝っちゃってて」

「そういうのを、今浦島《いまうらしま》とか言うんでしたっけ？　どうです、小説家のセンセイ」

大内がからかい半分で今永に聞いた。

「はい、『今浦島』で合ってるっすよ。『長年の間離れていたところに戻って、あまりの変わり方に呆然《ぼうぜん》とすること。また、その人』と、デジタル大辞泉にあります」

今永はスマホで調べて、そう答えた。

「そういうわけでね、こっちに戻ってきたんだけど、行きつけの店もみんな閉じちゃって、しばらくはコンビニの弁当ばっかり食べてたわけさ」

「だけど、小向さんはお料理できるんですよね？」

西岡が訊いた。

「出来るけどさ、一人じゃあ、なんか、面倒でね。第一、作る張り合いがないじゃない」

だから、ここに来て温かい料理を食べて感動した訳か……。

「この店はね、私が伊豆に行く前はなかったんだが、なんだか、昔からあるような風情《ふぜい》があって、中を覗いたら昔気質《むかしかたぎ》っぽい大将がいたから、勇気を出して入ってみたんだよ」

「そこからちょくちょくいらして貰えるようになってってのぉ」

大将が話に入り、西岡も言った。

「まあ、こっちの方が話の合う人は多いんじゃないですか？　この店で友達を作ってもいいんだし」

「それはそうなんだけどさ……昔はあんなにいた幼なじみがさ……」

それは、どこに住んでても仕方がない問題でしょう……と西岡たち全員の顔に書いてある。

「僕なんかは、親が転勤族で、数年おきにあちこちに引っ越してて、その都度《つど》、友達もリセットされちゃったから……友達どころか幼なじみすらいない感じじっすけど、ね」

今永がそう言った。

「そがいな問題ではないじゃろう」

大将が言った。

「なんでも話せて、一緒に悩んだり笑うたり泣いてくれる親友がおらん、親友がおったのに、おらんようになってしもうたっちゅう事じゃないのか？」

「そうか……そういうコトなんすね」

今永は素直に頷《うなず》いた。

「そういう親友は、大人になると、なかなか作れないっすからね」

客同士のやり取りを聞いていた大将は、小向をじっと見ると、ズバリと言った。

「小向さん、亡くなったご友人のことも大きい思うが、あんた、もっと大きな不安があるんじゃないか？　この前、あんたの隣に座った客が『詐欺《さぎ》に引っかかるなぁ引っかかる方がバカなんじゃ』言うて大笑いしとったとき、あんた、ブルブル震えて怒るの堪えとったじゃろう？」

「……見てたのか。大将はまったく油断がならないな」

　小向は苦笑いしたが、すぐに真顔に戻った。

「いや、トシ取ると、老後が不安でしょう？　貯金なんて思った以上に早く減っていくし。伊豆の家を売ったカネを、老後のために大切に取って置いたけど、少しでも増やそうと欲を出したのが間違いのもとだった。素人《しろうと》のナントカってヤツで」

「素人の生兵法《なまびょうほう》というか、生兵法は大怪《おおけ》我《が》の基《もと》、ってやつですね」

　名月師匠が頷いた。

「詐欺って、どんな？」

「最近よくあるでしょ？　有名人が『私の言う通りにすれば、必ず儲《もう》かります！』と断言しているやつ。バカな私はそいつを信じてしまって……だってその有名人は、株や投資の本をたくさん書いている、経済評論家の大先生だし……」

　小向の話を聞く一同全員の顔に、おいおい、という表情が浮かんでいる。

「今年のアタマに、その有名人の顔写真がバーンと出たネットの投資広告が目に留まって。信用出来そうな気がしてクリックしたら、すぐにメールが来て。いや、判ります。その時点で怪しむべきでした。有名人が即メールをくれるはずがないってね。でも、信じちゃったんですよ。株を買う指南みたいなメールが来て、勧《すす》められるままに株を買って、勧められるままに売ったら利益が出たんです。それですっかり信じちゃって。そういう株の売り買いでそこそこ儲かったところで、『原油取引』の投資を強く勧められて。『これは絶対に儲かる。ロックフェラーもこれで財をなしたんだから』とか言われて、海外の証券会社を紹介されて、二千万円ほどドル建てで送金したら……」

「ハイそれまでよ、と？　連絡が取れなくなったんでしょう？」

　本職の大内がそう言って頷いた。

「この人、捜査二課の刑事さんですよ」

　西岡が小向に紹介すると、小向はいきなり大内に食ってかかった。

「判ってんなら、どうして捕まえないんだよ！」

　そう言って大内の胸ぐらを摑《つか》んだ。

「被害者は多いと聞いてるぞ！　こんなとこで酒食らってる暇《ひま》があったらとっとと詐欺師を捕まえろ！」

「……お言葉ですが、やっておりますよ。きちんと」

　自分のスーツから小向の手を退《ど》かして上品に指先で埃《ほこり》を払った大内は、冷静に言った。

「ただ、連中は巧妙で、なかなか尻尾《しっぽ》を出しません。海外からメールや動画の配信で情報発信をするんで、居所が摑めない。現地警察との連携《れんけい》も課題です」

「そうですよ。日本は犯罪人引渡条約を、アメリカと韓国以外とは結んでいませんからねえ」

名月師匠が物知りぶりを発揮《はっき》した。

「そうか……警察もアテにはならんのか」

呆然とした小向老人は再びエンドレスの愚痴に戻った。

「友達も知り合いもどんどん死んで、老後の資金もすっかりなくなって……」

自分の世界に入ってしまったかのような無限ループを、大将が遮《さえぎ》った。

「あんた、それだけではないじゃろう？　まだいろいろ、あるはずじゃ」

余罪を追及する刑事のように、大将が促《うなが》した。

「なにしろこのお人の愚痴はたくさん聞かされておるけんのう」

「実は……」

小向は「すべてゲロします！」と全面降伏するようにうな垂《だ》れた。

「たま〜に昔馴染みと出会うと嬉《うれ》しくなっちまってね。話は弾《はず》むしお酒も進むしで、ついつい気前よく奢《おご》って金まで貸したりしてね。ところが、そういう連中は何故《なぜ》か急に姿を消してしまうんだ」

「あの、そういうの、タカリって言いませんか？」

西岡も思わず言ってしまった。小金を持ってる人に話を合わせて気持ちよくさせて、金を無心して、急にいなくなるヤカラ……。

「判ってるよ。ナニも言わないでくれ。身から出た錆《さび》だ。そういう大盤振る舞いをするもんだから、妙な連中も寄ってくるんだよな」

小向は判っていた。痛い思いをして学習したのだろう。

「じゃけえ、まだあるじゃろうと訊いとるんじゃ」

大将はなおも追及の手を止めない。

小向は、ああとかうとか言って、自己嫌悪《けんお》に陥《おちい》ったのか一瞬、両手で顔をおおったが、やがてポツポツと話し出した。

「そんなわけで、昔馴染みにまで裏切られちまって、あんまり寂しくて、心にも懐《ふところ》にも隙《すき》間《ま》風がビュービュー吹くんで……誰か茶飲み友達が欲しくて……寄る年波でアッチの方はダメだから、コトに及ぶ気はまったくないんだけど、どうせならホラ、若くて可愛《かわい》い女の子と、キャピキャピ楽しくやりたいじゃない？」

「そげなもんですかいの」

名月師匠が首を傾《かし》げた。

「まあ、アタシなんぞは、あんまり若いお姉ちゃんだと、話が合わなくて逆に気疲れしますけどね。茶飲み友達なら同年配の方が」

「だから！　そういう同年配はみんな死んじまったんだよ！」

「……ということは、もしかして、小向さんは、いわゆる『パパ活』も経験されたと？」

大内が探るように訊いた。

「あれを『パパ活』と言うのかな？」

小向は小首を傾げた。

「一緒に食事したり、サシ飲みの相手をして貰ったり、添い寝して貰ったり……さっきも言ったけど、私はもう男の機能は終わってるから、『そういうこと』はないんだけど」

「立派《りっぱ》なパパ活でしょうね」

そう言い切った大内に、今永も大きく頷いて同意した。

「ということは……その女の子にけっこう注《つ》ぎ込んだんっすか？」

今永の質問に小向老人は小さく頷いたが、返事はせず、居辛《いづら》くなったのか「お勘定《かんじょう》」と言ってカネを払うと、そそくさと帰ってしまった。

「悪いこと訊いちゃったかなぁ？」

今永は、閉まった扉を見て、ボソッと言った。

「けどパパ活となると……基本的にあんまり同情できないんっすよね」

彼はそう言ってレモンハイをぐっと呷った。

「老人会とかに行けばいいじゃないっすか。そりゃ伊豆だとアレかもしれないけど、こっちの老人会ならまだ話も合うんじゃないかと思うんすけどね〜。カネを使って女の子をどうこうしようって、そりゃナニをしないとは言っても、やっぱり、ヨコシマなものを感じるんっすよね」

「その女の子だって、ホストに貢《みつ》いでたりするんじゃないでしょうかねえ」

名月師匠はそう言って、「金は天下の回り物、と申しますからね」と付け足《た》した。

「西岡さんはどう思うのよ」

大内が西岡に話を振った。

「あんた、いつも他人の話を聞いてばかりで、自分の意見を言わないよね」

「イヤ僕は、まだ新参者なので……」

西岡は遠慮《えんりょ》する姿勢を変えないで言った。

「いやいや。もういい加減この店に通ってるんだから、新参者レベルは卒業っしょ」

今永がそう言うので、西岡も自分の意見を述《の》べた。

「まあ、僕は、みなさんと違って、あのお爺《じい》さんに同情しますよ。パパ活だって、寂しいからでしょう？　誰かと話をしたり食事したり、仲よくしたいからでしょう？　今は、そういうのもお金を使わなければ出来なくなってしまった、世知辛い世の中だって事だと思いますよ」

「いやだから、老人会とかデイサービスとかあるんじゃないっすか？」

今永は持論を曲げない。

「それですけど、たぶん、老人会に行っても話が合う相手が見つからなかったんじゃないでしょうか？　どうしても昔ツルんでた幼馴染みの友達と比較してしまって……」

「まあね、デイサービスじゃ、子供扱いされて腹が立つという老人もおりますしね」

と、名月師匠。

「ほら、病院に行って注射打たれるときだって『チクッとしますよ〜』とか子供扱いされるじゃないですか。あれと同じですよ！　幼稚園児《ようちえんじ》みたいにお遊戯《ゆうぎ》したりとか」

「しかしだ、パパ活でなくしたカネはどうでもエエと思うが、投資詐欺は、許せんね」

大将がぽつりと言った。

「あんた、警察やろ。なんとかしてやりんさい」

大将は大内に矛先《ほこさき》を向けた。

「いや、ですから、さっきも言ったけど、そんなに簡単ではないんです」

「そんなん言うて、善良な一市民がカネをふんだくられるのを黙って見よるのか？　じゃったら警察なんか要《い》らんのじゃないかの」

そうだそうですよ、と今永と西岡が賛同するので大内は困惑気味だ。

「いや、私は現実を話しているだけで、こういう件はひと筋縄ではいかないんですよ」

それは言い逃れだ、と今永と大内がやり合い始めたとき、この店の常連の紅一点が「どうしたの？」と言いながら店に入ってきた。

大内と今永は口々にこれまでの経緯を喋った。

「……なるほどね。でも、騙《だま》されて取られたお金は、なんとかしてあげたいわよね」

「それが出来ればねえ。警察としても、被疑者の味方をしたいワケではないので」

「じゃあなんとか出来ないか、考えましょうよ」

紅一点……西岡は未《いま》だに名前が判らない。女性に名前を聞きにくいこともあるし、他の常連が彼女をどう呼ぶのか注意して聞いているのだが、全員、見事に彼女の名前の部分を飛ばしてしまう。

「言っときますけど、超法規的な手段はダメですよ。怪しいヤツを見つけて締め上げるとか。そんなことして証言を得られても、裁判では証拠採用されないですからね」

大内がすかさず止めに入ったのが面白い。警察官として一般人を焚《た》きつけたと言われたくないのか？

「そう言えば……この近所の飲み屋なんだけど、怪しげなヤツらが、またジジイを騙してカネ引っ張ってやったぜ、とか酔っ払って自慢《じまん》してたわねえ」

紅一点が言うと、大内が説明した。

「でもそういうのは下《した》っ端《ぱ》でね。連中の組織は実に巧妙に出来ていて、そういう下っ端の『出し子』を捕まえてゲロさせても、せいぜいが彼らを雇《やと》ったすぐ上のヤツまでしか辿《たど》れない」

イモヅル式の逮捕《たいほ》は出来ないのだ、と大内は言った。

「上のほうの、カネを吸い上げていい思いをしてるヤツらは、ほぼ完璧《かんぺき》な防壁を作ってます。自分たちのところには絶対、捜査の手が及ばないようにしてるんです」

「そういやこの前、フィリピンで首謀者が捕まって、日本に送られてきたっすよね？」

今永が訊いた。

「あれはね、捜査が非常に上手《うま》くいった、つまり例外的なケースなんですよ。あの一味がこれまでの『オレオレ詐欺』を一手に引き受けてきたわけでもないですし」

「そりゃそうだけど、近所の居酒屋でくっちゃべってたそいつら、ホントにバカなのよ。大きな声で、まるで武勇伝みたいに喋ってるワケ。誰が聞いてるか判らないのに。なんであんなにバカなんだろう?」

「そういうバカだから、トカゲの尻尾切りで使い捨てにされるんでしょう」

「けど、現にそいつらがいるんだから、なんとか利用して上の方まで手繰《たぐ》っていけないかな?」

「だからそこは上の連中も手繰られないように、抜かりなく」

「そういう連中は闇《やみ》バイトの求人で、オイシイ仕事があるとか言って誘われるんでしょう? 小向さんの事件も、なんとかなるんじゃないのかなあ?」

紅一点は大内の話なんか全然聞いていない。

「ねえ。なんとかしたいよね?」

紅一点の本気の目を見て、今永も頷いた。

「そうっすね。なんとかしたいっすね〜」

今永がそう言って同意を求めるように見るので、西岡もつい同調してしまった。

「僕も……なんとかしたいです」

三人は、なんとかしたいね、と言いながら考え込み、ビールを飲んでツマミを食べた。

しかし、名案は浮かばない。

「だからね、警察だっていろいろ考えて……」

大内がなおも警察を擁護《ようご》するので、三人は厳しい目で大内を睨《にら》み付けたが、口にすることは「なんとかしたいね」だけで、顔を見合わせるばかりだった。

なんとかしたいが、どうしていいか判らない。なんとか出来る知恵もないのだ。


その数日後。

残業を済ませて、いつもより遅い時間に店に入った西岡に、大将は無言でカウンターの片隅を目で指した。

そこに居るのは、見慣れない客が二人。一見してその辺の「アンチャン」風で、片方はアポロキャップを被《かぶ》り、もう片方は長髪をチョンマゲのようにまとめている。服装はアロハに短パン、ゴム草履《ぞうり》。西岡の目には、彼らは如何《いか》にも軽そうな若者に見えた。

「だからさー、ジジババは扱いやすいのよ。いくら『振り込め詐欺は相手にするな』って言われても、自分だけは関係ないと思ってるし、コロッと騙されるし……なによりカネ持ってるからな」

「だけどさー、簡単にいきすぎて、逆にいいのかなあとか思っちゃうんだよねー」

「何言ってんだよ。相手は騙されたいんだよ。まあ、『オレオレ詐欺』はちょっと心が痛んだけど、『うまい投資話に乗ってくるジジババ』なんて、所詮、欲の皮が突っ張ったヤツらなんだから、同情なんかしなくていいんだよ！」

カウンターには、紅一点と今永もいる。西岡に向かって「コ・イ・ツ・ラ」と声に出さず口を見開け、目を見開いて、懸命に目玉の動きで彼らを示した。

西岡は大きく頷いて了解の意を示し、ビールを頼んで彼らの話に聞き耳を立てることにした。

「最近はさあ、さすがに『オレオレ詐欺』に引っかかるジジババは減ってきたよな。受け子が待ち構えてた警官に捕まる事が多くて、ウチのボスも方向転換したしな。受け子志願者も減ってきたし。みんな捕まりたくねえし」

「まあなあ、けど、ジジババが金貯め込んでも、あの世まで持っていけねえしな」

この二人がいわゆる「受け子」とか「出し子」なのだろうか？

西岡は横目でチラチラ見ながら考えた。

チンピラとしか見えないこいつらだが、髪をリキッドで横分けにしてネクタイを締めてメガネでもかければ、真面目《まじめ》そうに見えなくもないだろう。

ニュースなどで知る限り、「受け子」や「出し子」は、何も知らされずに指示された通りの場所に行ってカネを受け取るか、カードでカネを引き出せばいいバイトだと思っていたと自供しているというが、それはたぶんウソだろう。そういう指示を受けても、普通の知能があれば「これはオレオレ詐欺のバイトだ」と判るはずだ。チンピラどもはなおも話し続けている。

「だから最近はいろいろ手を広げてやってるよ。多方面展開ってヤツ。お前ンとこはどうなの？　ウチはほら、いわゆる『有名人投資詐欺』ってやつが今、メインかな。有名人になりすましてカモをＬＩＮＥに誘導して囲い込む。うまい儲け話に誘い込んで、最初はお試し、ってことでちょっと儲けを振り込んでやるんだ。そうしたらすぐに本気にして、数百万とか数千万とか振り込んでくるから、そこで連絡を絶《た》つ」

「おれんトコは、投資の相談だな。直《じか》に会って信用させるところがオタクと違うけど、ちょっと儲けさせて信用させるところは同じかな。で、大きな額を振り込ませたらそこで「連絡を絶つんだろ？　だったら直に会うのはリスキーだな」

「けど会う方が手っ取り早く信用させられるよ？」

アポロキャップとチョンマゲは酔った勢いでクチが軽い。周囲が聞き耳を立てて居るとはまったく思っていない様子で、犯罪の極秘であるべき情報を喋っている。

こんな程度だからトカゲの尻尾切りに遭《あ》って、使い捨てられるんだろうな、と西岡は思った。

「どうする？　二軒目行く？」

「行くか」

二人はめいめい万札を出して、計二万円を置いて「釣《つ》りは要らない」と言うと、そのまま店を出て行った。

大将の目が光った。

「何しちょる。今の客、ちゃっちゃっと後を尾《つ》けんかい」

「尾行っすか?」

今永がマヌケな声を出した。

こういう時に限って、常連で刑事の大内がいない。

「怪しいじゃろうが。アンタらこの前、小向さんのことで、なんとかしたいねと言ってたじゃろうが。『なんとかする』絶好の機会じゃ!」

「そうっすけど……でも」

今永が渋った。

「早う行くんじゃ! 見失ってまうぞ」

それを聞いた西岡は席を立った。

「行ってきます」

「じゃあ私も」

と紅一点が立ち上がると、大将が何か耳打ちした。

「だったら……おれも~」

それを見た今永も、渋々と立ち上がった。

その二人組はまだそう遠くに行っていなかった。酔っているのでフラフラ歩いていたのが良かった。

西岡と紅一点、そして今永は夜の酔客に紛《まぎ》れるように距離を取って、尾行した。

「けど……あの二人が小向さんから金を騙し取った犯人とは限らないっすよね」

　今永が言った。

「そりゃそうだけど、騙し取った犯人じゃなくても、犯行の手口が判れば」

　と西岡。

「ちょっと！　あいつら店に入るよ！」

　紅一点が小声で言った。例の二人はフロアの広い大衆居酒屋に入って行く。

「カネ持ってるくせにショボいな」

　と今永は言いつつ、三人も店に入った。

　例の二人組から少し離れたところに席を取ったが……店内はやかましくて、二人組の話は全然聞こえない。

「これ、聞き取るには超指向性のガンマイクが要りますよ～」

　今永はボヤいた。

「近くをウロウロしたら怪しまれるし……」

「ま、いいんじゃないの。ヤツらをここで見張ってるってことで」

　と紅一点。

「だいいち、ここで私たちは何も出来ないでしょ。警察じゃないんだから捕まえることは出来ないし」

　私人逮捕は現行犯に限って許されている。

三人はお通しとビールだけで作戦を練ることにした。

「私思うんだけど、連中をそそのかして、詐欺で儲けたカネを、連中が組織からパクるように仕向けるのはどう?」

「え?」

今永と西岡は想像を絶する紅一点からの提案に、絶句した。

「しかしそれを……どうやって連中に呑《の》ませる? 我々がいきなりアイツらの前に行って、『金を横取りしろ』とか言うのか?」

「組織を乗っ取れと提案しても面白いかもね」

紅一点はケラケラと笑いつつ不穏なことを言う。

「この際、出たとこ勝負のぶっつけ本番でアイツらのところに行って、正面切って提案するのもアリかもよ?」

今永は、ついていけない、というような顔をした。

「女のヒトって、妙なところで大胆っすねえ……」

「他に手がある? 妙な小細工《こざいく》をするより、ドーンとぶつかった方がよくない?」

紅一点の読みは、騙し取ったカネを上納せずパクってしまえば、すわ、組織の末端が離反! と焦った上層部が慌てて出てくるだろうというものだ。

「けどそんなことしたら当然、上にシメられるし、組織の末端もそれは判ってるから、ビビッてやらないいんじゃないのかな?」

と今永が言い、西岡もそう思った。

「闇バイトの募集で集められた連中は住所も家族構成も知られていて、組織の言う通りに動かないと家族を殺すとか、脅《おど》されてるんでしょう？」

「でもあの二人の口ぶりだと、そういうぺーぺーの最末端でもない感じ、しない？　中間管理職っていうか、末端の連中を束《たば》ねる立場なんじゃないかなあ？」

それはどうなのか、西岡にはまったく判断がつかない。

「それにしたって、仮にそそのかしが上手くいったとして、こちらの思惑《おもわく》通りに組織の上の方が出てくるかどうか判らないし……危険なバクチ過ぎません？」

今永は一貫して否定的だ。否定に否定を重ねて、否定できなくなったところで「じゃあやろう」と突然動くタイプなのかもしれないが。

「危険なバクチだってことは判ってる。簡単にできることでもない。ソッコーで悪いヤツが正体を現して白黒の決着が付くなんて、三十分の変身ヒーローものじゃないんだし」

店内を見渡して何か考えていた彼女だが、突然ニッコリすると「じゃ、やって来るから」と席を立った。

「あんたたちも、あたしが呼んだらすぐに飛んで来るんだよ。いいね？」

そう言い残した彼女はお店のスタッフに声をかけてビールの中生ジョッキを二つ注文してそのまま受け取ると、例の二人組のところにわざとふらつく足取りで歩み寄った。

彼女が何をするつもりなのか、イマイチ判っていない西岡と今永が固唾《かたず》を呑んで見守っていると……案の定というべきか、紅一点は何かにつまづいたフリをして、両手に持ったジョッキの中味を、二人組の頭上にぶち撒《ま》けてしまった。

テーブルの料理は台無しだし、二人組も頭から盛大にビールを浴びて、びしょ濡《ぬ》れになった。

「あっ、ごめんなさい！」

「何すんだよう！　アンタ！　このキャップ高《たけ》えんだぞ！」

「そうだよ。ビールを飲むのは好きだけど、匂いは嫌いなんだよ！」

激怒する二人組に平謝りに謝った紅一点は、店のスタッフからおしぼりを貰った。彼らの頭を子供が風呂から出たときのように拭《ふ》き、また新たにおしぼりを貰って、ビールまみれの服を拭いてやっている。

そして……謝りながら彼女はナニやら話し始めた。アポロキャップとチョンマゲの二人は最初、怒り心頭の様子だったが、紅一点があくまでも低姿勢で、噛《か》んで含めるような様子で話し続けるうち、だんだんと態度を軟化させた。彼女の話に耳を傾けるようになっていく様子が、西岡や今永から見てもはっきり判った。

少し経って、彼女は今永や西岡の方を向くと、オイデオイデをした。

西岡と今永は互いに顔を見合わせたが、紅一点がしつこく「早く来い」と手招きするので、仕方なく席を立った。

「私はね、この二人に言ったの。このままだとアンタら、便利に使われてトカゲの尻尾扱いされてパクられて終わりだよって。アンタらが現場の第一線の実行部隊で、アンタらがいないとこの仕事は進まない。だからアンタらがここで度胸を決めて、詐欺ったカネを自分達のものにすればいいじゃないかって。組織のノウハウを使って、自分たちの売り上げを立てれば良いじゃないかって」

「お前ら、さっきの居酒屋に居た客だな」

二人組が西岡たちを見て、言った。

「どういう魂胆なんだ？」

紅一点が答えた。

「単純な事よ。考えてみてほしいの。アンタ方の商売って、末端の実行部隊が一番危険な目に遭うわけでしょ？　捕まるのはアンタ方だけ。上の方は安泰なんでしょう？　それって不公平じゃないの？」

紅一点は畳《たた》みかけた。

「さっき、アンタ方の話を聞いていて思ったの。アタシらと手を組んだらアンタ方、もっと安全に儲けられるんじゃないかなあと思ってさ」

紅一点は、とんでもないハッタリをかました。

「どういう意味だ、それ？」

そう言いつつ、二人組は乗ってきた。この二人のどっちが誰で、と名前が判らないが、犯罪者は容易《ようい》に名前を明らかにはしないだろう。

「見たところ、あんたがたは最末端の『受け子』とか『出し子』じゃないよね？　その上のポジションにいる人でしょう？　じゃないと、シャバに居るわけがない」

「それは買いかぶりだな。部外者が思うほど、受け子とかは捕まってない。だいたい、誰もかれもが捕まってたら、この商売は成立しないし、やるヤツもいなくなる。捕まるのは運が悪いヤツなんだよ」

アポロキャップの男はキャップを脱《ぬ》いで、丸刈《まるが》りの頭を自分でおしぼりで拭きながら言った。

なるほどそうね、と紅一点の彼女は巧妙に彼らの仕事内容を聞き出した。彼女の当たりの柔らかさと魅力が彼らの警戒心をゆるめ、口を軽くしている。彼らはやはり中間管理職的ポジションにあり、受け子や出し子を管理して、得た金を上に繋ぐパイプ役でもあるらしい。しかし彼らの上にはまたパイプ役がいて、なかなか本当の組織のトップ、組織のボスにはたどり着けないようだ。

「おれたちは、誰がトップなのか知らないし、知るすべもないんだよ。っていうか、知る必要もないし」

と、チョンマゲ。

「ということは？　受け子とかの最末端から吸い上げたお金は、アンタ方んところでまとめてから、上に納める訳ね？　結構な額になるんでしょう？」

「まあ、なるね」

アポロキャップの丸刈りが答えた。

「そのお金を、横取りしちゃおうとか思わなかった？」

「思わないね。怖いもの」

二人は口を揃えて言った。

「上の連中のバックには暴力団が付いてるんだ。オレオレ詐欺とかって、半グレがやってると思われてるかもしれないけど、実際やってるのはヤクザだから。広域暴力団。だから、おれたちの家族とかを平気で殺すわけ」

「この前フィリピンで捕まったのは、組織のボスよね？　本当はあの上に真のボスがいるってこと？」

「おれはそう聞いてるけど」

実際そうなのかもしれないし、そうではないのかもしれない。巨大暴力団が控えているというのは作り話かもしれない。しかし、「真のボス」に誰も会った事がないので、断定はできない。

しかしこれって、ほとんど都市伝説なんじゃないのか？　実は存在しないのに、誰もが存在すると思い込んで怯《おび》えている、たとえば「山奥にいると噂《うわさ》される悪霊」みたいなものじゃないのか？

「だけど……考えてみたら、おれの場合、親がいわゆる毒親で、両親ともクソ人間で家出してきたんだから、そんなヤツら、上のヤクザに殺されたって、別にいいんだけどね。もう十年以上絶縁してるし、風の噂ではどこかに引っ越したらしくて、今の居所を知らないし」

アポロキャップは丸刈り頭を掻《か》いて臭いを嗅《か》いで「うわ、やっぱりビール臭え」と笑った。

「あ、そうなの？　おれの家は実に普通で、親兄弟は健在だし、今でも普通に連絡取ってるし、時々は会ってもいるんだけど……そういやおれのダチがやっぱりこの商売やってて、上納しなきゃいけない金を持ってトンズラしちゃったんだよね。けど、そいつの親兄弟とか親戚《しんせき》とか、普通に暮らしてるな」

チョンマゲは考え込んで、話を続けた。

「考えてみればさ、一家皆殺しなんて大事件じゃん。大騒ぎになって警察も頑張るじゃん。そうなったら、組織の存在が暴かれて、結局は実行犯のヤクザまで手が伸びて、組織は壊滅するんじゃねえの？　ヤクザって、かなり賢いから、そんな馬鹿な真似《まね》はしないでしょ。カネ持ってトンズラするヤツがいるのは織り込み済みじゃないの？　もちろん、トンズラした本人は捜すだろうし、見つかったら殺されるかもしれないけどさあ」

「ってことは、『逃げたら身内をひどい目に遭わせる』ってのは都市伝説か？」

丸刈りが半信半疑で言った。

「まあ、そういうお話を作っておけば便利だわね。トカゲの尻尾たちが勝手に怖がって、勝手に言うこときいてくれるんだもの」

紅一点がそう言うと、丸刈りとチョンマゲは考え込んだ。都合の良いストーリーは、バカの脳内に浸透《しんとう》するのも早いのかもしれない。

「だいたい、あなた方、報酬《ほうしゅう》として、上納したあとに残る金額で満足してるんですか？」

西岡も訊いてみた。

「具体的な額は言えないけど……まあ、そこそこの額は残る」

「だからそれでいいわけ？」

紅一点は四人掛けの長椅子《ながいす》に強引に座り込み、西岡と今永にも「座りなさいよ」と手で合図して座らせた。

「考えてみてよ。あんたらの上の連中は、どこか遠い、安全なところに居て、指示を出すだけで、物凄《ものすご》い金額の金を得ているわけでしょ？　だったら、あんたらのほうからやってみたら？　トカゲの尻尾切り」

実際にやってみて家族が皆殺しされた例ってないワケでしょ？　と説得する紅一点だが、二人組は乗ってこない。

「いや、こういう仕事は、欲かくとロクなことにはならないし。言われたとおりにやって、上から睨まれないようにしてるのが一番だ。だいたいが、ヤバい橋を渡ってるんだし」

二人組は慎重で堅実だ。犯罪組織の一員としては賢明な態度なのだろう。そうやって生き残ってきたのだろうし。

「そうなの？　本当に？　アンタ方、『上』の顔色を凄く気にしてるけど、その『上』は、都合が悪くなるとアンタらを簡単に切り捨てるよ？　それ、判ってるでしょう？　アンタらだって、自分の下を簡単に切ってきたでしょ？」

考えてみなさいよ、となおも押す紅一点に、丸刈りが苛立《いらだ》ったように訊いた。

「で？　アレコレ言うアンタの提案ってなんだ？　さっき『アタシらと手を組んだら、もっと安全に儲けられる』って言ったよな？」

紅一点がどう言うつもりなのか、西岡も今永も知らない。そんな打ち合わせはまったくしていない。

「そこよ。あたし、凄くいいカモを知ってるの。騙されやすくてカネ持ってて……しかも家族も友人もいない。孤独な年寄りよ」

あ！　と叫びそうになった西岡と今永は慌てて口を手で押さえた。まさか、紅一点が小向老人を……。

「ほう？」

二人組は乗ってきた。紅一点は説明を続ける。

「つまり、私の知り合いにとんでもない金持ちのジイサンがいるの。そこから金を取ろうと思ってるんだけど、アンタたち、手伝ってくれない？　さっきの店で話を聞いてたの。そういうこと、得意でしょ？　収益は上には知らせず、アンタたちと私らで、山分けってことで」

紅一点は身を乗り出した。彼女の目はギラついていて、もしかして本気なのでは、と西岡が思ってしまうほどだ。

「それにね、そのジイサン、この界隈には昔から住んでて、けっこうカオが広いみたいなんだ。その人脈で、イモヅル式にカモが見つかるよ。この辺りも再開発がずっと前から着々と進んでるでしょ？　土地持ちのジイサンたちが結構いるけど、そういうカモを一から探す手間も省けるよ？」

どう？　と微笑む紅一点に、連中は前のめりになった。

「いやあ、驚きましたよ。まさかあの気の毒なご老人をダシに使おうとするとは」

「ダシと言うより、いけにえ。捨て石、人柱っつうか……」

大将の店に戻った西岡と今永は、口から泡を飛ばす勢いで紅一点の言動を大将に報告した。

「投資詐欺の被害者であるお年寄りを引っ張り出すなんて……まさしく、傷口に塩をすり込むような悪虐非道ではないかと」

先を争うように報告する二人を横目で見る紅一点は微笑《ほほえ》みを湛《たた》えて冷酒を飲んでいる。

「こういうの、人としてどうなんですか！」

今永は、意外にもマトモな反応を見せて大将に食ってかかった。今どきの若者、倫理観は結構きちんとしているらしい。

「ひどいじゃないですか！　いくらなんでもヤバいというか、禁じ手ではないかと」

「いや、わしは、ええと思うがの」

大将は包丁の手を止めて、言った。

「他になにか案はあるか？　ないじゃろうが」

「ああもう焦《じ》れったい。こんな時に限って、大内が来ないなんて……」

西岡は悔しさで歯ぎしりした。

「いいや、あの人がおったら逆にいろいろ不味《まず》い」

大将は首を横に振った。

「大内さんは刑事やけん、こういう囮《おとり》捜査みたようなことを民間人がやろうとするのは止めるのが筋じゃ。諸手《もろて》を挙げて賛成するのも協力するのも、刑事としてやってはならんことじゃろう」

「ええと、では、大将はどう考えてるんですか？　あの二人組を追え！　と言ったのは、なんとかしろと言うことですよね」

「そうじゃ」

大将は頷いた。

「アイツらを捕まえようにも、今は証拠がない。正面から行くわけにはいかん。じゃけんこのねえさんに策を吹き込んだということじゃ」

傍観者を決めこんでいる名月師匠はニヤニヤして楽しそうにコメントした。

「しかしお歴々。そんなに上手くいきますかね？　ミイラ採りがミイラになると言いますか、あるいはゾンビに嚙まれて自分もゾンビになると申しますか……カタチとしては、みなさんも悪の一味に取り込まれてますよ？」

師匠は、桑原桑原《くわばら》、君子《くんし》危うきに近寄らずと言ってビールを口にした。西岡は気が進まない。

「しかしねえ、またあの気の毒な爺さんを引っ張り出すってのは……」

「あのね」

ここで、やっと紅一点が全員を見渡して、口を開いた。

「みんな、早とちりしてるけど……誰が小向さんを引っ張り出すって言った？　あたしは一度も、小向さんの名前なんか口にしてないんだけど？」

西岡と今永、そして名月師匠は訳が判らなくなってお互いに顔を見合わせた。

「だからね、騙されやすくてカネ持ってて家族も友人も居なくて、でもこの界隈の古くからの住人で、土地も持ってるジイサンが、『本物』である必要はないわけでしょ？」

紅一点の視線の先には大将が居る。

ええええっ？　と、その言葉と紅一点の視線の意味が判りかけた三人は、大将を見た。

「じゃあ……その」

「ええよ、こうなったら。乗りかかった船じゃ。騙される役をやりゃあええだけのことじゃ」

カモになるジイサンとは、大将のことだったのか！

「ジイサンと言われて年寄り扱いされたのは心外じゃがの」

紅一点と大将を除く全員が、イヤイヤイヤと首を横に振った。

「しかし、あの犯人ふたりはこの店に来てるんっすよ。これから騙そうというカモが大将だって、すぐに判るでしょうに」

今永が言ったが、大将は不敵にも見える笑みを浮かべた。

「地元で営業中の店の主人であるならば、カネ持っててこの界隈のカオで土地持ってるジイサンであると名乗ってもええじゃろうが？　騙されやすくて孤独な老人……となるとちょっと苦しいがの」

「では、大将直々のご出馬を賜《たまわ》ったと言うことで」

紅一点の音頭で、一同は作戦の成功を祈って乾杯をした。

「大丈夫ですかねぇ……アタシとしては、無事にコトが終わることを願うしかないですが」

名月師匠は掲《かか》げたコップのビールを飲み干《ほ》した。

「大将の料理が食べられなくなるなんて、人生における、ありうべからざる損失ですもの」

「もちろん、大将は全力で守ります！」

力強く行った今永に、大将は笑った。

「ワレが身はワレが守るけぇ心配しんさんな」

それはそうだ。引退したとは言え、大将は元、組長なのだ。

＊

「こちら、墨井区の駅チカで飲食店を経営されている五十嵐《いがらし》さん。通称、大将。以前、お二人とも店にいらしてたから、ご存じですよね？」

浅草《あさくさ》の高級ホテルに呼び出された大将、そして西岡と今永は、待ち構えていた紅一点の案内で、ホテル内にある高級料亭の個室に通された。

一席設けた側である二人組の片割れが口上を述べる。

「五十嵐さま、本日はわざわざご足労戴《いただ》き有り難《がと》うございます。こちらの料理は美味しいと定評がございます。美味しい料理をお召し上がり戴いて、ざっくばらんに、投資案件のご説明をさせて戴ければと思います」

この前のアロハに短パンといった軽装ではなく、ダークスーツにネクタイのフォーマルな格好の二人組は、髪も整えて、丁寧《ていねい》な口調で口上を述べると深々と一礼した。

「ときに、ここのお代は、そちら持ちなんじゃろうか？」

高級ホテルの料亭と言うことで、大将も今日は羽織袴《はおりはかま》の正装だ。なぜかメガネもかけている。往年のギリシアの大富豪、オナシスがかけていたような大きなメガネだ。

「細かいことを言う思われるかもしれんが、こがいなこたぁキッチリしときたい性分でな」

大将はジャブをかました。騙しやすいボケ老人ではないぞという警告のつもりか。

「はあ、それはもちろん、ご招待ですから、もちろんこちらで」

恐れ入って頭を下げる二人に、大将は、ほうか、と頷いた。

「とはいっても料理の頼み方は心得ちょるから心配しんさんな」

「有り難うございます。それはもう、大将……じゃなくて五十嵐様は、お店をやってらっしゃるんですものね」

前菜の「季節の前菜盛り合わせ」が運ばれてきた。

平貝と巻海老《まきえび》の山椒海苔醤油《さんしようのりしようゆ》かけ、木の芽、海月《くらげ》の酢浸し、加賀太胡瓜《かがふときゆうり》、赤蕪《あかかぶ》、レモン烏賊《いか》照り焼き、玉子焼、赤蒟蒻《あかこんにやく》、ちまき麩《ふ》、胡麻《ごま》豆腐、針山葵《わさび》に出汁《だし》醤油。

「美味いのう」

一通り箸を付けて、特に烏賊の照り焼きをじっくり賞味した大将は顔を綻《ほころ》ばせた。

「大変結構じゃ……しかし、わしは、何もかもがチマチマと小さい、日本式のこういうのが好かんのじゃ。ケチ臭いのはいかん。美味いもんは、どーんと出したらええんじゃ」

そう言えば大将の店は突き出しもお代わり自由だし、少量多品種な出し方をしていない。

「ま、こういうのは会席料理のお約束ということで、どうかひとつ」

二人組は慌てて大将に酒を勧めたが、飲めない大将は断った。

お吸い物を挟んで、「お造り」が来た。天然鮑《あわび》の雲丹《うに》添え、本鮪《ほんまぐろ》……。

どれも美味しいが、やはり一口二口サイズで、それが大将のお気に召さない。茶碗蒸しを挟んで、焼き物は鱧《はも》の山椒焼。

主賓の大将が飲まないので、二人組も酒を飲めない。しかし、座をお通夜のようにするわけにはいかない。二人は必死に話を盛り上げようとする。

「五十嵐さんは、あの土地で居酒屋を長年やってらっしゃる？」

「長年でもないのう」

「とても美味しい料理を出すと評判のお店だそうですね」

「評判がいいならもっと客が来てもええんじゃけどな」

「ご主人である五十嵐さんが、いろいろとお厳しい方だと伺《うかが》いましたが」

「わしとしては厳しいつもりはない。今の客がなっとらんだけの事じゃ」

「あの」

「ええか、わしはせっかくの贅沢《ぜいたく》な料理を味おうとるんじゃ。その邪魔をせんで貰えるか？　わしは料理人じゃけぇ、こがいな立派な店の料理を賞味するなぁ勉強になるんじゃ」

「これは大変ご無礼を……」

二人組は平身低頭だ。

大将の言うとおり、この店は銀座《ぎんざ》で老舗《しにせ》の料亭の支店だけあって、何を食べても美味い。これでお酒が呑めれば最高なのだが……。

強肴《しいざかな》は、飛騨牛《ひだぎゅう》の赤ワイン醤油焼彩り野菜添え。これはそこそこのボリュームのある肉が出て来たので、大将は満足して口に運び、大変結構と頷いた。

〆《しめ》は、水炊き雑炊《ぞうすい》。そしてデザートは季節のフルーツ。

すべてを平らげて、大将は「さて？」と二人組を見た。

「アンタらの本題に入ろうか」

すっかり主導権を握られてしまった二人組は、やり辛そうに口を開いた。

「はい。本日、五十嵐様にご説明したいのは、大変有利な投資のお話です」

二人の中では格上らしい丸刈り男が切り出した。

「おおかたは聞いとる。手っ取り早う話を進めようやないか。種銭ならある。あの店の土地建物は借り物やない。わしが所有しとる。銀行預金もそれなりにある」

大将は土地建物の権利書を取り出して見せ、預金通帳も開いて見せた。

それを見た二人組の表情が変わった。それまでは大将を胡散臭《うさんくさ》いと感じているのか、一歩引いた反応を見せていたのだが、預金残高を見た途端に、目がギラつき、判りやすく顔が紅潮した。

「あの、五十嵐様。五十嵐様はとてもお元気そうで、実際、お一人でお店を切り回されて、大変お元気だと思うんですが、申し上げ難いけれど、老いというものは迫ってきますよね。仕事を辞めて悠々自適な日々を送るためには、充分すぎるくらいの老後の資金が必要ですよね」

猫なで声でチョンマゲが言った。

実は、大将と紅一点たちは事前に綿密な打ち合わせをしていた……。

「わしの設定はどうする？　小向さんみたいに打たれ弱いメソメソ老人にするか？　だけん、わしは役者やないし、小向さんたぁ性格がまったく違う。弱い老人のフリをしても、どこかでキレて地が出てしまうかもしれん。そうなったら何もかもワヤじゃろう？」

「そうですね。だったら最初から、大将は大将のキャラでやって戴いた方が」

紅一点はそう言って頷いた。

「ほんなら普段のわしでいく。それで決裂したら、その時はその時じゃ」

「まあ、大将がお金持ちだという設定だけ、きっちり守って戴ければ」

そういった西岡に、大将はニヤリと笑って預金通帳を見せた。

突然、目の前に数字の羅列を突きつけられた西岡は、桁《けた》を数えていって、驚いた。

「億？　億ですか？　大将、本物の億万長者なんですか！」

え、ほんと？　と紅一点と今永も通帳を覗き込み、仰天《ぎょうてん》して腰を抜かしかけた。

「たたた、大将、こんなお金……どうやって」

「やっぱり何人も東京湾に沈めたり、麻薬を大量に売り捌《さば》いたり、有名人を恐喝《きょうかつ》したり……？」

「真っ当な金ではない」

大将は断言した。

「だが、誰かを殺《あや》めて奪うたり、麻薬や覚醒剤や銃器を売って巨額の富を得たわけでもない。その意味では、このカネは血にゃあ染まってはおらん。とは言え綺麗《きれい》なカネでもない」

大将は禅問答のようなことを言って、西岡たちをケムに巻いてしまったのだ。

そして今、西岡たちが仰天したのとまったく同じ反応を、詐欺師の二人組も見せている。

商売柄、巨額な預金残高を見るのは慣れているはずだが……。

「ほう、これはすごい。しかしお金は腐りませんし、いくらあっても邪魔にもなりません。少額なら多少増えてもお小遣い程度ですが、この額なら、数%増えただけで数千万増える勘定になりますよ！　これはもう、投資して増やしまくるしかありませんよ！」

二人組は目をギラギラさせて大将に迫った。

「五十嵐社長は」

ついに丸刈りは大将のことを「社長」と呼び始めた。

「社長には、ご家族はどなたがいらっしゃるんですか？」

「家族か……女房はとうに離婚した。慰謝料《いしやりよう》とかは払ってあるから問題ない」

「いえ、そういうことではなく……社長は今、お一人で？　身の回りの世話をするひとは？」

「おらんよそんなもの。料理は自分で出来るし、掃除洗濯《せんたく》も自分でやれる。不自由はまったくない。店で客と喋ってるから寂しくもない」

「しかしあの、急にご病気になったりしたら」

「あら、そう言えば大将、たしか去年、自転車に乗ってたとき、路地から急に飛び出してきたバイクにぶつけられて足の骨、折りませんでしたっけ？」

紅一点が話に入った。

「あの時はしばらく入院しましたよね？」

「いや、あの時だって、いい病院に入ったけん、美人のナースにいろいろ世話して貰って、不自由はなかったんじゃ」

「急に心臓発作とか」

二人組も加勢した。

「脳内出血とかで倒れてしまう、とか」

「まあ、そうなったら諦《あきら》めるしかないじゃろう。運命ちゅうもんじゃし、寿命じゃ。その辺は割り切っちょる」

大将は、自分を貫くとは言ったが、さすがにここまで完璧に『頑《かたく》な』だと、二人組も攻めあぐねているようだ。

大将は、ちょっとやりすぎか？　という視線を紅一点に送った。

彼女はごく僅《わず》かに首を横に振った。

それだけで大将には伝わった。

「まあ、強がりを言いすぎた。子供たちはまったく寄り付かん。わしは子供に捨てられたようなもんじゃが、まああれだ、親としては子供に残せるものは残してやりたいのう」

「そうですよ、お父さん！」

チョンマゲは社長からお父さんに呼び方を変えた。

「我々の投資は、間違いなく利益を生みます。何故なら、絶対に失敗しない理論を編《あ》み出した投資の天才……×××がおりまして」

丸刈りは、肝心《かんじん》の名前を不明瞭《ふめいりょう》な早口で発音した。

「その理論をマサチューセッツ工科大学の○○教授が」

チョンマゲも「教授」の名前をハッキリと口にしない。

「経済学や統計学の専門家なら知らぬ者がいない……その○○教授が、その理論を解析して数式化したのです」

二人組はそう言ってファイルを広げると、そこにはなにやら難しい数式がズラズラと並んでいる。

「これに五十嵐さまの条件を当てはめれば、絶対に間違いなく、投資は利益を生んで、一年後には二倍になるのです！」

「しかし、そんな凄い理論が、どうしてノーベル賞を取っとらんのじゃ？」

当然の質問を大将がした。

「良い質問です」

丸刈りはようやく自分のペースに持ち込めて、笑みを浮かべた。

「公開していないからです。ノーベル賞を取るには、この論理を論文にして専門誌に載せて公開し、世に広めなければなりません。しかしそうすると、どうなります？　みんなが真似をしてみんなが同じような投資をしてどんどん儲けてしまいます。この世界、みんなが儲かる、などということは、あり得ません。誰かが損をして、その分が儲けになるんです。勝者ばかりだと、勝てないのです」

「じゃけぇ秘密にして、儲け続けていると？」

そうです、と二人組は秘密めいて声を落とした。

「そがいな秘密の理論をどうしてあんたらが知っちょるんだ？」

「それ相応のお金を使って、手に入れたからです。ですから私たちは、お客さまに儲けて貰って、その一部を手数料として頂戴《ちょうだい》しているわけです」

小さな低い声でチョンマゲが言い、ふーん、と大将は腕組みをして考えた。

「わしの大切な金を、いきなり全額預けることは出来ん。判るじゃろう？」

判ります、と二人組は大きく頷いた。

「あんたらの言うことが正しいという証拠が欲しい」

「それでは」

と、二人組は嬉々《きき》としてファイルを捲《めく》って大将に見せた。

「このAKさんは三百万の元手から始めて、現在五億二千万の預金をケイマン諸島の銀行に預けています。日本と違ってあそこの銀行は無税ですから。こちらのKYさんは……」

丸刈りが示した資料に映っている顔写真は、小向だった。

「最初五十万で始めて、それを数日で五百万にしてみせましたので、すっかり信用していただきまして、最終的には三千万を投資していただきました」

小向の件に関しては、幾らになったのかは口にしなかった。つまり、騙して全額ふんだくったけれど、それは言わない。儲けを出しました、というウソは言わないということか。

「どうでしょう? 私どもをテストする意味で、まずは少額で試してみるというのは」

「ええじゃろう」

丸刈りの提案に、大将は即決した。

「ここに百万ある。これを増やしてみぃ」

「いいですとも!」

二人組は二つ返事で応じた。

「増やすといっても、百万円が一円増えた程度では話にならん。二百万。一週間で見事、倍に増えたなら、あんたらを信じて全財産を預けようやないか」

「いいですよ。そのテスト、お受けしましょう」

大将は二人の前に札束をポンと置いた。

＊

「二百万になったんじゃ。これが」

一週間後、カウンターの向こうで大将はニンマリして言った。

「わしの銀行口座に振り込まれちょった。約束通り、二倍や。なーんにも知らんかったら、コロッと信用していたじゃろうな」

ダマされちゃ駄目よ、と紅一点が言った。

「きっとこれは、見せ金として連中の財布から出たものよ。連中は儲かってるし、すぐに数億入ってくると思えば、百万なんてハシタ金なんだから」

紅一点はすべて知っているというような顔で言った。

「で、これからどうしましょう？」

そう訊いた今永に、大将は真顔で答えた。

「放《ほう》っておけばええじゃろう。結果を出したら全財産投資するとわしは言った。じゃけえ連中は、欲をかいたわしのほうから連絡してくると思ってるはずじゃ。そうはいかん」

大将の目が、光った。

「引っ張るだけ引っ張っちゃる」

「面白いわね」

紅一点が目を輝かせた。

「連中、焦《あせ》るわよ、きっと」

「まあ、面白くなってはきましたがね」

名月師匠だけはこの件を冷静にみている。

「その連中だって、タダでは済まさないと思いますよ」

「その時はその時。名月師匠も力を貸してくださいね」

紅一点に言われて、名月師匠は嫌だとは言えない。


数日後。

大将は「今日もなんべんも電話があって、いつ振り込むんじゃと。妙に焦っとる感じでな」と楽しそうに言った。

「もちろんわしは、いろいろ理由を付けて振り込んどらん。銀行に行く時間がない、銀行に行ったら支店長に全額降ろさんでくれと泣いて頼まれた、ネットバンキングを使おうとしたらアプリがおかしゅうなって振り込めんかった、やらやら、いろいろ」

「こっちにも連絡来てます」

紅一点が報告した。

「あの爺さんどうなってるんだ、こっちは約束の二百万を振り込んでやったのに、あの爺さんが動かないとアンタらの儲けもないんだぞ、とか」

「ボクにまで電話が来ましたよ」

今永も言った。

「アンタらの言うとおり、上納はせずに全額を山分けしようとしてるんだから、協力してあの爺さんをなんとかしろって」

連中はかなり痺《しび》れを切らしているようだ。大将は面白がっている。

「放っとけばええ。動くのは向こうや」


大将が言を左右にしてなかなか振り込まないでいた、ある日。

ついに、業《ごう》を煮やした例の二人組が店に押しかけて来た。

「五十嵐社長！　どうしちゃったんですか！　例の投資、我々は合格したでしょう？」

ガラリと戸を開けていきなり怒鳴《どな》った丸刈りとチョンマゲの二人は、今日はスーツ姿ではない。以前のままのラフな格好でカウンターにどっかと居座り、大将に食いつかんばかりの勢いで詰問を開始した。他の客の存在は眼中にない。

「桑原桑原。とうとうおいでなすった」

名月師匠は自分の食べ物と飲み物を持って、店の隅っこに逃げるように移動した。

「ああ、その件やが」

大将はケロリとして言った。

「すっかり忘れちょった」

「忘れた？　そんなわけないでしょう！　毎日ずっと電話したりメールしたりメッセージ送ったりしてるのに！」

「悪いのう。わしは、そがいに欲はないんでのう」

まあ飲みんさい、と大将は二人の前に瓶ビールを置いた。

「だけど社長、我々は社長の資産を間違いなく二倍にして見せますよ！　現に社長の百万を倍にしたじゃないですか！　ノルマは達成したでしょう！」

「百万を二百万にするのと五億を十億にするのとは違う。簡単やなかろうが」

「それはまあ、簡単ではありませんが、我々なら。例の完璧な理論があります。判りますか社長？　資本主義は我々の味方なんです！」

「そうです。我々なら間違いありません。なんでしたら、明日にでも十億にして差し上げますよ！」

出されたビールに目もくれず、そう言い募《つの》った二人組は、そこで西岡たちがいることにやっと気がついた。

「ちょっとアンタ方！　何してたんですか？　アンタ方が居るのに、どうして社長はお金を動かさないんだよ！」

「いやそれは、大将のお金は、大将の意思でのみ動かせるのであって、ボクたちは」

「ナニを言ってるんだ！　あの時一緒に、社長に投資を勧めてたじゃないか！　それに、おれたちに社長を紹介したのは、アンタ方だよ！」

「そりゃ紹介はしましたけど……そこまでの話です」

西岡はたじたじとなった。

「だけどあんたら、おれたちと一緒にやろうって言ったじゃないか！」

「そうだ。あんたら、何か企《たくら》んでいるのか？　だったらあとが怖いぞ。なんせこっちには強大なバックが……」

二人組が声を荒らげた、その時。

店の外に重厚なエンジン音が接近して駐《と》まり、次いで重厚なドアの「ばむ！」という開閉音がした。メルセデス級の高級車が駐まったのだ。きっと黒塗りに違いない。

店の引き戸がガラガラと開いた。

どんな大物が入ってきたのかと思ったら……見た目はこの二人組と似たり寄ったりだ。スーツにはヘンな光沢《こうたく》があってペラペラ。開いた前から覗く裏地と、中に着込んだ偽《にせ》ブランドとおぼしい、これもペラペラのシャツの色柄がやけに派手《はで》な、これまたチンピラにしか見えない男が、肩で風を切って店に入ってきた。年齢は二人組より少し上の中年で、ガリガリのヒョロヒョロだ。薬物でもやっているのか、顔色がやけに悪い。バサバサの髪の毛を頭のてっぺんで結《ゆ》わいた奇妙なヘアスタイル。ウクレレ漫談の芸人のようだが、それは一般人を油断させる仮の姿か。

名月師匠はその男を見た途端、思わず吹き出したが、その男は師匠を完全に無視した。

その男の後ろには、如何にもボディガード然とした黒ずくめのスーツ姿、ターミネーターの如《ごと》く屈強そうな男が二人、くっついている。

「おい、石丸《いしまる》に黒川《くろかわ》！」

中年の男が二人組を怒鳴りつけた。この二人はずっと名を名乗らなかったのだ、ここでやっと名前が判った。本名とは限らないが。

「お前らワシに断りもなく勝手なことしよって、どういう了見や？」

「あっ！　立花《たちばな》さん！」

二人組は反射的に立ち上がると、立花と呼ばれたウクレレ芸人みたいな男の前に、手をついて土下座した。

「申し訳ありません！」

「お前ら、何に対して謝っとるんや？　あ？」

「それは……立花さんに黙って、勝手なことをしてしまったので……」

丸刈りが怯えつつ言った。

「おう。それやな。わしに黙ってっちゅうことは、アガリをわしンとこに上納しないで自分のフトコロに入れる算段ちゅうことで間違いないな？　あ？」

勝手に上納をやめて、組織から離反するはずだった二人組は、今や全面降伏の様子だ。一度は組織を裏切る気になったのに、ボスが現れた瞬間、ひとたまりも無く降参してしまうのか。もしかして、いわゆる「洗脳」が解けていない？

西岡はそう思ったが、今永も紅一点も、そして大将も、同じ思いのようだった。名月師匠も呆気《あっけ》にとられて眺めるばかりだ。

「おら、どないしたんや！　わしを裏切るつもりか？　あ？　そんな根性あるんか？　おう お前ら、こいつらをいてまえ」

立花と呼ばれた中年の小男は背後のボディガードに命じ、屈強な男二人が動こうとした、その時。

「待ちや！」

大将の鋭い声が飛んだ。

「ヒトの店ン中で、なにしよる。こんタワケが！」

大将はそう言って鋭い目付きで立花を睨み据えた。

「カモの目の前で手の内を晒《さら》す詐欺師がどこにおるんじゃ。このボケが！」

大将のドスの効《き》いた『本寸法の極道の声』が響き、三人、プラス二人は凝固《ぎょうこ》した。

「上納やらアガリやら言いよったな？　こっちは判っとるんじゃ。わしからカネを取る気じゃったじゃろう？　そのわしの目の前で、平気でそういうウチワの話をするっちゅうことは、わしを完全に抜け作扱いしとる証拠じゃろ！　あ？　違うか？」

大将は包丁を手に取ると、カウンターの中から出て来た。

雪駄《せった》姿で包丁を構える大将の姿は、往年の仁俠《にんきょう》映画で、今まさに悪党一家に殴《なぐ》り込みをかけんとする高倉健《たかくらけん》さながらだ。

「おう。自慢やないがこのわしは、前科はあるし、組の代紋背負《せお》ったこともある身じゃ。

お前らみたよなカネに眼が眩《くら》んだだけのクソチンピラとは、格っちゅうもんが違うんじゃい！」

大将の構える包丁の先は、立花にぴたりと狙《ねら》いを定めている。

「い、いや、おれは、アンタ、いや、あなたに対してどうのではなくて、ここにいる石丸と黒川に話があって……」

「じゃけぇその話いうたら、わしを早う騙せっちゅうことやろうが！　お前らみたようなボケカスアホンダラがのさばるようじゃこの世は終わりじゃの。枯《か》れ木に山が食い潰《つぶ》されるわい」

「いやいや、それは誤解ですよ……」

立花は額に脂汗《あぶらあせ》を滲《にじ》ませつつ、それでも媚《こ》びるような笑顔で大将を懐柔にかかったが、そんな見え透《す》いた遣《や》り方は大将には通じない。

「居酒屋の頭の悪い親父と舐めとったかもしれんが、チンピラの風下に立ったことはいっぺんもないんで」

すると、ついに立花の側の堪忍袋の緒も切れた。下手に出るのも限界になったのか、立花は派手に舌打ちをしてみせた。

「おう、あんた、いい加減にせえ！　カネ持っとると思うから下手に出てやったのに……何様のつもりや、このクソジジイが。昔の映画にかぶれて広島弁使えば、こっちがビビるとでも思うとるんかい、あ？」

立花はボディガード二人に顎《あご》で「行け」と合図した。

が、その瞬間、ひゅっと風を切る音がした。思わず首をすくめた西岡が見ると、大将の手から放たれた包丁が、立花の背後の壁に突き刺さっていた。

と思ったら次の瞬間、立花の髪の毛がザンバラになりパラパラと立花の顔に落ちてきた。床には、立花の髪を結わえた「チョンマゲ」部分が転がっている。

「ひっひぇぇぇっ」

それを見た立花は、立ったまま固まった。頭のてっぺんがチョンマゲだった立花は、ザンバラ立花になり、やがてズボンの前にじわじわと濃いシミが現れた。

ボディガード二人は大将に詰め寄ったが、その大将は挑みかかってきた一人にすかさず体当たりを食らわせた。そいつは怯《ひる》んだ隙《すき》に左腕を捻《ひね》り上げられ、もう一人は足払いをかけられ、転倒したところで思い切り鳩尾《みぞおち》を踏まれて、息が止まった。

その間、僅か数秒。

丸刈りの石丸とチョンマゲの黒川は、腰を抜かして、動けない。

大将はカウンターの中に戻ると、調理台から、先日かけていた大きなメガネを持ち上げて、見せた。

「この、昔のギリシアの大富豪みたようなメガネのフレームには、小さなカメラとマイクが仕込んであってな。スマートグラスっちゅうやつじゃ。あの日にお前らが見せてきた資料や会話は全部記録してある。今日のことも、店に仕込んだ隠しカメラがきちんと捉えとる。全部録画してあるんじゃ、ボケ！」

大将が天井の三箇所を次々に指差すと、狭い店に似合わず、そこには火災報知器のように見える突起物があった。

「判ったか。もうお前らの時代はしまいで」

そこに名月師匠も店の隅から、震え声の江戸弁で啖呵《たんか》を切った。

「てってめえら、こっ小向さんから巻き上げたお金……いや、カネを返しやがれ！　べっべらぼうめぇ！　こっこのスットコドッコイが！」

「お前ら……全員、グルだったのかよ……」

丸刈り石丸がガックリと首を垂れた。

「諦めなさいよ。アンタら、小向さんを騙したと、自分で白状したんだからね！」

紅一点も、言った。

「おじさんたち、なんとか言ったらどうなんすかね」

今永も、立花たちに追い打ちをかけた。

「完全に観念するまで、ボッコボコにしてやりましょう、大将」

今永は完全にワルノリしている。

しかしそこに「待て待て」という声がして、大内が入ってきた。

「そこまで！　民間人が手荒なことをしてはダメです！　あとは私が引き受ける」

パトカーのサイレンが遠くから近づいてきた。それも一台ではなく二台三台と増えている。店の引き戸のガラスが、赤いパトランプの光で煌々《こうこう》と照らされた。

「それでは皆さん、ご同行願えますか」

大内は、店に顔を出した警官に、丸刈り石丸とチョンマゲ黒川、そしてボス立花と、ボディガード二人の計五人を次々に引き渡した。

*

「しかし……連中は言葉巧《たく》みじゃったの。このわしとしたことが、まんまと騙されて本気になるところじゃった。五億が十億になるのではと、うっかり信じそうになったからの」

事がすべて落着して、すっかり落ち着いた店内。今日はカウンターの外側で、客たちと並んで座った大将は、しみじみと言った。

「話相手のおらん年寄りなら、親身になって話を聞いてくれる人間は、そりゃあ有り難いと思うじゃろうな」

あくまで騙す相手を乗せようとしての事じゃたぁ言え、と大将は付け加えた。カウンターには小向老人もいて、大将の言葉に頷いている。

「あの立花というテッペンチョンマゲが、組織の中堅だったんですよね？」

西岡が確認するように大内に訊いた。

「そうだ。石丸や黒川のランクの連中を束ねる中堅。だがその上に幾層も悪いヤツが居る。

それを今、慎重に調べている最中だ。なんとしても組織の頂点が何者かを解き明かして、一網打尽《いちもうだじん》にするつもりで」

しかし大内の苦い表情を見ると、それが難しいことは判る。

「辿っていくと、とんでもないところに繋がってたりしてね。やっぱり、君子危うきに近寄らずってヤツですよ」

名月師匠も危ねえ危ねえと怖気《おぞけ》を振るっている。

「警察には感謝していますよ」

小向老人が言った。

「ありがたいことに私が騙し取られたカネは七割方戻ってきた。あの二人が捕まってよかったよ」

そうは言ったが、「だがね」と続けた。

「金が戻ってはきたけれど、金はあっても、私には家族も知り合いも、友達もいない」

意味のない人生だ、と小向老人は嘆《なげ》くばかり。

「だったら、僕たちと友達になりましょうよ」

と、西岡が話しかけた。

「そりゃ僕たちと小向さんじゃトシは違うけど、全部の条件が揃わなきゃダメだ、友達になんてなれない、なんて言ってたら寂しいままですよ。小向さんもちょっとは努力する、というか歩み寄って、友達を作るようにしなきゃあ」

「そうですよ。映画とか音楽とか美味いものとか、そういうので年齢関係なく、話が合うことだってあるでしょう」

大内も口を揃えた。

「ここには落語の師匠だっているんだし」

そう言われた名月師匠は、扇子《せんす》でおでこをポンと打って見せた。

「さいでげすな」

小向老人は思わず吹き出した。

「ありがとう！　そうですな。私も愚痴ばっかり垂れてないで、努力しなきゃあ、ね」

小向老人の明るい声が響いて、店内がなごやかな空気になった。その時。

店の外からなにやら人声がした。誰かが喋っている。何を話しているのかはよく判らないが、声の感じだと、年配の女性らしい。

「では、突撃してみましょう」という声が聞こえたかと思ったら、引き戸がガラガラと開き、スマホをセットした自撮り棒がにゅっと突き出された。棒を手にしているのは……老女だ。連れはいない。彼女は一人で入ってきた。

白髪をショートにして、赤いヘアバンドを巻いている。若い頃はかなり美人だったような、今なおその片鱗がある上品な老女。着ているものもババ臭くない、華やかなパステル系のシャツに、真っ白で折り目のついたパンツスタイル。オシャレで、お年を召しても色香が衰《おとろ》えない、名女優の誰かに似ている感じ。

「よろしいかしら？」

スマホを構えたままの老女は、とても可愛いらしい声を発した。

西岡たちは驚愕《きょうがく》した。若者の真似をしてか、老女はスマホで店内を撮影しているのだ。

こういうのは大将が一番嫌う客だ。

怒声を覚悟した西岡は首を縮めた。

ところが大将は、仏頂面《ぶっちょうづら》ながら、西岡たち常連から数席離れたところを示して「おう、お嬢、空《あ》いとるそこの席に座っとくれ」と応じるではないか。

ありがとうとエレガントに答えた老女だったが、なぜか小向老人の隣を指差した。

「わたくし、できましたら、この方のお隣に座らせていただきたいのでございますけれど、よろしいかしら？」

「構わんよ。あんたがいいのなら」

いつもなら客には厳しくてワガママを許さないくせに、なんだこれは、と西岡は思った。

他の常連の顔にも不審の表情が浮かんでいる。

それを察したのか、老女は常連たちに軽く会釈をした。

「ごめんなさいね。新参者が突然お邪魔しちゃって」

「いえいえ、とんでもない」

常連たちのリーダー格である大内が反射的にそう言ってしまった。まあ、座ってしまったのだから帰れとも言えない。それに、なにより大将が認めたのだし。

「それであの、わがままついでにもう一つお願いがあるのですけれど、よろしいかしら？」

「言うてみんさい」

　依然として大将は拒絶しない。

「ここの、美味しいと評判のお料理をレポートさせていただけませんか？　わたくし、こう見えて動画の配信をやっておりまして」

「ええよ」

　大将は二つ返事で応じたので全員が驚愕した。

「動画やら配信やらよう判らんが、好きにしたらええ」

　そのやりとりを見ていた今永が、突然、老女を指差して「あっ！」と叫んだ。

「あの、失礼っすけど、もしかして、有名なシルバーユーチューバーの初音《はつね》さんじゃないっすか？　ローマ字でＨＡＴＳＵＮＥ☆の初音さん？」

「あらお恥ずかしい。御存知でしたの？」

　老女は少しはにかむ様子で答えた。今永は目を輝かせて西岡たちに説明した。

「初音さんはね、結構有名なんですよ。シニアなのにかなり短いスパンで新作を出してきて、それがまた面白いんすよ。若い連中とはまた違う感性でモノゴトを捉える、その切り取り方がユニークで。それに、なんというか、古い日本映画を観ているような……そう、昔風の日本語が魅力的なんすよ。おれたちじゃ絶対無理な、丁寧な言い回しが人気なんです。たしか……『モニョの』……」

「モニョではなくて、『喪女《もじょ》の人生挽回《ばんかい》チャンネル』ですわ」

老女・初音は微笑んだ。

「喪女というと……未亡人でげすか？」

名月師匠が横から加わった。

「このトシですわよ？　普通は男の方が先に逝きますわよね？　それに……モジョとは夫を亡くして喪に服した女という意味ではございませんの。『モテない女』って意味なんですのよ」

「そうだったそうだった。モジョは、いわゆるネットスラングなんすよ」

今永がうれしそうに解説する。

「モテない？　そんなにお綺麗なのに？」

名月師匠が満更お世辞とも思えない口調で、訊いた。

「お通し、出していいかい？」

大将がお通しの茗荷《みょうが》とネギのぬたを出そうとしてタイミングを計りかねている。

「あら、すみません。お願いします」

初音はスマホをカウンターのトップに向けて、出された小鉢を撮影した。

「なんでございますかしら、これは？」

「見ての通り、茗荷とネギのぬたじゃ。軽く湯通ししたけぇ、食べやすいと思うよ」

「それでは、戴きます」

初音は両手を合わせていただきますをして、お通しに箸を付けた。茗荷を口に運ぶ。手元のスマホは自分に向けて、自撮りをしている。

しゃくしゃくと、いい音をさせて食べる初音。

「大変、美味しゅうございます。ぬたの酢味噌の味のバランスが絶妙で、茗荷の風味を一段と引き立てていますわね。この青ネギも……素晴らしいわ」

「なんか飲みんさるか？」

大将が聞いた。

「そうね……辛口の日本酒を冷やで」

「日本酒か。今日の料理は牛ホホ肉の赤ワイン煮込みじゃけぇ、ワインはどうじゃ？」

「いえ、日本酒も合うと思うわ」

大将は、フレンチレストランが出すような、マッシュポテトを添えた牛ホホ肉の赤ワイン煮の皿をカウンターに置いた。これとシチューがどう違うのか、西岡を始め、常連にはよく判らない。しかし初音は知っている。

「赤ワイン煮は名前の通り赤ワインだけで牛肉を煮るのですけれど、シチューは小麦粉やバターなども使いますし、野菜も入れて煮込むんですのよね。ですから、見た目も味も違いますわ。加えて言えば、ハッシュドビーフという料理もございますけれども、あれは薄切り肉を赤ワインで煮込んだものです。それにルーと玉ねぎを加えてご飯にかけると、ハヤシライスになりますね」

初音はウンチクを語ってから、牛ホホ肉の赤ワイン煮を口に入れた。

「まあ！　お肉がホロホロ！　お箸で簡単にほぐれます。素晴らしいですわ！　これならきっと、口の中に入れたら……」

初音は目を輝かせつつ、牛ホホ肉を口に運んだ。

「ああ……素晴らしいですわ。やはり、口の中で溶けました。ここまで素晴らしく煮込まれた赤ワイン煮は、高級レストランでもなかなか戴けませんわ。大将、ほんとうに良いお仕事をなさってますわね！」

初音がスマホを向けると、いつもは仏頂面の大将が面映《おもは》ゆそうに頭を掻いた。驚いたことに、心なしか顔が赤いようにさえ見える。

「いやいや、そがいなたいそうなものではないけぇ」

「まあまあご謙遜《けんそん》を。大将はどこで修業なさったの？　三つ星レストランとか？」

いやいや、と大将は否定した。

「自己流じゃけぇ。強《し》いて言えば、組の事務所か。極道は口が肥《こ》えとるんで、アニキ分に褒《ほ》められとうてわしも腕を磨いたけぇね。それが今に生きとるっちゅうところじゃろうか」

「まあまあご冗談《じようだん》がお上手ね」

遅くなってしもうて、とそこで大将が枡酒《ますざけ》を出した。冷やの辛口だ。

「美味しい！　口の中が清められた感じですわ。これでまた、改めて美味しい赤ワイン煮を新鮮に味わえますわね」

ほうかほうかと機嫌《きげん》が良さそうな大将は、マカロニサラダやジャガイモのグラタン、出汁巻き玉子など、和洋ごっちゃの小鉢をどんどん出してくる。

「素晴らしいですわ！　こういうメニューの多様性が、居酒屋の文化ですわよね。ブラッスリーやビストロでは、このような解放感、到底味わえませんわ！」

そうかいそうかいと上機嫌になった大将は、調子に乗ってハムカツの小皿を出したが、

「これはちょっと違いますわよね？」と初音に却下《きやつか》されてしまった。

苦笑いして引き下がる大将を見て、名月師匠は小声で呟いた。

「こりゃどうしたこってしょうね？　普通なら、黙って食え！　って客を一喝するのに」

大内もひそひそ声で同調した。

「いや、それ以前に」

「そもそも大将は、こういうネット配信やらかすチャラい客を、蛇蝎《だかつ》の如く嫌っている筈《はず》」

「そうですよ。今どき誰でもやってる出された一品の撮影でさえ、客を叱《しか》りつけて追い出すほどなのに、ねえ？」

大内と師匠がコソコソ話しているのが大将の耳に入ってしまった。

「なんじゃ？　お前ら文句あるのか？」

「いえね……大将は日頃、黙って食え、が信条のお人だった筈ですよ？　やたらウンチク

を語る客でさえ嫌ってたでしょ？　しかも、あろうことか料理をネットに上げるなんて、本来ならこの店では御法度《ごはっと》、いや、鬼畜外道《げどう》の所業とすら言えるのではないかと」

名月師匠が遠慮がちに指摘した。だが。

「タワケが。わしはな、人生の大先輩である年上の方たちはリスペクトしちょるんじゃ。特に女性な。わしゃフェミニストで儒教《じゅきょう》も信奉しちょるからな」

大将が思いがけないことを口にしたので、西岡は思わず今永と顔を見合わせた。

しかしその間にも、初音は機嫌良く牛ホホ肉の赤ワイン煮を味わい、マカロニサラダに恍惚《こうこつ》とし、ジャガイモのグラタンをほふほふ言いつつ口に含み、冷酒で口の中を冷ましている。

「東京下町ならではの、大変結構なお食事でございました。素晴らしいお店と、そして素晴らしい大将に出会えました。皆様も、ぜひ良い出会いをしてくださいませ。ではでは、この辺で失礼致します」

初音はスマホに向かって一礼して、録画を終了した。

「皆様、お騒がせ致しました。申し訳ございません」

そう言われて礼儀正しく挨拶されると、名月師匠も大内も、「いえいえ」と応じざるをえない。

「本当に有り難うございます」

頭を下げた初音は、隣に座った小向老人に向き合った。

「ところで小向さん、わたくしのこと、覚えておいでになる？」

いきなり名前を呼ばれた小向老人は、ギョッとして固まった。

「え？　そちらは、どうしてわたしの名前を？」

「ああ、やっぱり、覚えておいでではないのですね」

初音は想定内、という落ち着いた様子で小さく頷いた。

「では……思い出していただくために、少し昔話をしてもよろしいかしら？」

初音は冷酒で喉《のど》を潤すと、ゆっくりと、しかしハッキリとした口調で話し始めた。

「昔々……もう五十年以上前の……いえ、六十年以上前の事になるでしょうか。この町の、とある小学校に、一人の女の子がおりました。一人っ子で家は町工場です。両親は毎日忙しく働いていましたが、その女の子を可愛がっていました。一粒種ですものね。小学校の低学年の頃までは、その子は幸せでした。みんなと仲よくできて学校も楽しかったのです。なのに……五年生になったある日、突然、何もかもが変わってしまいました。いじめが始まったのです。女の子にしてみれば、なにがどうしてそうなったのか、いじめられる原因がさっぱり判りませんでした。でも、いじめは始まってしまったのです。最初は小さなことでした。お約束の、上履《うわば》きを隠されるところからです。やがてその上履きがびしょ濡れになっていたり、赤いマジックで落書きされたりするようになりました」

「な……なんなんだ、あんた。その話と私が、どういう関係が？」

小向老人は苛立ったように貧乏《びんぼう》揺すりを始めた。だが、その視線は泳ぎ、明らかに挙動不審だ。

「まあもう少し聞いてくださいな、小向さん。そのいじめはどんどんひどくなって、給食のパンに足跡が付いていたり、おかずにゴミが入れられるようになりました。机に入れておいた教科書が捨てられたり、机に落書きされたり、体操着に墨汁《ぼくじゅう》をかけられたり、服が破かれることも始終でした。でも、一番ひどいいじめは、クラスのみんなから無視されてしまったことでした。話しかけても、誰も返事をしてくれない……とても辛い毎日でした」

小向老人の貧乏揺すりは収まるどころか激しくなってきた。それは、明らかに初音の話を聞きたくないという素振りとしか、周囲には見えなかった。

「いじめは、中学に進学しても続きました。みんな同じ小学校から地元の中学校に進んだからです。わたくしは、違う学校に行きたいと親に泣いて頼みましたが……その頃はまだ『いじめ』が社会問題として知られていなくて、子どもどうしの喧嘩《けんか》のように軽く考えられていました。それに、わたくしの家は町工場でしたから引っ越すわけにもいかず、違う学区の中学校に通う事も出来なかったのです」

「失礼ですけど、ある女の子、というのは初音さんのこと、ですよね？」

今永が遠慮がちに訊いた。

「わたくし、とおっしゃったので……」

初音は今永に向かって頷いた。

「はい……その通りです。すぐバレちゃいましたわね」

初音は軽く肩を竦《すく》めた。

「あの……いじめられるようになった原因とか理由って、今になっても心当たりはないのですか？」

大内が訊ねた。

「ありません。わたくし、今に至るまでずーっと考え続けてきました。でも、思い当たることがまったくないのです。幸い、わたしがいじめられていても、家業の町工場に影響が出ることはなかったし、工場には職人さんがいたので、家まで押しかけていじめられることもなかったので、親も全然、深刻には考えなかったのでしょう」

それを聞いていた小向老人の貧乏揺すりが、止まった。

「中学に入って、クラスもまた同じような顔ぶれになり……その時、いじめられていたその女の子、いえわたくしにもやっと判ったのです。いじめの首謀者がいたと。その首謀者は、親が地元の顔役で、友達も多くてお金持ちで、みんなに食べ物を奢って、子分みたいにしてる男子で」

はきはきと話す初音とは対照的に、小向老人は座ったまま、どんどん縮こまってゆく。頭もがっくりと下を向き、カウンターの下の、自分の爪先《つまさき》を見つめる状態だ。顔色は判らないが、耳が真っ赤に染まっている。その様子を横目で見つつ、初音は話し続ける。

「しかもいじめ首謀者のその男子は、私のすぐ近所の、大きな家に住んでいたお金持ちのうちの子で、私とは幼馴染みでした。とても仲が良かったんです。小学校の五年生までは、ですが。でもある日、黒板に相合い傘と、その下に、その子と私の名前が突然書かれて……」

悪ガキ連中が一斉に囃《はや》し立てたのだという。

「その男の子は真っ赤になって、それから怒ったような顔になって教室を飛び出して行きました。それからは一度も口を利《き》いてくれなくて……そして、いじめが始まりました」

名月師匠が言った。

「よくあるやつですな。バカな小学生男子のやきもちと照れから、くだらないいじめが始まってしまったんでげしょう」

なろう系作家も言った。

「そのとおりっすよ。小学生男子なんてまじバカっすからね。感情が揺さぶられると、どうしていいか判らなくて、とりあえず攻撃に走ってみる、的な?」

最初は気になる女の子への関心だったものが、いじめにエスカレートしてしまったのだ。

初音は辛そうな様子で語り続けた。

「そうなんでしょうね。でも、いじめる側の気分は『とりあえず』でも、やられる側はそうは行きません。わたくし、自殺も考えました。毎日そればかり考えて、何度かは実際に試みました。でも、怖くて最後までは出来ませんでした。肉体は死ななかったのですが、心は死にました。小学校の頃、仲のよかった友達とも疎遠《そえん》になって、中学ではとうとう、友達がひとりもいなくなりました。誰からも仲よくしてもらえない自分、という現実が惨《みじ》めでたまらず、閉じ籠《こも》ることになりました。でも、学校を休むことは親が許さなかったので、自分の中に閉じ籠ったのです。部活動にも入らず、すぐに帰宅して、自分の部屋で本ばかり読んでいました。高校に進学して、ようやくいじめはなくなりました。でも、性格がすっかり内向的になってしまったので、やはり友達は出来ないままです。わたくしをいじめた男子が原因で、男性不信にもなりました。大人になったあとでさえ、恋愛もお付き合いもできません。もちろん結婚もしませんでした。何度も親が縁談を持ってきたのですが、男性が傍《そば》にいること自体、もう耐《た》えられなくなっていたのです」

いわば男性がアレルギーになってしまったのです、と初音は言った。

「最初はとても仲がよくて、友達だと思っていた男の子からそんなことをされたんです。男性なんか信用できるわけがないでしょう？」

黙って聴いている小向老人の額から汗がしたたり落ちた。なおも話し続ける初音。

「短大を出て、町工場の経理をやりました。工場の職人は口さがないので、面と向かっては言いませんが、陰ではわたくしのことを『行かず後家』と言っていたみたいです。でも、親分肌の工場長がそういう工員を叱ってくれましてね。わたくしをいじめたその男子も、友だちが多くて地域の顔役的なポジションにいたのですから、いじめを止めさせるように動いてほしかったのですけど。本来ならね」

率先していじめを呼びかけるのではなくて、と初音は言うが、誰が見ても、初音の言葉の矛先は小向老人に向かっている。老人はもう、顔を上げることが出来ない。

「やったほうは忘れるんじゃ。やられたほうは忘れられんが」

大将が、ぼそっと言った。

「極道もおんなじじゃ。ガキの頃、いじめられていたやつも多い。強くなりたい、見返したい、いう意地ひとつで盃もらうヤツが、少なからずおったけぇ」

「そういうひどいいじめって……大人がやれば間違いなく、警察案件っすよね」

今永は憤《いきどお》りを隠さずに言った。

「いや、原則的に警察は民事不介入なので……」

大内はそう言ったが、慌てて付け加えた。

「それでも今はきちんと法律があるので、いじめ事案には警察が対処しますよ。被害届さえ出せばね。しかし、昔はね……みんな意識が低かった。警察を含めて」

そう言う大内に、初音は微笑んだ。

「まあ、そうこうするうちに四十を過ぎますとね、さすがに縁談もなくなりました。一生独身を貫くのだ、男嫌いなんだということが周囲にも知れ渡りましてね。それからは俄然《がぜん》、生きやすくなりましたわ。父が亡くなって工場を閉じて処分して、多少のお金も出来ましたし、母親も施設に入れてしまうと自分の時間も出来ました。一人で住むには家も広すぎるので、処分してマンションに越しましたし」

そこで、初音の顔はぱあっと明るくなった。

「そうなりますとね、人生大逆転ですわ。野球でいえば、九回裏逆転満塁ホームランです。健康でお金も時間もあると、人間、とても自由になりますのね。父の工場がなくなっても経理は出来るので、知り合いの会社で仕事をしておりますし、年金も出るし、貯金もそれなりに、ね。ずーっとひとりぼっちでも、今さら苦にもなりませんしね」

その時、ガタンと音がして、小向老人が床に這《は》いつくばって、土下座をした。

「済まなかった。君枝《きみえ》ちゃん、いや君枝さん、このとおりだ」

床に額《ひたい》を擦《こす》りつける小向老人を見て、西岡を含めた全員には、やっぱりそうかという空気が広がった。

「今更謝っても、と我ながら思うが、本気で謝りたい。君枝さん、いや、今は初音さんか。本当に申し訳なかった。私らが、いや私が悪かった」

小向老人は初音に平伏し続けた。

「昔、さんざん友達大勢でつるんで、数を恃《たの》んであんたにひどいことをしてしまった。子供の頃とはいえ、とは言わない。だけど、これだけは信じてくれ！　あんたが憎かったわけじゃないんだ。その反対だ。あんたのことが好きだった。でもその気持ちを、ツレの連中に見抜かれてひどくからかわれた」

グループのリーダーというポジションを、それで失いそうになったのだ、と小向老人は涙ながらに告白した。

「あの年頃のガキは仲間うちでナメられたらおしまいなんだ。判ってくれ、とは言わない。

本当にバカだった。しかし私は焦ってしまった。ナメられたくない一心で、あんたのことなど何とも思っていない、というフリをしなければいけない、どうしても！　と思い込んだ。あんたのことが、本当は好きだったのに」

「本当は好きだった？　わたくしのことが……」

驚きの表情で小向老人の言葉を繰り返す初音。

「そうだ。その通りだ。そんなこと、なんの言い訳にもならない。ただ……」

小向老人は土下座したまま、言葉を続けた。

「その報《むく》いで今はこのザマだ。詐欺で有り金はほとんど巻き上げられて、昔の羽振りの良さは見るカゲもない。大幅に減ってしまった貯金の残高を気にしながら細々と暮らしてる。若い頃から友達との付き合いを優先させて、家庭のことなんか放り出していたから、女房は苦労して早死に、子供たちも寄りつかない。おれは、ひとりぼっちになってしまったんだよ」

ついさっきまで、被害者としてみんなの同情を集めていたのが、完全に逆転してしまった。

初音の表情からは、感情が読み取れない。意味不明の微笑みが浮かんでいるだけだ。だが小向老人は懺悔《ざんげ》を続けた。

「本当に、今さらどの面《つら》下げて、と言われればまったく返す言葉もないし……到底、許してはもらえないだろうが、とにかく、謝らせてほしい」

初音の顔から、微笑みが消えた。低い声で、ひとりごとのように言った。

「いつも大勢でいた殿方は、孤独に弱いのね。わたくしはいつもひとりぼっち。親にも冷たくされ、結婚もしませんでした。あなたがたのおかげで男性に、いえ、人間の社会に絶望していましたので。でもおかげさまで、孤独にはとても強いんですのよ。それに、人を信用しないから、騙されることもありませんでした。煩《わずら》わしい人間関係もなかったから、無駄なお金を使うこともなかったし」

いつも友人たちに囲まれていた小向老人とは対照的な人生。だが、今や孤独となったその老人は、床に這いつくばったままだ。

「それでもね、わたくしのことを気に掛けてくださる方もいらしてね。誘われて老人サークルに入って、新しい趣味を覚えました。ハイキングに行くようになって、足腰も鍛《きた》えられて参りましたし……でもやっぱり、今一番ハマっている趣味はこれですわね。動画配信」

初音はスマホを指で弾《はじ》いた。

「今やこれが生き甲斐《がい》ですわ。シルバーユーチューバーなんて言われて、若い人たちにぼろくそに言われるのかと思ったら、なんということでしょう、温かいメッセージを幾つもお寄せいただいたり、『死んだおばあちゃんの話を聞いてるみたいで目頭が熱くなります』とまで仰《おっしゃ》ってくださる方がいたり。有り難いことですわ」

赦《ゆる》しの言葉を聞けるまで何がなんでも土下座を続けるッ、という勢いの小向老人を、名月師匠と大内が無理やり起き上がらせて、元の席から離れた場所に座り直させた。

たぶん……初音の口からは「赦します」という言葉は出ないだろう。

「しかしまあこりゃ……」

名月師匠は初音と小向老人を見比べて、言った。

「人生、見事に明暗を分けましたな。前半がよけりゃ後半にツケがくる。前半がさんざんでも、後半に、こうして挽回できる幸いもある。ある意味、人生は辻褄《つじつま》が合うと申しますか、最後にはプラマイゼロになるものなんですな」

名月師匠はしきりに感心している。

「人生は、怖ろしくもアリ、優しくもありますな」

まさに落語が描く世界です、と感銘を受けている師匠をよそに、小向老人は声を絞り出した。

「……赦して、くれますか」

小向老人は初音を涙目で見つめた。

初音も、しばらく小向老人をじっと見ていたが、やがて、口を開いた。

「赦し……ません」

彼女はハッキリとした声で、言った。

「今日わたくしの話を聞いて、それですぐに赦してくれとおっしゃるのね。虫が良すぎます。謝るのもどうせご自分の気持ちが楽になりたいからでしょう? そう、思いません?」

初音は硬《かた》い表情で、小向老人から視線を逸《そ》らさない。

こうして見ると、初音は若々しくて声もよく通る。しかし、同い年の筈の小向老人はずっと老け込んで、しかも見るからに不健康だ。

「小向さん。あなたはもう済んだことと言うかもしれませんが、それが言えるのはあなたではなく、わたくしです。わたくしは六十年以上苦しんだのですから、ごめんなさい、と言われても、はい判りました、赦します、とはならなくて当然でしょ？」

たしかに、初音の言い分は正しい。それは西岡を始め、みんなそう思った。

ただ……このまま打ち萎《ひしが》れた小向老人を初音と一緒になって否定して、店から放り出すのは、なんだかつらい。小向老人は言った。

「それはそうだろうな……あんたが私を赦さないのは当然だ。詐欺のカネは多少戻ってきたが……私のこれからの人生には、何の希望もない。あんたが昔、私の近所に住んでいた君枝ちゃんだと知った瞬間、もう一度仲良くなれるかも、と甘い夢を見たが、所詮かなわぬことだった。バカなジジイと私のことは笑ってくれ」

見るも哀《あわ》れな小向老人だが、だからといって赦してしまうほど初音の怒りは浅くない。

「そういうふうに自分を憫《あわ》れむのはおよしなさい。今一度、申し上げますけど、どうせご自分が楽になりたいから、それだけのことなんでしょう？」

かなりキツく響いてしまうことを言われても、小向老人は俯《うつむ》いたままだ。

その様子をじっと見ていた大将は、少し困った表情を浮かべながら小皿をことりと二人の前に置いた。

「たちまち、これでも食いんさい」

それは出汁巻き玉子だった。食べやすいように二切れが一皿に載っている。作り立てのほかほかで湯気が立っている。

初音がひと口食べた。その途端に硬かった表情が一変した。その出汁巻き玉子と同じくらいにふんわりと、柔らかな雰囲気に変わってしまったのだ。

「あら……とても美味しいわ。しみじみと出汁が利いていて……優しい甘さで……温かくて柔らかくて……なんだか、愛情がそのまま、食べ物に変身したみたい……」

声までが優しく、柔らかくなっている。

小向老人も、強ばった顔で出汁巻き玉子に箸を伸ばし、口に入れたその瞬間、目から涙が溢《あふ》れ出した。

「今さら判ってくれ、とは言えない。だが、決して口先だけじゃないんだ。謝って自分が楽になりたいから、ではない。本当に、心から、申し訳なかったと思っている。もちろん、だからって、赦して貰えないことは判った。だけれど……」

俯いたまま言葉を選んで、絞り出すように言う小向の様子に、さすがに初音も少しは心を動かされたようだった。

「わたくしは、やっぱり、赦しません。いえ、すぐには赦せません……今はね。それはそうでしょう。ハイハイそうですかってすぐに赦すことなんて出来ません。でも、ここで、このお店で、これから先……いろいろお話をして、こういう美味しいお料理を戴いて、一緒にお酒を呑んだりしていたら……気持ちが変わってくるかも」

それを聞いた小向老人が顔を上げた。涙を隠そうともせず拭《ぬぐ》いもしない。口を開いて何かを言いかけたが、その言葉は喉元でとまった。それでも小向老人の青白い顔には、かすかな赤みが差し始めていた。

第二話　中華粥《ちゆうかがゆ》をめぐる冒険

「新しいメニューを考えた」

西岡《にしおか》が店に入ってそうそう、大将はお粥《かゆ》のお椀《わん》を出してきた。いわゆる中華粥だ。西岡の見たところ、ホタテの貝柱やアワビが入っていて、ナッツのようなものが載《の》っている。

「美味《うま》い……美味《おい》しいです！」

一口食べた瞬間、何とも言えない滋味が口の中いっぱいに広がった。

「ホタテとアワビの出汁《だし》が利《き》いていて、なんというか……奥の深い味というか……ぽりぽりするこのナッツの歯応《はごた》えというか食感もいいですね！」

それを聞いて、同じ中華粥を食べていた他の常連、今永《いまなが》や紅一点、大内《おおうち》がそうだろうそうだろうという顔で頷《うなず》いた。

「ナッツと言うたが、それはピーナッツじゃ」

悪い気がしていない大将が補足した。

「ああ、ピーナッツですね。これが香ばしくてアクセントになっていいですね！」

よくある中華粥は鶏肉の出汁だが、ホタテとアワビの出汁だと、風味の奥行きが違う。

旨味《うまみ》に滋味が伴って、非常に贅沢《ぜいたく》な逸品に感じる。

「中華も始めるんですか？」

西岡が聞くと大将はイヤイヤと手を振った。

「付き合いのある食材店のオヤジが、中国が輸入してくれんようになって大量に売れ残って困ってる食材があるちゅうんで、分けて貰《もろ》ろうて試作してみたんじゃ。わしは中華は素人《しろうと》だけん」

「またまたご謙遜《けんそん》を。とても美味いですよ。〆《しめ》に出すと最高ではないかと」

「いや、ここの〆はおにぎりと決まってるんっすよね？」

今永が大将に気遣いながら、言った。

「あ、そうか、そうでしたね。だけどこの中華粥も捨てがたいなあ」

「そりゃ美味いけど、おにぎりも……大将の作るモノはなんでも美味いっすけど」

今永はごまかした。そりゃおにぎりも美味いので、どっちかにすると言われると困るのだ。

「ところで、真向かいの、工事中だった店、居酒屋だったんですね」

ビールを飲んだ西岡が、話題を変えた。

「ずっと工事してたから、何が出来るんだろうと思ってたら……看板見たら『最初の一杯墨井《すみい》本店』だって。モロ商売敵《がたき》じゃないですか」

ポテトサラダと鰻玉《うなたま》、もずくの突き出しを並べながら大将は仏頂面《ぶっちょうづら》で頷いた。

「新参なのに挨拶《あいさつ》にも来よらん。顔を合わせても知らん顔じゃ」

瓶《びん》ビールとグラスを置いて、大将は入口を顎《あご》で示し、今永が言った。

「それがね、西岡さん、知ってます？　今、向かいで工事してる『最初の一杯』の経営者って、何度かここに来て探りを入れてたヤツらなんですよ。ほら、根ほり葉ほり訊《き》いてたじゃないですか。ここの料理の原価とか、出してるお酒の銘柄とかメニューとか」

今永はそう言って、ねえと大将に同意を求めた。

ああそういえば、と西岡も思い出した。彼が初めてこの店に来たときに、原価率だなんだと喋《しゃべ》り散らしていたチャラい男がいた。裕福そうな年配のカップルと三人で来ていたのだが、大将が怒ってその三人組を追い出したのだ。

「あの連中の店なんですか？」

西岡が訊くと、大将は黙って頷き、今日もスーツ姿の大内《おおうち》が立ち上がった。

「向こうの店は繁盛《はんじょう》してますかな？」

大内が入口から向かいの店を見ようとしたとき、ちょうど引き戸が開き、名月師匠《めいげつししょう》が入ってきたので鉢《はち》合わせする形になった。

「おやおや、びっくり仰天《ぎょうてん》ですよ！　大内さん、わざわざ入口を塞《ふさ》いで、お出迎えですか？」

「いや、たまたま向かいの店が気になって……」

「あ、さいですか。そりゃまあ、気になりますよね」

歌うように喋る名月師匠はほろ酔いだ。顔もほんのり赤い。

「あ、師匠、もう飲んでるじゃないですか。もしかして、向かいの店で？」

大内にずばりと言われた師匠はギョッとして言い繕《つくろ》おうとしたが、咄嗟《とっさ》には言葉が出て来ない様子だ。

「いえ……なんと申しますかね、ある意味、敵情視察ってんでしょうかね」

「やっぱり向かいで飲んできたんだ！」

この裏切り者が、と言わんばかりの口調で大内が糾弾《きゅうだん》した。

「いやあ、なんにしても、ですよ、敵を知らなきゃ仕方がないでしょうが。みなさんだって、気になるんでしょ？　あの店」

師匠はそう言いながらカウンターの大内の隣に座ったが、さすがに大将を正面から見るのはきまり悪いらしく、目を伏せている。

「で、どうだった、師匠、向かいの店は？」

大内が師匠に向かって身を乗り出した。

「どうだった、と言われても……まあ、普通でしたよ。若い衆が結構いてね、威勢がいいというかうるさいというか、客が来るといちいちデカい声で『へい、らっしゃい！　お客様ご来場！』とか言うんですよ。メニューもまあ、いろんな居酒屋の平均値って感じです。どこにでもあるようなお品書きで、特徴はありません。北海道とか九州とかの、地域的なメニューがあるわけでもないし」

ホッケの塩焼きも日向鶏《ひゅうがどり》のチキン南蛮《なんばん》もナシです、と師匠は言った。

「で、出て来るモノは美味いんですか？」

今永が割り込んだ。

「あ〜、それも、普通です。ごくごく普通。不味《まず》くはないけど特段美味くもない。ごくごく平均的な味。コンビニの弁当みたいな、そんな感じというか」

「ってことは全然、この店をお手本にできていないってことでは？」

西岡が言ったが、大内と今永に即、否定された。

「真似《まね》できないんですよ、大将の味は。ここの料理は手間暇《てまひま》がかかってるし、原価なんか考えないで出してくれてるし」

「そうですよ。その辺のバイトがチャッチャと作っても、大将の味は絶対に出せません」

「ってことは……あの店、恐るるに足《た》らずってことですか？」

西岡が確かめるように訊くと、今度は師匠が否定した。

「いや、なかなか手強《てごわ》いですよ、テキは。味では大将に敵《かな》わないので、値段で勝負してきてます。とにかく、安い。九十分飲み放題で千五百円。食べ物だって一皿二百円がズラッと並んでるの」

「それを言うなら、我らが大将の店だって驚くほど安いじゃないですか！」

今永がちょっとムッとした感じで言い、師匠がそれに言い返す。

「たしかにね、ここだって、安い。安いですよ。原価無視だもの。だけど向こうは、もっと安いし、ありがちだけどメニューは豊富。スタッフはみんなバイト君で、ここみたいに気を遣うことはないし」

そう言ってしまった師匠は、「あ！」という顔をして口に扇子《せんす》を当てた。

「そうですな」

と大内が引き取った。

「我々常連は、大将の腕と人柄《ひとがら》に惹《ひ》かれて通ってるけど、そうではない連中は、メニューの多さと値段と気安さで店を決める。安くても、不味かったり居心地が悪ければ、客は来ない。しかし安くて、味もそこそこで、おまけにバイト君もそれなりに仕事してれば、この辺の呑兵衛《のんべえ》をかっ攫《さら》ってしまうかもしれませんよ」

「けど、そんなに安いなら何かウラがあるでしょう？　飲み放題のお酒を薄めてるとか、ないんですか？」

以前、安いのがウリの温泉ホテルに泊まったら夕食が飲み放題だったのだが、なにを飲んでも薄かった、と今永が食い下がった。

「驚くなかれ、なんと、ビールまでが薄かったんだから」

「あ、それはなかったですね。普通の濃さです。とにかく飲みたい、酒が飲みたくてツマミがテキトーになにかあればいい、という客にはうってつけの店ですよ、うん」

名月師匠はそう言って頷いた。

「しかしね、そんな安さだけで勝負する店は長続きしないでしょう。体力が尽《つ》きて、必ず

とした時。

大内が断言し、「敵の自滅を祝って、乾杯しましょう！」と意味不明の祝杯を挙《あ》げようや倒れます！」

ガラガラと引き戸が開いて、若い女性が入ってきた。

三十前後の、一見してイイ女だ。目鼻クッキリのメリハリのある美貌《びぼう》。スラリとした長身のモデル体型を、ボディラインが露《あら》わになるピタTと、スリムなジーンズに包んでいる。服を着ているけどヌードが想像できてしまう、妖《あや》しい色香を漂わせている。

彼女は「ここでいいかしら？」と大将に確認して座り、冷酒を頼んだ。隣の西岡を見て、「同じものお願いできます？」と訊いた。音域が高くてテンションも高い声に、ハッキリした性格が表れているようだ。

「お目が高いですね。今日からの新メニューの中華粥ですよ」

大内が言うと、その美女は大内をじっとみつめて微笑《ほほえ》んだ。視線と仕草がいかにも妖艶《ようえん》で、男を勘違いさせてしまいそうだ。

あいよと大将が突き出した中華粥を受け取った彼女は、早速ひとさじ掬《すく》って口に運ぶと、「わあ」と感嘆《かんたん》の声を漏《も》らした。

「美味しい！　凄く美味しい！　これ、ものすごく美味しいですね！」

「それはどうも」

美女に褒《ほ》められて、大将は仏頂面を崩した。

美女はオイシイ美味しいと言いながら一気に食べてしまった。

「こんなに美味しい中華粥、初めてですわ」

美女にそう言われて、大将は仏頂面というかポーカーフェイスのままではいられない。

「お口に合うて、えかった」

「あの、こちら、ものすごく美味しかったので、ウチのものにも食べさせたいんですけど……テイクアウトは……出来るかしら？」

「出来るとも。お安い御用じゃ」

大将はお椀に中華粥をよそい、ラップで蓋《ふた》をして美女に渡した。

「お代は？」

「五百円。入れ物込みで」

「あら、いいんですか？」

「わしがええちゅうたらええんじゃ」

大将は太っ腹ぶりを見せた。というか、普段は強面《こわもて》の大将も、美女には弱いのか？

どうも有り難《がと》うと、大将に千円札一枚を渡した美女は、機嫌《きげん》良く店を出て行った。

そんな美女をずっと見送っている大将や常連の中で、名月師匠だけは首を傾《かし》げた。

「あの美人……誰《だれ》かに似ていたような」

＊

大将の店は、味と大将の人柄で固定客がついているとはいえ、もともと大将に商売っ気がないものだから、いつ来ても空《す》いている。たまに一見《いちげん》さんもやってくるが、大将の「塩対応」に腹を立てて二度と来ない。大将の方から気にくわない客を追い出したりもする。だから西岡のような客が常連になるのは極めて稀有《けう》のことなのだ。

一方、「安さで勝負！」と攻めの姿勢で押しまくる「最初の一杯」は、大内たちの分析の通りに「安く酒が飲めてそこそこ腹も膨《ふく》れればいい」という客をかっ攫って大繁盛し始めていた。そしてその影響は、大将の店ではなく、駅から続く商店街の居酒屋や、料理屋各店が大きく蒙《こうむ》っていた。

「参ったよ。昨日なんか客が全然来ない。来てもポツリポツリで電気代にもなりゃしない。全部あの店に盗《と》られてるんだ」

駅前の大衆居酒屋「のんちゃん」の店主は、あまりに客が来ないので臨時休業にして大将の店でクダを巻いている。

「オタクはいいよな、大将。気の合う常連さんだけ相手にして、商売が成り立ってるんだから。ウチはお客にガンガン来て貰《もら》わないと倒れちゃうんだよ。客を選べる立場じゃないからな。自転車操業だよ」

「オタクは駅前だけん、家賃《やちん》が高いんじゃろう」

大将がボソッと言った。

「そう。そうなんだよ。要するに場所がいいから客が入ってたんだ。けどここら辺は……ハッキリ言って、あの店は駅から遠いから、フリの客は来ないと思ってたのにのんちゃんの主人は振り返って玄関越しに例の店「最初の一杯」を見た。

「けど安いもんな。激安だもん。あの値段で良くまあやっていけると思うよ」

「客単価が安い分、数でカバーってことですかね？　薄利多売っていう」

名月師匠が商売人のような事を言った。

「独演会でも同じでね。お代を高くすると客の入りが悪い。かと言って安くすれば客が来るか……と言えば、そうでもない。安くした分、足が出たりして」

「あ、それ、本でも同じじッスよ」

なろう系作家の今永がここぞとばかり口を挟む。

「電子出版だと自分で値段が決められるんで、今度のは売れるだろうと思って強気の値段にすると、見事に売れない。でも、売れないからって値下げすると、先に買ってくれた人に悪い。で、次の本は、最初から安い値段設定にしてみたら」

「安くしても売れないんだろ？」

大内が突っ込んだ。

「アンタの本は高くても安くても売れないんだよ」

そうなんだよね、と受け流すかと思った今永だが、突如《とつじょ》怒りのスイッチが入ったのか、唸《うな》りながら大内に殴《なぐ》りかかった。

「ホントのことを言うな！　普通、それは言わないのがお約束だろがぁ！」

今永はそう言って右腕を振りかぶった。

しかし、そこは大内もさすがに刑事だ。目の前に飛んできた拳《こぶし》を受け止めるや、今永の腕を捻《ひね》り上げた。

「痛い！　痛いっすよ。すいません大内さん。悪かったっす」

今永は五秒で降参した。

「お取り込み中失礼ですが……ちょっと行ってみませんか、向かいの店？」

西岡が提案した。

「安いだけじゃなくて、なんか人気の秘密があるのかもしれないじゃないですか。それを探るには、実際に行ってみないと」

「アタシはもう、何度か行きましたよ」

名月師匠が入ってきた。

「メニューの多さと安さだけが取り柄《え》ですね。ハッキリ言って」

「しかし、それだけで、この界隈《かいわい》の同業者からお客を吸い上げられますかね……」

西岡は、「のんちゃん」の主人に訊くでもなく、呟《つぶや》いた。

「そこなんだよ！　アンタ。そこなの。知りたいことはそこなのよ！」

「のんちゃん」の主人は声を上げた。

「オレが行ったら敵情視察だとバレるンで、行けない。大将も顔バレしてるんでダメだ。だから、あなたがたが行って、あの店が繁盛してる秘密を見てきてくれると有り難いんだけどなあ」

「ですからアタシはあの店、もう何度か行ってますけど？」

何度もそう言っている師匠の言葉に、主人は被《かぶ》せ気味に答えた。

「ここは、お一人の意見ではなくて複数の目で見たことを知りたいんでねえ」


向かいの店には西岡と今永の二人が派遣されることになった。

二人は、大将の店を出て、いったん駅の方に向かった。直行した、という印象を消すべく少し時間を稼《かせ》いでから「最初の一杯　墨井本店」に向かった。少しはアリバイ工作をした気分だ。

「らっしゃい！」の威勢のいい声に迎えられて、二人は店内に入った。

「ええと、ここって、前は何の店でしたっけ？」

西岡が訊くと今永は首を捻った。

「前も居酒屋だったような気がするんですけど……通ってた店じゃないと、すぐ忘れちゃいますね」

間口は狭くて奥行きがある、昔ながらの店構えで、カウンターはなくテーブル席が並んでいる。まだ午後六時過ぎなのに、ほぼ満席だ。内装は完全な「和風居酒屋」。

「こちら、どぞ」

二人は奥まった席に案内された。

紺《こん》の袢纏《はんてん》にエプロン姿の店員は男女共にほとんどが外国人。そのせいか、テーブルにあるメニューには番号が振られていて、タブレットに入力する方式になっている。

お品書きはまさに居酒屋メニュー全部載せとでも言うべきもので、焼き鳥から煮込み、揚げ物、お造り、サラダに焼きそば、お茶漬け、おにぎりと、一般的なメニューでないモノはない。酒も、ビールから日本酒、リキュールまで、一通り揃《そろ》っている。

二人は、焼き鳥盛り合わせにお造り盛り合わせ、アジフライにコロッケを頼み、生ビールとレモンサワーを選んだ。

店員が料理の皿やドリンクのジョッキをどんと置いて中味がテーブルに零《こぼ》れたりしたが、それは仕方がないだろうと文句は言わず、料理に箸《はし》を付けた。

「確かに、そこそこ美味いですね」

焼き鳥の焼き方や肉質、タレの味は合格だ。お造りの魚の鮮度も悪くない。

厨房《ちゅうぼう》では、小柄でスリムな男が日本語で外国人スタッフに、調理について細かく注意している。

「それ、もう火が通ってるから。焼きすぎると硬《かた》くなるから」

などと言っているが、目では別のスタッフを見ていて、「ほら、ジョッキをもっと傾けて注がないと。ビールが泡だらけになってお客さんに怒られるよ」と注意している。なかなか鋭くて優秀だ。

「初めての店でビールを頼むときは瓶ビールに限るらしいっすね。瓶ビールの味に店の違いはないけど、生ビールはサーバーをキチンと洗っているか、それと注ぎ手の腕によって味が変わるらしいっすよ」

今永はそんな豆知識を披露《ひろう》しながら中生《ちゅうなま》を飲んでいる。

「普通に美味いっすね。レモンサワーはどうです?」

西岡もレモンサワーを飲んだが、特に薄いとか不味いという感じはなかった。

外国人の店員は言葉はカタコトながらよく動き、客の注文にも機敏《きびん》に応じて頑張っている。

と、思ったら、そこでガラガラガッシャーンと大音響がとどろき渡った。客が食べ終わった皿を山ほど抱えた大男が足を滑《すべ》らせてひっくり返ったのだ。皿はすべて割れ、床に散乱している。

「ナニしてるんだよオオキちゃん!　大丈夫か?」

さっきの小柄で優秀な男が飛んできて、尻餅《しりもち》をついている大男を立ち上がらせようとした。

「すいません……タミヤさん」

「まあ、お皿より人間の方が大事だから……気をつけてよ」

皿を割ったドジ男を叱《しか》り飛ばすのかと思ったらそうではないことに、西岡と今永は妙に感心した。

今のところは全然、文句の付けどころはない。

西岡と今永は、この店のアラを探してやろうと虎視《こし》眈々《たんたん》と観察したり、あれこれ料理を頼んで食べてみたが……あげつらうポイントはまったく見つからなかった。

しかも、安い。

「こりゃ、企業努力と言うしかないのでは？」

「褒めるしかないなあ……困りましたね」

二人は顔を見合わせて思案顔になった。どこか悪いところがあれば……店員の態度が悪くて客と揉《も》めているとか、安かろう不味かろうでひどいものを出しているとか、飲み放題の酒を薄めているとか……だが、そういう、今永に言わせると「チート」は見当たらないのだ。しかも内装は小ぎれいで清潔。トイレは最新式だし、注文のシステムも「言った言わない」を避けるために卓上のタブレットからにしているので、会計も正確で明朗だ。その分、「オマケ」が入る余地がなくて人情味がないかもしれないが、大勢の客が比較的短時間で入れ替わっている。人情よりコスパ、タイパの勝利と言えるだろう。

そんなことを二人がぼそぼそと話していると、サングラスにちょび髭《ひげ》、アロハを着て声のデカい痩《や》せ形の男が満面の笑みでテーブルにやって来た。

「どうですか？　ご満足戴《いただ》けてますか？」

申し遅れました、とその男はふたりに名刺を差し出した。その腕には刺青《いれずみ》というかタトゥーがビッシリ入っている。

腕のタトゥーを見て、この人物が以前、大将の店に来て原価がどうのと声高に話していて追い出されたTシャツ男と同一人物だと二人は気がついた。

「『最初の一杯』店長兼『最初の一杯事業部長』の、巖根征太郎《いわねせいたろう》と申します」

中年のような存在感だが、声の感じや表情を見ると三十そこそこの、若い感じもある。

「ウチは、ここ以外にも焼き肉やイタリアン、ラーメンに海鮮居酒屋も手広くやっていまして、私はその中の『最初の一杯』部門のトップを務《つと》めております」

店長と言いつつ、もっと偉い感じの人が直々にやって来たのだ。

「何かご不満の点はございませんか？」

巖根氏は二人の顔を覗《のぞ》き込んで、訊いた。

「失礼ですが、お向かいのお店の御常連の方たちですね？　お向かいなんで、嫌でも目に入ってしまいますんで」

巖根氏はそう言って笑った。

「敵情視察というヤツですか？」

すっかり見抜かれているので、二人はウソもつけない。

「そうですね。目の前にあって、繁盛してるから、つい気になって。大将の店は超独自路線だから、あんまり影響ないと思いますけど」

西岡がそう言うと、巖根氏はそうでしょうとも、と頷いた。

「ウチも、ライバルではないと思ってます。この前、勉強させて戴きにいって、怒られちゃいましたけどね。でもね、他店を研究するのは大切なことじゃないですか。この商売、シビアですから。お客さんは厳しいです」

大将は、大将自身が自分に厳しいのだが……。

「そりゃ、私たちは日々勉強してますからね。漫然とやってる連中とは違いますよ。やる気がね、というか、意気込みですかね。この業界でのし上がってやろうって言う、意欲って言うか、日々真剣勝負って言うか」

「そうですか。でもこの辺のお店は、おっとりして商売っ気に乏《とぼ》しい店も多いと思いますが」

そう言った西岡に、巖根は首を傾げた。

「商売は、拡大していかねばならないのです。拡大することであらゆる方面に立場が強くなって、それが商売上で有利になります。仕入れで強く出られるし、不動産でも信用がついて、家賃交渉も有利になるし」

巖根の頭から、パチパチとソロバンを弾《はじ》く音が聞こえてくるようだ。

そう話していると、入口から三人の新しい客が入ってきた。うち二人は貫禄《かんろく》たっぷりの熟年男女。そのカップルを先導しているのは、この前、大将の店で中華粥を食べて舌鼓《したつづみ》を打っていた、あの美女だ。彼女はエスコートしている熟年男女と親しげに談笑している。

「いらっさいま……」

と言いかけた外国人スタッフは、その男女が客ではないことに気づいて、一斉に直立不動の姿勢になった。持ち場を離れて全員が整列して、四十五度のお辞儀をしている。

「まあ、私としては、否応なく数字をあげないとイカンのです。そういうことで」

そう言った巖根氏もその男女を見て、慌てて外国人スタッフの列に加わった。さっきのタミヤやオオキも、厨房から飛び出して、その列に並んでいる。

「これはこれはオーナーご夫妻、ようこそ！」

巖根氏はそう言って、うやうやしく最敬礼のお辞儀をした。

「真由美《まゆみ》、失礼はなかったか？」

彼は例の美女に声をかけた。

「もちろんよ！」

彼女は花のような笑顔を見せて、さっと後ろに引っ込んで、熟年男女に先頭を譲《ゆず》った。

あたかも国家的ＶＩＰを賑々《にぎにぎ》しくお迎えするような異様な光景が店内に展開している。

入ってきた熟年の男女は、太ったハゲオヤジと、派手な化粧に原色のドレスを着た若作りの熟女だ。周囲を睥睨《へいげい》して威圧する、その偉そうな態度は、あたかも独裁国家のトップのようだ。そして……西岡は確信した。刺青店長の巖根とこの熟年男女は、まさにこの前大将の店に来て叩《たた》き出された三人に他ならないのだ。

しかもこの熟年男女の、太ったオヤジのほうの貫禄は、傍《そば》から観《み》ている西岡や今永が顔を見合わせて「あれは……もしかして彼《か》の国の」「総書記ですかね?」と囁《ささや》きあったほどだ。

くだんの総書記が下問した。

「どう? 順調?」

平伏せんばかりの勢いで、巖根氏が「はい! すべて順調でございます」と答えた。

「それは結構だが……。本当にそうか? 数字を見ると、お前のところは他の部門に比べて収益率が低い。もっと利益は上げられるはずだ」

「お言葉ですが……スタッフにはそれ相応の金額を渡さないと、昨今は人手不足で、優秀な人材が得られませんで……」

巖根氏がそう言うと、派手な女性の方が「お黙り!」と怒鳴《どな》りつけた。

「安く雇《やと》えるその辺の人間を、教えて鍛《きた》えて優秀な人材にするのもアナタの仕事よ!」

「女房の言うとおりだ」

総書記が話を引き取った。口調は穏やかだが、内容は穏やかではない。

「もっと気合いを入れて収益を上げなければイカンだろう? 今度、蒲田《かまた》のビルを買って丸ごとウチの店を入れて、蒲田の儲《もう》けを独《ひと》り占めしようっていう話が進行してるんだから……」

こういうハナシは客が聞いてるところでしないでほしい、と西岡は思った。強面ラーメン屋の主人が修業中の弟子を客の前で叱り飛ばすのと同じだ。客としては気分が悪くなるだけだ。

そう思った途端、さっきの真由美と呼ばれた美女が、「パパ、そういうことはここでは」とお客の反応を気にするように抑えようとした。真由美は、まともな気遣いのできる女性のようだ。

が、このオーナー夫妻にはそういうデリカシーがないのか、今度は女房のほうが声を上げた。

「ちょっとそこのアナタ！」

熟年の女の方が一人の外国人スタッフを指差した。そいつが噴き出しそうになっているのを見逃さなかったのだ。

「真面目《まじめ》にやりなさい！　なにやってるのっ！」

般若《はんにゃ》のような顔になった女が金切り声を発すると、巖根氏が即座に飛んで行ってそのスタッフを店の外に連れ出した。

般若顔の女房はもっと何か言いたそうだったが、客の手前もあり、美女に「ママ、ちょっと」と諭《さと》されて言葉を飲み込むと、美女に押されるように、夫の総書記とともに店の奥に入っていった。たぶん店の奥に事務所があるのだろう。

三人が奥に消えると、スタッフたちの緊張も解けて、全員が元の持ち場に戻った。

その異様な光景を見ていた二人は、顔を見合わせた。

「いやあ。あれは何なんですかね？」

すぐに大将の店に戻る気になれなかった二人は、数軒先の喫茶店に入った。今見てきたことを大将や他の常連に話すには、状況を整理しないといけないと思ったからだ。

「まるで、彼の国の偉大なる指導者ご一行様の視察と陣頭指揮みたいで」

「一瞬、どこに居るのか判らなくなりましたよ。びっくりしちゃって……」

「店長兼、事業部長の？　巌根さんが顔色変えてすっ飛んでいったし」

「あの外国人のスタッフ、無事だといいけど……」

「しかし、真由美とかいうあの美女、あの夫婦者に、どことなく似てましたね」

「そうですねえ、あの二人の娘なんですかね？」

「パパ、ママと言ってましたからねえ」

と、今見てきた事を興奮気味に喋っていると、初老の男性が近づいてきた。

「失礼。ちょっとよろしいか？」

その男性は、西岡と今永も見覚えがある。大将の店にたまに来る、町内で雑貨屋を営《いとな》むご主人だ。

「あなた方の話が耳に入ってしまったんでね。今、お話なさってたのは、あの店のことでしょう？」

商店主が「最初の一杯」の店の方を指差すので、西岡は言った。

「あそこは安いし、そこそこ美味しいいし、サービスも悪くないから人気がありますよね。

経営者は遣《や》り手みたいだし」

「そうなんですよ」

それでね、と商店主は話を続けた。

「あそこはチェーン店で、居酒屋とか焼き肉屋とか、いろいろとかなり手広くやってるみたいです。オーナーが自ら経営する店と、娘婿《むこ》に任せてる店があるようで、任せてるといってもかなり厳しくチェックしていて、売り上げをきびしく上納させているみたいで」

その商店主はなぜかやたらに「最初の一杯」の内情に詳しい。

「いや。これは、ちょっと調べればすぐ判ることで。それだけ悪評芬々《ふんぷん》って事なんですよ」

商店主はそう言って、大きく頷いた。

「でね、あのチェーンのオーナーは、進出した地元と仲よくやろうなんて気は一切なくて、仁義なき価格競争を仕掛けてきます。地元の競合店を容赦《ようしゃ》なく潰《つぶ》して、潰れた店を買い取っては自分のチェーンに模様替えして、店を増やすアコギな経営戦略をとってるんですよ」

商店主はそう言って、また頷いた。

「私がどうしてここまで詳しく知ってるかって？　私の知り合いが飲み屋をやってましてね。あのチェーンに潰されて、今はそのチェーンの雇われ店長をやっているんで……」

商店主は自分のテーブルから飲み掛けのレモンスカッシュを持ってくると話を続けた。

「雇われ店長の仕事はキツイらしいです。数字数字って。とにかく売り上げを伸ばさないと、独裁者の夫婦に吊《つる》し上げられるって。特に奥さんのほうが怖いらしいです。ほら、あの般若みたいな顔をした、怖～い奥さん。言葉の攻撃が容赦なくて、血の小便が出るって」

「それ、この町内の話ですか？」

西岡が訊くと、商店主は「いいえ」と答えた。

「ここからちょっと離れた赤羽《あかばね》の方の話です。向こうではその手法で、凄《すご》い短期間で店を増やしてます。他には中野《なかの》でも。競争の激しい上野《うえの》や新宿《しんじゅく》、新橋《しんばし》といったところを慎重に避けてるのが作戦で。けれど、地元商店会から強い反撥《はんぱつ》があって商売がしづらくなって、新天地を常に求めるしかなくなるって寸法で」

「……で、ここが彼らの、新たな餌食《えじき》ってことですか？」

今永が顔をしかめた。

「焦土戦略か……」

「と言うより、侵略ですよね」

と西岡が応じた。

「まあ、お向かいにある大将の店はさほど影響はないだろうけど、この界隈で地味にやってきた店のオヤジなんかは、戦々恐々としてますよ。現に、他の店の売り上げが爆下げだって話を聞きますしね。みんなあの店のせいなんだ」

商店主はまた「最初の一杯」の方を見て、首を傾げた。

「自由競争って言うけどさ、いきなり違うルールを持ち込まれちゃうのはねえ」

商店主はそう言って、レモンスカッシュの残りをストローでズルズルと吸い込んだ。

「……と、言うことなんですよ」

一息ついて大将の店に戻った二人は、一同に報告した。

「まあ、ウチは、別に客が少なくてもエエんじゃ。儲けがなくてもエエ。半分趣味じゃからの」

大将はそう言って余裕を見せた。

「じゃから、ウチには関係ないハナシと言えば、関係ないハナシじゃろう？」

それはそうだが、「でもですね」と西岡が自然に口を開いた。

「みんなが平和にやってるところにいきなり乗り込んできて、流儀の違う商売を始めて、この界隈を引っ掻《か》き回すというのはどんなものでしょう？」

「しかしそれを言っちゃうとですね、新しいアイディアを持った新参者は、新たな商売を始められなくなると言うことになるのでは？」

名月師匠が反論した。

「それは競争を排して旧態依然の、閉鎖的な土地柄を温存することに……」

「師匠、どうしたんですか？　どこかの妙な経済学者みたいなこと言って」

大内が師匠を責めるように見た。

「でもそれは、新宿とか新橋とか上野とか、もっと人が集まって、店の出入りも激しい盛り場でやればいいんじゃない？　わざわざこんなところでやらなくても」

紅一点のもっともな指摘に、西岡が答えた。

「ですから、彼らの弁護をするわけじゃないけれど、そう言う盛り場は競争が激しいんで、あえて避《さ》けてるんですよ」

「いや、みなさんと少し見方を変えてみましたが、こちらのおっしゃるとおりでげすな。血で血を洗うような、生き馬の目を抜くような激しい商売の戦争は、ここの土地柄には似つかわしくないってモンですよ」

師匠が矛《ほこ》を収めた。

「そのとおりじゃ。そもそも、知らん土地に乗り込んできて、前からある店を情け容赦なく潰して焼け野原にして商売する、ちゅうやり方は気に食わんの。仁義に反してるとは思わんか？」

「ですよね〜」

今永が軽い態度で追従した。

「まあ、僕が見た感じでは、巌根という人物はどっちかっつうとマトモで、オーナー夫婦ってのがマジやベーヤツらって感じです。この前、中華粥をオイシイ美味しいと食べてた真由美という美女は、どうやらオーナー夫婦の娘みたいです。このヒトも一応常識的で、マトモな感じで……」

「マトモ？」

大将が首を傾げた。

「わしから見れば、その巌根というモンも真由美という娘も、親分の言いつけを言葉通り守ってやっとるんじゃから、同罪じゃ。そもそも、親が人の道を外れて、間違えたことをやっとるなら、子は親に意見するべきじゃ。違うか？」

そういう考え方もある。いやしかし、組織での上下関係を考えれば、上の指示を下は実行せざるをえないだろう……。

「いずれにせよ、そのオーナーじゃちゅう二人のやり方は、道に外れとる」

大将は怒りを抑えたような表情で、ボソッと言った。

「多くの人を泣かせて我がだけが栄えるようなやり方はいかんのじゃ。絶対にムクイが来る」

大将の義俠心《ぎきょうしん》が疼《うず》いている気配がした。

＊

数日後。

西岡は営業の仕事で、偶然に大将の店の近くを通りかかった。会社の車で「墨井区界隈」を回っていたのだ。
あれ？　と違和感を感じた。
大将の店の隣にあった家がブルーシートで覆《おお》われている。この前までは普通に建ってい
たのに。一般民家だったのか何かの店だったのかよく覚えていないが、とにかく普通に存
在していた。
その翌日。またしても墨井区界隈を仕事で移動していると、大将の店の並びの、反対隣
の家までがブルーシートで覆われていた。昨夜は忙しくて大将の店に行けなかったのだが、
これは明らかに、何かが起きている。
西岡はこの異変が気になった。大将の店が、何らかの工事でブルーシートに覆われた家
に挟まれる格好になっているのだ。
なんというか、大将の店が両隣から圧迫されて、肩身が狭そうな感じになっている。

「そうなんじゃ」

仕事を終えて店に入った西岡に、大将はむっつりとした表情で言った。

両隣からはドリルのガガガガという音と振動が伝わってくる。

「今、何時じゃと思うとる？　夜の八時前じゃ。何をやっとるかよう判らんがこんな時間
まで工事するか？　普通、せんじゃろう」

「嫌がらせですね」

大内が断言した。

「法令により、騒音が出る工事は十九時までと決まっています。ええと、『騒音規制法』と『振動規制法』で規制されてます」

「大内さんは警察の中の人じゃないですか。なんとかしてくださいよ！」

名月師匠が拝《おが》むように手を合わせつつ訴え、今永も疑問を呈した。

「これは、大将の店を追い出す作戦ですかね？」

「誰がじゃ？　誰がわしを追い出す言いよるんじゃ？」

大将の剣幕に今永は慌てて前言を撤回《てっかい》した。

「ごめんなさい。今のはただの思いつきです」

「いや、今永さんの言うとおりですよ。誰が見たって向かいの店の差し金に決まってます」

名月師匠が断言した。

「しかし……向かいの店によれば、この店はライバルではない……らしいですけど」

そう言う西岡に今永が反論した。

「いや、商売上はそうかもしれないっすけど、あの店の巖根サンは、自分とこの系列の店で、この界隈を侵略っつうか、まあ独占したいわけっすよね？　だったらやっぱり、この店は目障《めざわ》りなんじゃないかと～」

それに、と付け加えた。

「大将の存在が煙たいのかも。大将は人の道を説《と》くでしょう？　それが耳に痛いんじゃないっすか。ようするに、眩《まぶ》しいんすよ、大将のことが」

名月師匠も言った。

「そうでげすね。大将は、いわば天下の御正道を歩んでおられますからね。なんだかんだ言っても最後には、勝つんですよ。正しいことをしている人間が」

だがその瞬間、ドリルがコンクリートを壊すガガガガという轟音《ごうおん》が、一切の会話を不可能にした。

「ああもう！　今夜はヤメじゃヤメじゃ！　店は閉めちゃる！」

短気な大将が店を閉めると言い出したが、まだ夜の八時。呑兵衛の世界はこれからだ。

そこへ、「まいどどうも……」と消え入りそうな声を発しながら、前掛け姿で痩せた白髪頭の男が入ってきた。前掛けは「三河屋《みかわや》」と染め抜かれている。

コソコソと隅の席に座った男は、瓶ビールを頼んでから小声で大将に「あのね……」と話しかけた。

「こういうことは直《じか》に話さなきゃいかんと思ってね」

そう言った「三河屋」は、いきなり席を立って床に手をついて土下座した。

「大将、済まねえ！」

「なんじゃ？　三河屋さん、どうしたんじゃ？　いったい何があった？」

大将も、他の常連も、訳が判らない。

「事情は知らんが、そがいな真似はやめてつかぁさい」

大将はカウンターの外に出て三河屋を抱え起こして座らせた。

「わしは下戸《げこ》じゃけえ、酒のことはよう判らん。いろいろ教えてくれたのが、この三河屋さんじゃ。それだけじゃのうて、仕入れが難しい珍《めずら》しい酒も、安く入れてくれるんじゃ。わしにとっては大事なお人じゃ」

だがその三河屋は、ううと嗚咽《おえつ》の声を洩《も》らすと、皺《しわ》深い頬《ほほ》に大粒の涙を零して、腕でぐいと拭《ぬぐ》った。

「済まねえ、大将。本当に申し訳ない」

「じゃけえ、何がどうなっちょるんか言うてくれんと」

大将にそう諭されて、三河屋はグラスに注いだビールを一気飲みして、一息ついた。

「酒のことなんだが……もう、あんたのとこには、売れなくなった」

「は？」と店に居た全員が目を見開き、ぽかんと口を開けた。

「だからウチから、オタクには酒を売れなくなったんだ」

「どういうことじゃ？　月々の払いはキチンとしちょるじゃろうが？」

「大将。そういう問題ではないんだ。大将は全く悪くない。大将に問題はまったくない。むしろ、うちとしては上客の一人だったんだ」

三河屋は、そう言ってまた涙を拭った。

「ちゅうことは……誰ぞが圧をかけてきよったか」

大将はそう言って、店のガラス戸を見た。その向こうには、例の店がある。

「そうなんだ。ウチとしては、そういう圧力に屈する理由はないんだが……ウチも問屋からお酒を卸《おろ》して貰ってるんで、その問屋から『言うことを聞かないと酒を卸さない』と言われてしまうと……」

西岡は門外漢なので酒の業界のことはよく判らない。しかし、酒のメーカーや輸入元と、三河屋のような小売の間には、何段階かの卸問屋がある事は判る。そのどこかに圧力がかかったのか？

「ウチもね、そういう問屋の横暴を無視して、蔵元や輸入代理店とチョクに取引すればいいようなものだが……それをやるには怖ろしく手間がかかる。ウチはおれとオヤジとおふくろの家族経営で、そこまで手を掛ける余裕はなくて……今の商売で手一杯なんだ」

「ま、あんたにも事情があるのは判った。酒は他所《よそ》から買う。それしかないじゃろう」

大将は敢《あ》えて何でもないような口調で言った。

「そうですよね。ネットでもお酒は買えますからね。希少価値のある日本酒だって、お取り寄せで買えるっすよ」

ネットに詳しい今永が言った。

「もしよければ、ボク、お酒の仕入れのお手伝いしますよ」

「そりゃありがたい。わしはネットちゅうもんは、まったく判らんけぇ、よろしゅうに頼む」

今永にそう言ったあと、大将は三河屋をじっと見た。

「オタクの上の問屋が圧力をかけてきたんじゃのぉ。酒の卸問屋なら、そこそこ会社としてはデカかろう」

おそらく、そうでしょうね、と大内も言った。

「そういう大きな会社に圧力をかけられる何者かがいるとしたら、そこは、かなりの上得意なんでしょうな」

そう言った大内も、店のガラス戸越しに、向かいの店を凝視《ぎょうし》している。

と、その時。ガラス戸の向こうに突然人影が現れた。引き戸が勢いよく開くと、見覚えのある男が顔を出した。噂《うわさ》をすれば影というか、まさに向かいの店、「最初の一杯」にいたタミヤだ。

「三河屋！　ここにいたのか！」

タミヤはそう叫んでズカズカと入ってくるや、乱暴にも三河屋の胸ぐらを摑《つか》んだ。

「タ、タミヤさん！」

「こんなところで油売ってないでとっとと酒を売れ！　早くウチに酒を配達しろ！」

そう言い放つと、ほとんど拉致《らち》するように、強引に三河屋を連れ去ってしまった。

あっという間の出来事に一同は呆然《ぼうぜん》としてしまった。

「……今の男は、あの店の幹部です。やっぱり、すべてあの店の陰謀ですよね。キマリですよ」

今永が言って、向かいの店を睨《にら》みつけた。

「ええと、それは、何ですね、不正カルテルとか優越的地位の濫用《らんよう》とか、独占禁止法のアレにナニすることになって、公取委のお縄になることに……なってしまうのでは？」

名月師匠が、物知りなところを見せようとしたが、知識不足で尻すぼみになった。

その時、またも店の両隣から工事の音がガガガガガと響いてきた。

「べらぼうめぇ！　こうなったらもう黙っちゃいられねえ。こちとら江戸っ子でい！」

となぜか名月師匠がさっと立ち上がって着流しの腕をまくった。

「腕まくりなんかして師匠、どこに行くつもりです？」

西岡が訊いた。

「どこにって、決まってるでしょ。まず、隣の工事現場ですよ。法律違反の工事を止《や》めさせて、誰が命じたのか、締め上げて、吐かせるんですよ！」

「吐かせるって？」

「そりゃガツンと文句を言って……いや、抗議して……というかお尋《たず》ねして、その、どういうことですかと」

どんどん勢いが尻すぼみになる師匠だが、そこで自らを鼓舞《こぶ》するように声を張り上げた。

「ですから、義を見てせざるは勇無きなり、と言うではありませんか！　ここで黙っていたら舐《な》められて、連中がつけ上がるだけですよ！」

それもそうっすよね、と今永も立ち上がった。

「大将の店が大事なら、行きましょう！　立ち上がるべきは、今です！」

「お。威勢がいいね」

そう言いつつ、大内は立ち上がらない。

「大内さんも、助太刀《すけだち》してくださいよ！」

だが。

「いや、今、挑発に乗るのは向こうの思う壺《つぼ》だ」

あくまでも噂だが、と大内は言った。

「向こうは、おそらくここの商店会長に町内会長、区議会の有力者、さらには地元の、墨井署の幹部まで手懐《てなず》けているという話だ。実際、墨井署でそういう噂を耳にしたことも……」

「なんだって？」

常連たちは息巻いた。

地元の有力者や実力者が向こう側に付いているとなると、事態はいっそう深刻だ。

「大内さん。あんた刑事でしょ？　刑事のアナタがそういうことを言うのは、何かしら証拠を摑んでいるからじゃないの？」

紅一点がズバリと言った。

「それとも、証拠は摑んでるけど、やっぱり上からの圧力があって動けないとか？」

「警視庁の、さらにその上というと、東京都知事ということになりますかな？」

名月師匠が混ぜっ返しにかかった。

「都知事をも動かす『最初の一杯』チェーン、恐るべし」

「失敬な。師匠らしくもない。悪いけど、スベってますよ」

大内が冷ややかに言った。

「確たる証拠があれば、捜査二課が動きます。しかし……噂程度では、どうにも」

「じゃあ、突っ込んで捜査すれば良いじゃないのよ！」

紅一点が攻め立てた。

「いやあ、そうは仰《おつしや》いますが、警察の捜査ってのはそう簡単には……それに私は警視庁の人間です。所轄《しよかつ》の細かい事情までは把握《はあく》できません」

「大内さん、ダメっすよ。そんな悠長なことを言ってる間に、この店にネズミやゴキブリを放たれるかも」

今永が言った。

「放火されるかも」

紅一点も言った。

「目つきの悪い半グレを雇って店の前にタムロさせるかも」

西岡もそう言ったところで、またしても両隣からドリル工事の騒音が響いてきた。

我慢できなくなった西岡が立ち上がった。

「ウダウダ言ってないで、さあ皆さん、行きましょう！」

よし！　と名月師匠と今永も西岡について店を出て、盛大に騒音を撒《ま》き散らしている、まずは店の右側にあるブルーシートの中に入った。

元の建物がどうだったのか彼らは覚えていないが、カウンターとテーブルをいくつか置けばちょうどいいような面積のスペースだ。工事用の照明に煌々《こうこう》と照らされつつ、壁を剝《は》がし天井も取っ払って、全面的な大改装工事が展開中だった。壁や外壁にも穴を開けて、窓の位置まで変えようという、大規模な改装だ。

「ちょっと皆さん、どうしてこんな時間まで工事してるんですか！　法律違反でしょう！」

名月師匠が声を張った。寄席で鍛えた喉《のど》は、かなりの大声だ。しかも、よく通る。

「あ？」

そう言ってドリルを置いて出てきたヘルメット姿の男は、師匠を睨みつけた。

「なんか文句あるんか？」

「あ。いえ……」

光の速さで引き下がる名月師匠。イラッとした西岡が前に出た。

「あの、これって、明らかに嫌がらせですよね？」

「嫌がらせだとぉ？　こっちは内装工事をしてるだけだ」

「だから、こんな時間までやるのは違反ですよ」

「あんた、役所の人？　警察？　なんの資格で文句言ってるの？」

そう言いつつヘルメットの工事人を押しのけて奥から出てきたのは、「最初の一杯」に居た大柄で鈍《にぶ》そうな男、オオキだった。工事現場だというのにノーヘルだ。

「こっちは急いでるの。早く内装工事を終わらせて店を開店したいの。判る？」

「そうか。あんたが居るってことは、ここは『最初の一杯二号店』って事でＦＡ《ファイナルアンサー》？」

横から今永も口を出した。

「いや、こっちは三号店で、隣の隣が二号店だ。おれは三号店の新店長だ！」

オオキは胸を張った。大抜擢《だいばってき》ということなのだろう。

「キマリだな。あんたら、夜も工事して、酒の仕入れもとめさせて、大将の店を締め上げて、大将を追い出そうとしてるんだろ！」

「ナニを言ってるんだか。こっちは合法的に二つの物件を手に入れて、店にするために改装をしているだけだ。工事に時間制限があることは知らなかった。だけどこっちだって急いでるんだ。それとも……ああ、そういうことか」

オオキはせせら笑うような顔で、付け加えた。

「ウチが挨拶に行かなかったので拗《す》ねてるのか？　おたくのチンケな大将は」

それを聞いた瞬間に、西岡の全身の血が沸騰《ふっとう》した。

思わず手が出たが……オオキが先制パンチを繰り出してきた。西岡は左の頬を殴《なぐ》られた。

口の中に鉄の風味が広がり、ペッと吐くと、それは血だった。

「この野郎！」

ただされ大将への侮辱《ぶじょく》で激昂《げっこう》してしまった西岡は、血を見ていっそう逆上した。それでも西岡の目は冷静にオオキの動きを見ていた。勝手に拳が動いた。

次の瞬間、オオキは工事現場の、床材が剝がされて剝《む》き出しの木が貼られている地面に昏倒《こんとう》した。

西岡が繰り出した渾身《こんしん》のアッパーが鮮やかに決まり、仰向《あおむ》けに倒れ込んだのだ。

口ほどにもない弱いヤツだったのか、倒れたままオオキは動かない。

予期せぬファイトに、工事をしていた男たちはびっくりして、ドリルなどをてんでに床に置いた。

「隣がヤクザだなんて聞いてねえよ」

「トラブルはごめんだ」

「止めた止めた」

全員が作業を中止して出て行った。

「くそ。覚えてろ！」

オオキも倒れ込んだまま憎まれ口を利いた。


店に戻ってきた三人を見た大将は、西岡の顔の異変に気づいた。

「その傷、どうした？」

「いえ、なんでもないです」

西岡は咄嗟に誤魔化《ごまか》した。自分も殴り返したので、過剰防衛になるかもと警戒《けいかい》したのだ。

しかし、すべてを察した大将はバンと音を立てて包丁を俎板《まないた》に置いた。

「大事な客の顔に傷をつけられたんじゃ。もう勘弁ならん！」

カウンターから出て来た大将の手に刃物はなかったが、目が完全に据わっている。

大内をはじめ、常連がおろおろして手をこまねいている間に、堪忍袋の緒が切れた様子の大将は店を出ていってしまった。

「マズい！」

常連たちも店を飛び出した。

「ちょっと、大将、ここは穏便に」

警察官としての立場から大内が声をかけたが、大将はもう止まらない。ズンズンと歩いて通りを渡り、向かいにある「最初の一杯」本店に入ってしまった。

西岡たち常連が追いついたときには、すでに「最初の一杯」の店内で、大将と巌根が対《たい》峙《じ》していた。

「アンタの差し金じゃろう！　すぐに工事を止めさせせんかい！」

大将は眼光鋭く、大声で巌根に迫っている。

対する巌根は、大将を宥《なだ》めようとしているようだが、ヘラヘラ笑いなのが逆に大将の逆《げき》鱗《りん》に触れた。

「わしは本気じゃ。なのに、なんじゃそのヘラヘラ笑いは！」

大将は怒鳴った。

「いや、大将、こっちだって商売ですからね、やれることは何でもやりますよ」

「ウチの店の両隣で、イヤガラセのように工事しちょるのも『やれること』のウチか？」

「工事？　さあ？　何のことでしょう？」

巖根は露骨にトボケた。

「あの工事は、ウチとは関係ないですよ。何でもかんでもウチのせいにされるのは、おおいに迷惑ですね。こうやって怒鳴り込まれるのも、ウチのお客さんには無関係だし、気分を害されてるだろうし、ウチにとっては営業妨害《ぼうがい》ですよ」

西岡も腹が立ったので巖根を怒鳴りつけた。

「ナニを言ってるんだ！　工事現場にはこの店のスタッフのオオキとかいう男が居て、僕に殴りかかってきたんだ。オオキはハッキリ言ったぞ！　『最初の一杯三号店』の店長になるって」

「三号店？　さあ？　そんな計画ありませんよ。オオキは昨日クビにしましたから、あの男が勝手に言ってるだけじゃないですか？」

しかし、そんな居直りに引き下がる大将ではない。

「じゃあ、酒をウチには売らせないよう、三河屋に指示した件はどうなんじゃ？」

「いえ、それも全く知りません。ウチ程度の店がそんな事、酒屋さんに指示できるはずがないでしょ？」

巖根は、いけしゃあしゃあとしらばっくれた。

「あほったれ！　ワレのところのタミヤとかいう男がウチの店に来て、三河屋を拉致して行ったんじゃ！」

大将の怒りは収まらない。

「タミヤいうんは、ワレの店の幹部じゃろうが！」

またまた、と巖根はニヤニヤした。

「タミヤもね、昨日クビにしたところです。今や、どっちもウチとは無関係です。そういう言いがかりは事実関係をハッキリさせてからにしてくださいよ。噂とか推測とか、そういうことでいちいち怒鳴り込まれちゃたまんないですよ。こっちにすれば、あなた方こそウチの営業妨害してることになるんですよ。お判りですか？」

「ナニを言うちょる！　まったく話にならん！」

大将が声を荒らげると、誰かが通報したのか、制服警官が店に入ってきた。

「どうしました？　お店でお客さんが騒いでいると通報がありましたので」

「違いますよ。騒いでるんじゃありません。抗議してるんです」

横から名月師匠が口を出して説明した。

「しかし……お店で徒党を組んで大きな声を出すのは、威力業務妨害になる可能性がありますよ？」

制服警官は手を上げて全員に落ち着くように促《うなが》したが、西岡は納得できない。

「いやいや、お巡《まわ》りさん、こっちの言い分も聞いてくれないと！」

「でもね、ほら、こちらのお店の方も困ってるじゃないですか。皆さんもね、一方的な物言いは止めて落ち着いてもらわないと」

警官は言外に「逮捕《たいほ》するぞ」と言い出しかねない雰囲気を醸《かも》し出した。

「なるほどね～。墨井署のお偉いサンも抱き込まれてるのか」

今永が憎まれ口を叩いたら、警官の顔色が変わった。

「ちょっと待った！　それはどういうことですか！　まるで墨井署が……」

「まあまあみなさん、ちょっとそこまでにしましょうよ」

とそこに店の奥からいきなり現れたのは、例の美女・真由美だった。

「たしかにお店で揉めるのは困りますけど……こちら様がいきり立つ理由も、判らないでもないんです」

そう言いながら真由美は、大将たちに「『最初の一杯』の女将《おかみ》で巖根の妻の真由美でございます」と頭を下げた。「ごめんなさいね、大将。私たちは新参者なのに、こちらの街のシキタリを知らないままに、ついつい私たちのやり方で商売を始めてしまいました。そこにたまたまお酒の問屋の件と工事の件が重なって……疑われても仕方がないことですわ。申し訳ありません」

真由美はあくまでも腰が低い。言葉も丁寧で、深々と頭を下げられてしまうと、大将たちも振り上げた拳を下ろして、矛を収めるしかない。

「まあ、そこまで言われてしまうとな。わしらも少々大人げなかった」

「どうかお願いです。日を改めて、じっくりとお話をさせてください。こちらも、突然のことで慌ててしまいました。ぜひ、キチンとお話し合いをさせて戴きたく思うのですが、如何《いかが》でしょう?」

フェロモンが溢《あふ》れ出ているような美女にそう言われると、一同としても、これ以上事を荒立てられない。

「どうですか? こちらのお店の方も、こうおっしゃっています。皆さんもちょっと落ち着いて、時間を置いて、冷静にお話されてはどうですか?」

警官も、ここぞとばかりに仲裁に入った。

これでは、判りました、と撤収する以外に選択《せんたく》の余地はない。

全員が、すごすごと大将の店に戻った。

そこには、大内が一人で座っていた。

「誰かが留守番《るすばん》しなきゃマズいでしょう。それに、私が行くわけにもいかないし」

「警察を呼んだのは大内さんですか?」

西岡が訊いた。

「まあね。警察が入るのが一番効《き》くと思ってね」

「一番効いたのは、先方の女将さんの仲裁ですけどね」

幸か不幸か水入りとなったので、一同は「とりあえずビールで乾杯」と、何に乾杯するのか判らない乾杯をした。

「今回は、向こうの女将さんの顔を立てて退《の》いたが、問題は何も解決しちょらん」

大将は難しい顔で言った。

「あの女将も、どうやら一筋縄ではいかない感じじゃ。愛想がよくて腰は低いが」

大将はなぜか「向こうの女将」こと、真由美に点が辛い。

「じゃあ、こうしましょう。手遅れになる前に、イチかバチかの殴り込みをかける……ってのは、どうでげしょう？」

そう言ったのは、一番殴り込みが似合いそうもない名月師匠だ。口ではそう言うが、絶対参加しないのは目に見えている。

「煽《あお》るのはやめときなさい、師匠。大将はすでにあの世界から足を洗ってカタギになっている。それに、どうもテキの方がいろんな意味で手強すぎる。玉砕《ぎょくさい》覚悟で筋を通すと言えばカッコいいが、結局こっちが自滅するんじゃ、まるで意味がない」

大内が全員に自制を求めた。

「今ここで、人生を棒に振ってはいけない」

「あたしも反対だわ」

姐御《あねご》風の貫禄を見せる紅一点も反対した。

「だいたい、殴り込んで、どうなるって言うの？　この店が潰れて大将が旅に出て？　それとも塀の向こう？　そしてあたしたちはチリヂリになって、オシマイよ」

せっかく大将の店の常連になって、みんな仲良くなれたのに、と紅一点は言った。

「なのに向こうは全然傷つかない。あの巌根の腕の一本、歯なら数本折ってやるくらいがせいぜいでしょ」

紅一点の言葉に、一同の気持ちは完全に冷水を浴びせられて、意気消沈した。

「……ってことはだよ？　おれたちは我慢するしかないのか？」

「これが映画だったらねえ。救世主みたいなヒーローが現れて解決してくれるんだけどね。ほら、旅の客人とか」

紅一点は夢見るような目で西岡と今永を見たが、二人は慌てて頭《かぶり》を振った。

その時、大将はなぜか唐突に料理を始めた。鶏の丸ごと一羽らしき肉の塊《かたまり》に塩胡椒《しおこしょう》を擦り込んでオーブンに入れると、ほどなく肉がローストされる美味しそうな香りが店内に漂い始めた。

「それ、今日のとっておきですか？　こんな日に、とっておき？」

そう言った名月師匠に、大将は頭を振った。

「いいや。今日は出さん。仕込みじゃ。わしはわしなりに一計を案じたんじゃ」

＊

数日後。

その日は、ランチタイムになっても、なぜか「最初の一杯」が開かない。数日前からランチも営業し始めて、しかもそれで昼からずっと大繁盛で、昼の十一時から深夜零時《れい》までノンストップで営業していたのに……。

昼間、西岡が仕事でこの店の前を通りがかったとき、店が開かず、スタッフらしい若者が店の前でウロウロしていたのを見た。その時は、店の厨房のトラブルか、はたまた店長の寝坊か、と軽く考えていたのだが……。

その夜、西岡が大将の店に来たときに見ると、やはり店内にも看板にも明かりが点《つ》いていない。やって来たバイト君やお客さんが店の扉を開けようとするのだが、鍵《かぎ》がかかっていて開かず、首を傾げて帰る姿を見ると、さすがにおかしいと思った。

「お向かいさん、なんか変じゃないですか？」

西岡は店に入った開口一番、大将に訊いた。

「変じゃな。けど、他所の店のことじゃ」

大将はクールに返してきた。

「どうしようもなかろう。鍵を預かってるわけではないんじゃ」

それはそうだと西岡は思ってカウンターに腰を下ろした。いつもの常連はまだ来ていない。

西岡が静かに突き出しをつまみ、ビールを飲んでいると、いつもの顔ぶれが時間差で現れた。みんな異口同音に「向かいの店、どうなったの？」と話題にする。

「どうせよその店だし、迷惑かけられたんだし、いいじゃないっすか、このまま閉店で」

と今永は言うが、それにしてもあれだけ繁盛していた店が、急に閉まったままになるのは、おかしい。

「まあ、何かあったと思うのが普通ですよね」

名月師匠が独り言《ご》ちた。

そこへ、見た事のある外国人の若者が三人、連れだって入ってきた。向かいの店のアルバイトスタッフに違いない。

「済みません。わたくしたち、ちょっと待たせていただいても、よろしゅうございますでしょうか?」

リーダー格らしい一人が、不自然に丁寧な日本語で、言った。

「ええよ。何か飲みんさるか?」

大将は彼らを座らせて、前に瓶ビールを置こうとした。

「あ、お酒はダメです」

「いいよ。オゴリだ」

「いえ、店が開いたら、わたくしたち、酔っ払ってるととても、マズいです」

真面目な彼らに、大将はコーラを出してやった。

「飲みんさい。じゃが、もうこんな時間じゃ。これから店を開けるとは思えんがな」

「わたくしたちもそう思うのでございますが、何も連絡がございませんので……急に開くかもしれないデスし」

「どうかなあ。そんな感じではないと思うけど……」

西岡が引き戸越しに向かいの店の様子を見て、言った。

「ウチの店、仕事は厳しいのですが、お給料、とてもいいです。ところが、勝手に休んだりすると厳しい厳しいペナルティがつくのです。なので、今閉まっていても急に開くかもしれないと、戦々恐々としておる次第《しだい》でありますんじゃないかと思って、帰れないんです」

コーラをゴチになった三人がキチンとした日本語を喋ろうとして、余計に妙な言い回しになりつつも懸命に訴えた。

「厳しいって、どれくらい厳しいの？　鉄拳制裁とかあるんすか？」

興味津々《しんしん》の今永が訊《たず》ねた。

「いいえ、叩いたりと言うことはないです。殴ったりしたら、みんな、即辞めますです。厳しいって言っても、言葉で叱られるくらいです」

「そうか……ライバル店にはひどいことをするけど、身内には優しいんだな」

そんなことを話していると、またしても別の外国人の若者が「済みません」と言いながら入ってきた。

「ちょっと待たせていただいても……」

みんな、向かいの店のスタッフだ。なんだか大将の店が、向かいの店のスタッフの待合室みたいになってきた。

「しかし……店長の巖根やら女将さんやら、その上のオーナー夫婦も、どうしたんじゃろう? 全然顔を出さんとはどういうことじゃ?」

大内が呆《あき》れた。

「普通なら、店を開けられない事情を説明しに来るもんじゃろう?」

「それすらも出来ない、何かややこしい事が起きているとか?」

「資金繰りが急に難しくなって、みんな金策に走り回ってるとか?」

西岡は自分でそう言って、案外的《まと》を射たんじゃないかと思った。中小企業なら、ある日突然、資金繰りの危機が訪れて(手形が落ちないとか取引先が約束した入金がないとか)会社の幹部が総出でなんとかしようと奔走《ほんそう》することも、ないとは言えない。

「なんか、そんな気配があったんじゃないですかね?」

名月師匠がバイト君たちに訊いた。

「店の資金繰りがヤバいとか、なんとかしなきゃとかって話、上の人が漏らしてなかった?」

「いや、そんな話は全然」

バイト君たちは否定した。

「とにかく、異常事態が起きていることは間違いない」

大内が断言した。

「でも、それは、ウチらには関係ないコトですけどね」

名月師匠はあくまで他人事《ひとごと》だ。

しかし困ったねとみんなで話をしていると、店の引き戸がガラガラと開いた。今まで見かけたことのない男が入口に立っている。

「すみません……ちょっと、よろしいでしょうか」

恐縮した様子で入ってきた人物はネクタイを締めた濃紺のスーツ姿。七三に分けた髪にメガネという、一流企業のエリートサラリーマンか、弁護士かという感じだ。

「わたくし、向かいの店をやっている巖根と縁続きのものでして……」

そう言いながら、居合わせた常連全員と大将に如才《じょさい》なく名刺を配った。

「『最初の一杯』を含めたグループ全体のオーナー、高石壮太郎《たかいしそうたろう》の息子の、高石鷹之《たかゆき》と申します」

タカホークと呼んでください、と言いながら配った名刺には「経営コンサルタント・弁護士／高石鷹之」と記されている。

「そういや、あの巖根ってヒト、グループではこの店以外にも焼き肉やイタリアン、ラーメンに海鮮居酒屋も手広くやっていて、自分は『最初の一杯』部門の責任者だとか言ってましたね」

西岡が前に行ったときのことを思い出して、言った。

「ええ、その通りです。巖根は、わたしの姉の連れ合いで、――いわゆる内縁関係です」

「アナタのお姉さんって、あの、美人の？」

「はい。高石真由美は姉です」

「それはそうと、あの店、どうなっとるんじゃ？　ここにおる若い衆はあの店のスタッフじゃが、みんな困っちょるぞ」

大将がそう言うと、タカホークこと高石は済みませんと頭を下げた。

「そうなんです……私も、巌根やオーナーに連絡がつかなくて困ってるんです。かかり付けの病院や警察にも問い合わせたのですが、何も判らなくて。急病で倒れたとか、なにか事件か事故に巻き込まれたという可能性を考えましたが……そうではないようで」

「あなたに何か心当たりは？　バイトの人たちも、何も判らなくて困ってる。何か知っていることがあるのなら、あなた、説明した方がいいんじゃないですか？」

大内が迫るので、高石は「そうですね……何と言うか」と何か言おうとして口籠《くちご》もった。

「たちまち、これ、食《と》いん《りあ》さ《え》い《ず》」


何も飲まず何も食べないまま話している高石に、大将が鶏のローストとビールを出した。大将がこの前仕込んでいた料理だろう。鶏のローストだから、ローストチキンと呼ぶべきか？

「美味い」

ローストチキンを一口食べた高石は顔を綻ばせて、続けて頬張った。

「この付け合わせの野菜が独特の風味で……」

大将は小さく頷いた。

「で、さっき言いかけたことは？」

大内が先を促した。

「ええ、これから話すことは私の推理なんですが……」

その後、彼が発した言葉は、驚くべきものだった。

「父は、いえオーナーの高石は、もしかすると……殺されたのかもしれません」

「誰に⁉」

思わず大内が声を上げた。

「誰に殺されたと？」

「それは……殺意を持っている誰かに」

そりゃそうだろう、と思ったのは西岡だけではない。

「オーナーの高石壮太郎って、あの、某国の独裁者みたいな、凄いデ……いや、貫禄のある」

名月師匠がそう言うと、高石と名乗った男は即座に「そうです、その通りです」と肯定《こうてい》した。

「まさに、独裁者なんです。暴君だし、言いだしたら他人の助言なんか一切聞かないし……ただ、その過激な経営手法で、小さな居酒屋から始めて一代で大きな飲食チェーンを築き上げたわけで」

「そりゃ敵も多いでしょうなあ。殺意を抱くやつが多すぎる？　容疑者多数！」

オリエント急行か、と言う名月師匠の口ぶりは、まさに無責任な野次馬そものだ。

「まあその成功体験を元に、娘婿をビシビシ仕込んで、娘婿の巌根も、その期待に応えようと、ルール無視の拡大路線を取っておりまして。私は、そういうやり方が正しいとは思えなくて、別の道に進んだのですが……」

「しかし高石さん、あなたも経営コンサルタントなら、お父上や巌根さんの過激な経営方針を諌《いさ》めるとか、そういうことが出来るんじゃないんですか？」

大内がもっともなことを言った。

「いえいえ、一代で成り上がった人間は、その成功体験だけで生きているので、他人の、ましてや現場を離れた息子の言うことになんざ、耳を貸しません」

高石は首を振った。

「しかしまあ、一族が経営規模の拡大に邁進《まいしん》して、強引すぎる経営をやっている分にはまだいいんです」

「ようないで！　ええわけないじゃろうが！」

大将が声を荒らげた。

「ごもっともです。言い方が悪かったです。内輪のことばかり考えておりました。一族が結束して同じ方向を向いていれば、一族としては問題はなかった、という意味です。しかし、ここにきて姉の連れ合いと私の父母の折り合いがどうも良くないんです。頑張っても売り上げを吸い上げられるばかりで自分の取り分がないと、巌根は相当不満が溜《た》まっているみたいで」

「それは、おたくの身内の問題だから、私らとしては何とも……」

大内と名月師匠は困惑し、若手の西岡と今永は沈黙し、紅一点は、と言えば耳に入らない様子で酒を飲み続けている。

その中で大将は一人、怒っていた。怒りながらも言った。

「いずれにせよ、わしらがどうこうできることではない。身内のアンタが何も出来ないのに、他人のわしらに何が出来る？」

「でしょうね。やっぱりね」

ずっと往生際《おうじょうぎわ》の悪かった高石だが、ようやく踏《ふ》ん切りがついた様子で、頷いた。

「わたくしとしては、これ以上、周囲を怒らせて敵対するような商売をしないよう、今度こそ、父にも、姉の連れ合いにも進言するつもりです。いや、あくまでも父と、そして母が無事だったら、という話ですが」

「それで、アナタのお父さんが殺されてるかもって話はどうなったんですか？　単なるアナタの邪推《じゃすい》？」

大内がみんなの気持ちを代弁するように言った。

「あの因業《いんごう》なチェーンのオーナーなんだから、そりゃ敵対したり恨《うら》んだりしてる人は多いでしょう。それにしても『殺されたかも』とまで言うのは趣味が悪いですな」

そう言った大内に、高石は「いえいえ」と反論した。

「ただの邪推で言ってるんじゃありません。大いに可能性のあることです。現に、連絡が取れないのです。こっちから父母のどっちの携帯にかけても応答がないのです。携帯の電源は入っているようで、コールは聞こえるのですが」

「だったらですよ」

名月師匠が高石に言った。

「あの店の店長の巌根サンって、あなたのお姉さんの亭主なんでしょ？　お姉さん自身はどう言ってるんですか？　巌根サンやお姉さんとも連絡がつかないの？　オハナシにお姉さんが全然出て来ないんだけど」

名月師匠がそう言ったとき、まるでタイミングを見計らったように、そのお姉さん・真由美本人が現れた。

美人が現れると、その場がぱあっと明るくなる。不思議だが本当だ。それほど真由美は華のある美人だ。

「あっ、真由美さん！　どうも。いつぞやは」

「これはこれは」

大将を含めた一同は、驚いた。渦中《かちゆう》も渦中、ど真ん中の人物が現れたからだ。

「お店、どうなってるんです？」

「いろいろありまして、ご迷惑をお掛けしています」

そう言って大将や常連に頭を下げた真由美は、バイト君たちに向き合った。

「みんな、連絡せずにごめんね。いろいろ急な事で。今日のところはお店はお休みにするから、みんな帰っていいわ。今日の分のバイト代はお店の都合でお休みしたのだから、キチンと出すから心配しないで」

店でタムロしていたバイト君たちは、「判りました」とぞろぞろ帰っていった。

「急な事って、何が起きたんですか？」

今永が訊いた。

「ここにいるタカホーク……じゃなくって高石さんは、弟さんですよね？」

彼女はタカホークをなぜか嫌そうに見て、「まあ……そうですけど」と奥歯にものが挟まったような言い方をした。

「弟さんは、もしかしてご両親になにかあったのでは……最悪、殺されたんじゃないかとか言ってるんですけど」

そう言われた真由美は、弟を睨みつけた。

「まあまあ、来たそうそう問い詰めなさんな」

そういった大将は、「たちまち、これでも食いんさい」と高石に出したのと同じローストチキンの皿と白のグラスワインを彼女の前に置いた。

「美味しい！」

一口食べた真由美は顔を綻ばせた。

「これは何のハーブかしら？　なにかの薬草？　アクセントが強いけど、それがロースト少ない……」これ、チキンじゃないわね？ チキンにしては脂《あぶら》がの肉の味を引き立ててる……あれ？ これ、チキンじゃないわね？ チキンにしては脂《あぶら》が少ない……」

「さすがじゃの。これは七面鳥じゃ」

大将は表情も変えずに応えた。

美味しい美味しいと七面鳥のローストを食べ続けた彼女は、思い出したように箸《はし》を置いて弟に向き直った。

「ところであんた、ヒトサマにそんな家の中の恥《はじ》を喋っちゃったの？ ナニ考えてるの？ アンタは昔からそうよね。頭はいいかもしれないけど、常識ってものがないのよ！」

真由美はすらりと背が高いし、目力があって、声にも「圧」がある。

姉のひと言で、弟は見るからに怯《ひる》んだ様子になった。

「そんな……姉さんはすぐそうやって決めつける。昔からそうなんだ。パパとママだって、姉さんばかり可愛《かわい》がって」

劣勢《れっせい》になったことが悔しいのか、真由美の弟は家庭環境を持ち出した。

「僕は……やっぱり、要《い》らない子だったんだ」

「そんな……ひどいわ。私はあなたのことを弟として本当に可愛いと思っていたのに」

姉の真由美は、突然悲しそうな様子になって言った。

「嘘《うそ》を言うな！」

弟は金切り声を上げた。

「姉ちゃんはいつだって僕の大事なものを取り上げて、壊したり勝手に人にあげたりしたろ？　お年玉を貯めて買ったプレステを踏んで壊したし、深夜から並んでやっと手に入れたゲームも勝手に人にあげちゃっただろ！　それに、大事にしてたインコだってカゴを開けて逃がしたろ！」

「やめてちょうだい。アンタはそうやって、子供の頃の事をいつまでも言うけど！　プレステは謝って弁償したし、ゲームだってあれ、子供がやっちゃいけないエロゲーだったでしょ！　インコはアンタがカゴの中を掃除してて、アンタが逃がしたんだし」

「姉ちゃんはいつもそうやって自分を正当化して、パパやママの前ではいい子になって……」

「逆でしょうよ！　アンタこそいつも私を悪者にして、パパやママに告《つ》げ口ばかりして」

強気だった真由美が、ポロッと大粒の涙を零した。

男たちは女の涙に弱い。特に、美女の涙の効果はテキメンだ。

常連たちは一斉に真由美の擁護《ようご》に回った。

「ちょいと高石さん、あなたねえ、そもそもこんなところできょうだい喧嘩《げんか》って、如何なものでげしょう？」

「あんたの親子関係が悪かったから、親が殺されたの何だのって言い立ててるわけ？」

「子供の頃のアレコレをいつまでも根に持ってるって、はっきり言ってキモいっすよ、あんた！」

「なんですかそれ」

常連の三人、特に西岡と今永に非難され、弟・高石は目を丸くした。三人の反応にひどくガッカリした様子だ。

「やっぱり……こうなるのか。いつもそうなんだ。姉さんはいつも僕の人間関係を、そうやって壊して横取りするんだ！　店だってそうだろ！　全部自分のモノにしたいんだろ！」

その時、真由美が弟を横目で見たその顔に、一瞬、嘲笑《ちょうしょう》が浮かんだ、ように見えた。

もういい！　と弟は怒って出て行ってしまった。

西岡が再び真由美を見ると、彼女は相変わらず涙を浮かべ、嗚咽している。一瞬見えた、と思った嘲笑は、やはり見間違いか、と西岡は思った。

が、そこで彼女も弟の後を追うためか立ち上がり、店の外に出て行ってしまった。

「しかしねえ」

ピシャッと閉まった引き戸を見て、名月師匠がボソッと言った。

「今どき、商売で揉めたあげく、お客の奪い合いでキッタハッタって、ありますか？　いや、ないとは言いませんよ。金のことで揉めて刃傷沙汰《にんじょうざた》になるのはよくあることですし。しかし、だからといって、身辺にまで危険が迫るということがありますかねえ？　たとえばヤクザの直営で縄張り争いの真っ最中、組と組が奪い合っている、まさにその場所に店があるのというのならともかく……」

「そういうことは今どき、まず、ない」

大将が断言した。

「昔なら、まあ、あったかもしれんが」

「しかし、大将の店がやられたことは、昔のヤクザ映画そのものですよ。酒屋に圧をかけて酒を売らせないようにするとか、両側の店舗を買い占めて騒音で営業の邪魔をするとか」

東映の実録ヤクザ映画に詳しい名月師匠が指摘した。

「対立した組の、ホンの些細《ささい》なアラをほじくり出してナンクセをつけて、揚《あ》げ句全面戦争というのがありませんでしたっけ？　『仁義なき戦い』のどれかで。実録と銘打《めいう》つからには本当にあったことでしょ？」

思い出そうとして天井を見る師匠に大内が言った。

「いやいや、映画だから脚色されてますよ、当然。私だって観てますけどね、『仁義なき戦い』」

映画館で、と言った大内は、それにしても、と続けた。

「『最初の一杯』がヤクザ絡み？　しかし、この店に菅原文太《すがわらぶんた》や松方弘樹《まつかたひろき》みたいなヤクザが、怖い顔をして脅《おど》しに来たわけではないからなあ」

「室田日出男《むろたひでお》も怖かったっすよ！」

今永が脇から口を出した。

「アンタのトシじゃあ観てないんじゃないの？」

と、大内。

「そんなことないっす。ネット配信で全部観ましたから！」

「いやいや、話を戻そう。『最初の一杯』のオーナー夫妻が失踪……連絡が取れない、という問題に」

大内が窘《たしな》め、大将も難しい顔で言った。

「っちゅうことは……わしらも警察に疑われる可能性があるというわけじゃ」

大将はそう言って、大内を見た。

「え？　大将が？　嫌がらせに抗議した程度で、ですか？」

「警察は、疑い出したらとことん疑いよる。前科者なら余計に、な」

そんなことは、と大内が反論しようとしたとき、店の扉がガラガラと開いた。顔を出した背広姿の男が大内に黙って会釈《えしやく》した。

大内はそれに頷いて店から出ると、しばらく戻ってこなかった。

「ありゃ警察じゃ」

大将がボソッと言った。

「何度か客として来たことがある。店の中を、探るように見回しとった」

元組長である大将としては、警察を敵に回していた時期が長かったはずだから、警戒するような態度も理解出来る。

「何か、起きましたかね？　ただ事件が起きただけなら携帯《けいたい》に連絡すれば済む話なのに、わざわざ刑事が会いに来たって事は……」

名月師匠が迷推理を開陳しようとしたとき、大内が店に戻ってきた。

「大将、ハッキリ言います。悪い想像が当たりです。疑われてますよ、大将」

それを聞いた瞬間、大将の顔が微《かす》かに引き攣《つ》った。一瞬の表情の変化を、常連の誰もが見て取っていた。

「それは……わしが元は極道じゃったせいか？」

「それもあるかもしれませんが、直接的には、向かいの店に文句を言いに行ったからです」

「ええっ！　やっぱり、たったそれだけで？」

今永が驚いてみせた。

「だから今永さん、それだけじゃないでしょ？　大将が元組長だという、その一点で警察は疑いの目を向けるわけでしょう？　これは、ヤクザ差別ですよ。職業差別です。憲法違反ですよ！」

名月師匠が息巻いた。

「大内さん！　あんたはここの常連で、大将は真《ま》っ直《す》ぐなお人だと判ってるんだから、警察の中で冤罪《えんざい》を晴らしなさいよ！」

大内は「まあまあ」と師匠を落ち着かせようとした。

「警察はあらゆる可能性を考えます。それはその通りです。そして……少しでも疑わしくて彼らの『勘』……長年の刑事の勘が働いて、『コイツは怪しい』と思い、同僚《どうりょう》や上司もそれに同意すれば逮捕状を請求して逮捕しますよ。そして彼らの筋書きに合うような供述をさせようとする」

「そこで冤罪が発生するんでしょう?」

師匠は大内に畳《たた》みかけた。

「とにかく、このままではヤバいですよ、大将。下手《へた》したら……」

そう言った師匠だが、大将の怒りの表情を見て、言葉を詰まらせた。

「済みません……釈迦《しゃか》に説法でした」

大将は、静かに、だが明らかに怒っていた。

「けったくその悪い。このままだとわしが殺《や》ったみたいな風評が立って、サツが来よる。捕まったらわしは元ヤクザじゃけえ、あることないこと調書に取られて犯人にされてしまう。そういうことが現役時代に何度もあったんじゃ。しかし、今は足を洗ってカタギになっちょる。同じ目に遭《あ》うわけにはいかん」

そう言った大将は、ふと、唇《くちびる》を歪《ゆが》ませた。笑ったのだ。

「さっき、高石とかいう男と美人の姉さんに七面鳥のローストを食べさせたじゃろ? それには理由があってな」

大将はそう言って一同の顔を見た。

「七面鳥は日本では馴染《なじ》みがない。日本人はフライドチキン屋に騙《だま》されてクリスマスはチキンを食うが、あちらで食うのは七面鳥じゃ。ま、だからっちゅうて今回の事には関係ないがの。七面鳥のローストは、わしの師匠というか親みたいな、大切なお人に教わった料理なんじゃ」

そういった大将は、笑った。今度は目も笑っている。

「さっき、あの二人が言ったこと、あれがあやつらの本性じゃ」

え？　どういうこと？　と常連たちが首を傾げると、大将はますます愉快そうな顔になった。

「これは、食べた人間の本性が顕《あらわ》れる、秘伝の料理なんじゃ」

「まさか……そんな料理ないでしょ？　あるとしてもそれは映画の世界のネタで。あの有名な、ナチスが使ったという自白剤のスコポラミンだって、あくまでも、スパイ小説の世界のハナシであって」

その分野のプロである大内が、マジに反論した。

「まあええから、食いんさい。あんたら全員で食ってみんさい。わしからのサービスじゃ」

大将は常連たちに七面鳥のロースト薬草添えを出した。

「ん。これは美味い」

真っ先に口に入れた名月師匠が感嘆の声を出した。

「大将の能書きは別にして、とにかく美味いんです。ほら皆さんも食べてごらんって」

西岡も大内も今永も後に続き、薬草を肉と一緒に口に運ぶと異口同音に「美味い！」を連発した。

「いやあ、この店でこんな本格的な洋食が食べられるとは……七面鳥って初めて食べるけど、チキンよりあっさりして美味いですね！」

などと料理を称賛していると……名月師匠がう〜んと呻り始めた。

「しかしですよ、だいたい日本の民度が低すぎると思いませんか？　明らかに嘘つきだって判ってるバカの言うことを頭から信じちゃうって、どうなんですか？　それも民意とか言うけど、バカが大勢集まってバカな結果を出したら批判されて当然でしょ！　民意だから正しいとか受け入れるしかないというのは大いに間違ってますよ！　だいたいがヒトラーだって民主的な選挙で選ばれた、つまり民意で選ばれて独裁者になったんですからね！」

名月師匠の目は据わり、その口からはとめどなく社会批判の言葉が溢れ出した。

「どうして神の声のように尊ばれる『民意』とやらは嘘偽《いつわ》りや、いかがわしい政治家を見抜けないんですか？　ウソ八百のショート動画を、『ネットで調べました〜』とか言ってまんまと騙されてほいほい当選させるレベルなのに……だからみんな、あっしの芸が判らないんだ！」

「おや？　師匠、お客様批判はご法度《はっと》なのでは？」

西岡がストップをかけて名月師匠は黙ったが、今度は大内が口を開いた。

「ある企業が外為法違反容疑で警視庁公安部に挙げられた冤罪事件。あれは警察からの天下りを受け入れていなかったからなんだ。『大企業なら必ず警察ＯＢがいる。だから中小企業を狙うんだ』ってのはあの捜査の担当係長が常日頃言ってたことだからな。長期間拘《こう》束《そく》された社長も、手柄《てがら》になる筈《はず》が逆効果になった公安部も、まったく誰ひとり幸せにならない事件だった」

警視庁の刑事である大内が堂々と警察批判をするので、一同は驚いた。

「あれ？　現職の刑事さんがそんなこと言っていいんですか？」

今永が揶揄《からか》うように言うと、大内はムキになって反論した。

「ナニを言う。昔は公務員が堂々と政権批判をしてデモをやってストを打ったんだ。公務員が体制批判をしてはいけないという法はないんだよ。お判りか？」

すると、それに感化されたのか、なろう系作家・今永も毒づき始めた。

「いや、今思ったんすけどね、あいつ死ねばいいんすよ。あいつってのはおれの小説のコミカライズを依頼された漫画家なんすけどね。そいつがおれの小説をギッタギタに、それこそ完膚《かんぷ》なきまでにけなしたんすよ」

「今永さんの原作をマンガ化しようとしたマンガ家が、今永さんの原作を批判したんですね？」

西岡が冷静に訊いた。

「そ。まあそのマンガ家さんとは相性が悪かったんでしょうけど……しかし、プロとして受けた仕事なのに、公《おおやけ》の場で叩く？」

「それは、今永さん、あなたの原作に問題があったんじゃないかしら？」

今まで黙っていた紅一点が割って入った。

「実はその件、あたし、知ってるの。ちょっと炎上したでしょ？　だからあたし、マンガ版とネットにあがってるあなたの原作の両方を読んだけど……今永さん、あなた、もうちょっと勉強した方がいいんじゃないの？」

紅一点に袈裟懸《けさが》けに叩き切られたも同然の今永は、呆然として絶句した。

「だいたい登場人物の名前の付け方が滅茶苦茶なのよ。チャーリーとシャルルとカールが同時に出てくるけど、これって英語系もフランス語系もドイツ語系もごっちゃになってるし……それはまあ許せなくもないけど、中世ヨーロッパにタイムスリップしてどうのこうのって話なのに、中世にはないいろんなアイテムが出てくるし……蒸気機関車とか電信とか……あなた、調べて書いたの？　あれじゃあ、あなたを批判したマンガ家さんのほうに軍配が上がるわよ！」

「それはナンクセだ！　いいっすか、ファンタジーっすよ？　歴史小説じゃないんだし」

「あら、ファンタジーなら何を書いてもいいわけ？　ローマ帝国とオスマントルコがミサイルを撃ち合ってもいいわけ？」

今永と紅一点のバトルはにわかに白熱した。

「みんな、落ち着くんじゃ！　水を飲んで！　水を飲んで落ち着きんさい！」

大将が大声を出し、みんなに水を出した。

コップの水を飲むと、憑《つ》き物が落ちたようにというか、スイッチが切れたように、全員が、落ち着いた。

「あ……あの、アタシ、何か言いましたでしょうか？」

名月師匠が口を押さえた。

「私も、何か言ってはならないことを口にしてしまったような気が……」

と大内。今永も、ひどく戸惑《とまど》っている。

「ボクも……つい、意地を張ってしまって……さっきのは、ナシ。誰にも言わないでください」

今永は紅一点に懇願《こんがん》した。

「大将。これは……もしかして、さっきちょっと話をした『自白剤』を料理に仕込んだんですか？」

大内は正面切って大将に訊いた。

「いや、それはないな。この世に、それを飲ませたり注射したりしたらすべて喋ってしまう薬物は存在しません。ナチスもＫＧＢも、ＣＩＡでさえ、そういう薬は開発できていない」

「しかしっすよ、七面鳥にはトリプトファンというアミノ酸が含まれているようです。このトリプトファンは……メラトニンの構成要素で」

スマホを見ていた今永が画面に書いてあることを読み上げ始めた。

「トリプトファンは、日中はセロトニン……俗に言う幸せホルモンに、夜はメラトニン……これは睡眠ホルモンに変化する性質があります。セロトニンは感情や精神面、睡眠など人間の大切な機能に深く関係する神経伝達物質なので、幸せホルモンと呼ばれるようですが……」

「だから、なんなの？」

さっきから妙に今永に当たりが強い紅一点が苛《いら》ついて訊いた。

「ええとですね、スコポラミンも睡眠作用があるので、要は、酔っ払って眠くなると、気持ちが緩んで、シラフの時には口に出来ないことを喋ってしまったりするでしょ？　その作用を利用するわけですな」

大内が代わって解説した。

「それにしても、七面鳥だけではそんな『本音大会』にはならないはずですが……アメリカではクリスマスとかサンクスギビングに家族で食べるそうですけど、家族のディナーが本音ぶっちゃけ大会と化して修羅場《しゅらば》になったって話は聞きませんね」

「だけど、ついさっき、我々に起きた事はどうなるんです？　それにその前は高石とそのお姉さんが本音をぶつけ合ったし」

今永が大内に反論した。

「いや、それは、七面鳥だけの作用ではないのでは？」

西岡が箸で、七面鳥のローストに添えられた葉っぱを摘《つ》まんだ。葉っぱは、肉と一緒にローストされて、ソテーされたような状態になっている。

「この葉っぱは、薬草のベラドンナ、じゃ」

大将のその言葉を聞いた今永は早速検索をして、ほほうと唸《うな》った。

「ベラドンナは毒性が強くて、口の渇《かわ》き心拍数増加目のかすみなどの抗コリン作用を引き起こし、大量に摂取《せっしゅ》すると意識障害、幻覚、けいれん等を招く……とのことっすよ。効能としては、ええと、その根や葉に含まれるアルカロイドが副交感神経の働きを抑える作用があり……鼻水は副交感神経から放出されるアセチルコリンの刺激によって分泌《ぶんぴつ》されるため、ベラドンナ総アルカロイドはアセチルコリンをブロックして分泌を抑えます、だって」

「副交感神経の働きを抑える作用がある、というところがミソでしょうな」

大内が頷いた。

「つまり、七面鳥とベラドンナの相乗効果というか」

「わしは、昔、御大《おんたい》に教わって何度か使ってみたが、それなりの効果はあった。たとえば、身内に警察のスパイがいたりした時があったんじゃが……」

大将はそこまで言って、これ以上はまずいと思ったのか、口を噤《つぐ》んだ。

紅一点は、なぜかほっとした顔を見せている。

「よかった……あたし余計なことを言わなくて」

「いや、充分、言ってたっすよ、おれには」

そう言った今永は思いついたように質問した。

「それとも、何か隠し事でもあるんですか？」

今永にそう聞かれた紅一点は、曖昧《あいまい》に「さあね？」と言って笑って誤魔化した。

「それを言えば、西岡ちゃんだってどうなのよ？　あなた、ぜ～んぜん影響受けてないじゃない？」

そう言われた西岡は、頭を掻いた。

「いや、美味しくいただきましたが……なぜなんだろうなあ？」

「西岡ちゃん、いい人なんだと思う。マジで裏表がないのよ」

「うむ。わしも最初からそう思うちょった」

などと、大将と、そして常連たちがワイワイ言っている間に、店の扉が開いて、真由美が再び現れた。やっと落ち着きを取り戻した様子だ。

「みなさん、うちの両親のことでお騒がせして申し訳ありません」

それで、一同は、元の話を思い出した。

「改めて確認しますが、ご両親……オーナーの高石さんご夫妻に連絡が取れなくなってるというのは本当ですか？」

大内が訊いた。

「はい。そして巌根にも連絡が取れないのは本当です……ですから店が開けられず、私も困ってるんです。そうしたら、あの子が、弟が、勝手に、身内の恥を……」

「しかし、連絡が取れないというのは普通じゃないですね。電話が繋《つな》がらないのであれば、心当たりの場所に行ってみたりするしかないのでは？」

西岡が言った。

「こういう場合、まず、ご自宅に行ってみるって感じですかね？」

西岡が捜査のプロである大内に訊いた。

「まあ、それが手順というものでしょうな」

「高石さんご夫妻のご自宅はどちらに？」

西岡が訊くと、真由美は文京区《ぶんきょうく》の本郷《ほんごう》だ、と住所を口にした。

それをスマホに入力していた今永が叫《さけ》んだ。

「ここ、有名な事故物件じゃないですか！　思いっきり載ってますよ！　『大島《おおしま》てる』に！」

「あ、載ってましたか。そうなんです。私たちが育ったのはそこじゃなくて、もっと田舎《いなか》の……足立《あだち》区の外れだったんですが、商売に成功して、それなりのイイ場所に引っ越そうという事になって、でも、両親ともケチなので、可能な限り安いところを探したら、そこが見つかったんです」

「一家惨殺《ざんさつ》の現場って……文京区本郷じゃ珍しいでしょ」

「でも、その事件は、明治時代の話ですよ？　一体いつまで祟《たた》られるんですか？」

だが今永は、俄然《がぜん》、行く気マンマンになっている。

「行きましょう！　絶対そこには手掛かりがありますよ！　行くしかないですよ！」

「でも……そこはホント、両親が住んでるだけで、何にもないです。怖いし。怖いから……だから私、あんまり行かなくなったんだし」

真由美は、行くのをあからさまに嫌がった。

「でも、事件があったのは明治時代なんでしょ？　気にしない口ぶりだったけど、やっぱり気にしてるんじゃないですか！」

今永に突っ込まれた真由美は、否定はしなかった。

「そうですよ。気にしてますよ。気味悪いですよ！　それが本音です！」

あくまで気が進まない様子の真由美に大将がぽつりと言った。

「あんた、なんぞ調べられたら困る事情でもあるんか？」

「いえ、そんなことはないです！」

真由美は早すぎるほどのタイミングで即答した。

「それなら真由美さん、この際、疑問点は早めに潰していきましょうよ！」

ノリノリの今永がそう言って、立ち上がった。

「いや……こういう事は、警察に任せるべきじゃないですか？　ここには大内さんもいるんだし」

西岡はそう言って大内を見た。

「そうですよ。被害届を出して貰えれば、動きますが」

大内は真由美を見た。

「いえ、まだ、そこまでは。自分たちで捜しても両親が見つからないとなったら、その時は警察にお願いするしかないですが……」

「じゃあ、まずご自宅を調べましょう！」

今永はイケイケだ。

「わしは、店があるし、今は動かんほうがええやろう」

と、大将が腕組みをした。

「でも、もう夜の八時を回ってるよ？　動くなら早く動かないと」

あたしは行かないけどね、と言って紅一点は席に座り直した。

「だって、怖いの嫌いだし」

名月師匠は、「ご婦人の言うことは額面通りには受け取れませんな」と言いつつ、同行することにした。

そんな師匠と西岡、今永、そして真由美が店を出て行き、残った大将と紅一点、そして大内が顔を見合わせて、言った。

「あの女は案外、食わせ物じゃ」

「そうだよね」

「私もそう思います」

と、大内が横から入った。

「それにしても……一番頼りない三人が行ってしまいましたな」

＊

「頼りない」常連の三人と真由美が訪れたのは、高石夫妻の自宅だった。不忍池《しのばずのいけ》を挟んで、上野駅とは反対側の本郷。近くに東大もある、昔からの閑静《かんせい》な住宅街だ。

その一角に、生け垣に囲まれた古民家風の家がある。敷地は広くて庭もあるが、建っているのは質素で古い日本家屋だ。夏目《なつめ》漱石《そうせき》が住んでいたと言われても納得してしまいそうな、古い家。

格子戸《こうしど》の脇のチャイムを鳴らしても反応がなく、ノックしても同様。玄関先で大声で呼びかけようにも、もう夜だし近所迷惑になる。

娘の真由美が家の鍵を持っていたので、この際、玄関を開けて貰うことにした。

「ごめんください。いらっしゃいませんか？　入りますよ」

真由美が玄関先で断って、明かりのスイッチを入れた。

玄関に直結するのは大きな居間だ。畳《たたみ》の部屋にカーペットを敷いて洋間のように使っている。襖《ふすま》を外して二間をぶち抜いているのだろう、十二畳くらいの広さがある。大きなダイニングテーブルには冷蔵庫のほかに巨大な冷凍庫、そして五十インチくらいの液晶テレビもあり、ダイニングテーブルの脇にはふかふかのソファもある。

この居間に繋がっている台所の流し台はきちんと片付いている。ガスレンジもきれいに掃除されている。

冷凍庫を開けてみようと西岡が扉《とびら》に手をかけたところで、今永が待ったをかけた。

「そこ開けるんですか？　よくあるじゃないですか。冷凍庫に、バラバラになった……」

「なんてことを言うんですか！」

真由美が叫んだ。

「縁起でもない！」

「それにしたって、開けてみませんとね」

名月師匠がそう言って、いいですか、よござんすね、と全員に確認を取ってから、冷凍庫のドアを開けた。

その中には……真空包装された大きな包みがあった。

「これは……」

一同は恐怖でツバをごくりと飲み込んだ。

「ちょっと、それ、出してみて……」

名月師匠が掠《かす》れ声で言った。

「いや、師匠が出してくださいよ。最年長なんだから」

今永が意味不明なことを言った。今永はビビッているが、その一方で怖いもの見たさでワクワクしている様子が丸判りだ。

真由美は青い顔をして後ろに下がっている。

師匠と今永のダチョウ倶楽部《くらぶ》のような譲り合いが終わりそうもないので、意を決した西岡が、大きく息を吸い込んで、謎《なぞ》の包みに手をかけた。

「どうだっ！」

息を詰めたまま、西岡は正体不明の真空包装を、近くのダイニングテーブルに放《ほう》り出すように置いた。怖いのだ。

テーブルの上の凍《こお》った包みに、今永は恐る恐る近寄って……ゆっくりと、凝視した。

その目がかっと見開かれた。

そして、あんぐりと口が開き、顔が歪んだ。

「ぎゃははは！」

今永は、凄《すさ》まじい緊張が一気に解けた様子で、腹を抱えて爆笑しはじめた。

「ああ、苦しい！　涙が出る」

「ナニがおかしいんだ！」

西岡は腹を立てた。

「バラバラ死体の何がおかしいんだっ！」

「違うよっ」

今永はゲラゲラ笑いながら包みを指差した。

「ほ、ほ、ホタテ」

「え？」

ひっくり返った声を上げて名月師匠が包みに突進した。持ち上げてしげしげと見るや、今永に続いてひひひと笑い出した。

「ホタテと、アワビ……」

「は？」

西岡も包みに近寄って観察した。

たしかに、ビニールの中身はカチカチに冷凍されたホタテの貝柱と、アワビのようだった。

「いや～、期待して損しちゃった。てっきりバラバラ死体だと思ったのに」

真由美がいるのに、今永は不謹慎な発言をして、バカ正直に落胆している。

「今永くん、君はナニを期待……もとい、ナニを想像してたんだ！」

さすがに名月師匠が叱った。

「ご家族の方がいるというのに」

だが、緊張が解けた師匠の顔もニヤついている。

真由美はというと、ムッとしたような無表情なような感情が読み取れない表情で、リビングに続く奥の部屋のドアも開けようとしている。

「開けますよ？　パパ、ママ、いらっしゃいませんか？」

真由美はそう言いながら、勝手知ったる親の家で、ドアノブを回そうとしたが、名月師匠に「慎重にね」と言われた。

「いや、こういう事を申し上げるのもナンですがね、奥の部屋にある、いや、いるかもしれないでしょう……その、なんというか、どういう状態でか判らないのですし」

やっと無難な言葉を見つけて口にした。しかし、さっき笑い転げてしまった師匠の言うことにはまるで説得力がない。

真由美は、ゆっくりとドアを開け、「明かり点けますよ」と声をかけてスイッチを入れた。

奥の部屋は寝室だった。ベッドメイクはキチンとされていて、布団カバーにはシワ一つ無いが、人の気配も無い。

「仕事関係は……経理は母と会計士さんが会計事務所でやっています。新メニュー開発も別のところでやりますので、自宅で仕事をすることは、あまりないんです」

リビングも寝室も、豪華さとは無縁な質素なインテリアで、必要最低限のものしかない。

寝室の隣は、ちょっとした仕事スペースになっていた。スチール机の上には数世代前の古いパソコンがあり、書類キャビネットには帳簿類が並んでいるが、それらもすべて整然と整理整頓《せいとん》されているので、異変を感じない。

が、デスクの上には伝票が数枚、クリップで留めて置いてある。

「これは？」

西岡が見ると、伝票にはホタテやアワビといった食材名が記され、「東亜食品公司《とうあしょくひんこんす》」という社名のスタンプが押されていた。中華料理の食材店なのだろう。住所は池袋だ。

「仕入れはここか」

「さっきのホタテとアワビの、伝票ですね」

今永と西岡は口々に言った。

デスクのうしろの壁には、一枚の写真が額に入って飾《かざ》られている。荒れ地に立つ、倉庫のような建物だ。

「この写真は？」

今永が訊くと、「これは両親がアリゾナに持っている物件です」と真由美は答えた。

「アリゾナ？　ここが？」

今までアメリカに関した話など真由美の口からまったく聞いていないのに、唐突にアリゾナという地名が出て来たことを、西岡は不審に思った。

「しかし……この写真のバックに写ってるのは……日本の景色ですけど」

建物の近くの電柱には「八街歯科はコチラ」という、日本語の広告が巻き付けられている。

「あ、勘違いしてました！　これは両親の別荘……と言っていいんでしょうか」

別荘にしては外見が倉庫にしか見えない。金持ちはワザと質素な外見の家を建てて、内装を超豪華にするとかいう話もあるが。

「……滅多《めった》に行かないけど、別荘というか、キッチンラボを両親は持ってまして。そこで新メニューの開発をしてるんです」

「それはどこです？」

名月師匠が意気込んだ。

「さぞや、風光明媚《めいび》なリゾートで、そこで気持ちをリフレッシュさせて、新メニューを開発……」

「千葉《ちば》にあります」

「千葉？　えらく近いっすね」

別荘と言うからには、軽井沢《かるいざわ》や那須《なす》高原、熱海《あたみ》や伊豆《いず》のようなリゾートを思い浮かべていた一同は拍子《ひょうし》抜けした。

「でもさ、千葉といっても館山《たてやま》や鴨川《かもがわ》、そして最近は勝浦《かつうら》なんか人気だったりするよね？養老渓谷《ようろうけいこく》もあるし」

今永がそう言って、心なしか目を輝かせた。

「飲食チェーンのオーナーなんだから、南房総の、海を一望できる高台にあるとか？」

今永は妙に旅行気分になって声を弾ませたが、真由美は首を振った。

「いえ、残念ですが、別荘があるのは内陸の八街《やちまた》です」

ヤチマタ、と一同は顔を見合わせた。

「聞いたことはあるけど……」

「はい。有名ではないし、特に何もないところですが……広い敷地にぽつんと家があって。

海の近くだと、塩害で家がすぐ傷《いた》んでしまうからいやなんだそうです」

「この建物の外見としては……倉庫を改造したみたいな感じですね。あの辺は千葉の真ん中だから、配送センターとかが集まってませんでしたっけ？」

名月師匠は博識なところを見せた。正確な知識なのかどうかは誰も判らないが。

一同は仕事部屋から居間に戻った。

「ところで……この部屋にテラスはあるっすか？　庭に続くテラス」

今永の問いに真由美は「あります」と答えて、大きなカーテンを指差した。

「よくあるじゃないっすか。部屋の中に異変はないので安心させておいて、カーテンを開けると……ぎゃああ！　っていうサプライズ展開」

「それとも死体、でしょうかね？　カーテンの向こうは」

「嫌なことを言わないでください」

真由美が名月に警告を与え、ゆっくりとカーテンに近寄って、手を掛けた。

シャッ！　と音を立てて、カーテンが開いた。

その瞬間、外に何かおぞましいものがあるのでは……あるいは殺人鬼が包丁を構えて立っている？　と誰もが思い、真由美以外の全員が反射的に目を瞑《つむ》った。

しかし……窓の外には、何もなかった。

「どうやらここでは何も起こっていない……ということは、現代の神隠しとか？」

西岡がそう言うと、今永が乗ってきた。

「UFOに連れ去られた、とかッスかね？」

「今どきそれは古いでしょう、今永くん。今はそっちよりオカルト的ホラー的展開の方がウケるんじゃないですか？」

そういった名月師匠に、今永は「そうなのか」とガックリしている。

「だからおれの小説はウケないのか」

「話を戻しましょう！」

西岡が声を上げた。

「ちょっと思ったんですが、こういう古い家には井戸がありますよね？」

またしても今永が乗ってきた。ネタは無いかと虎視眈々と狙《ねら》っているに違いない。

「そうそう、井戸！　事故物件、いやオカルト物件には井戸が付き物っすよぉ」

名月師匠もコメントした。

「焼いていない。埋《う》めてもいない。だから井戸に放り込んだってんですか？」

「庭を掘って埋めたかも……けど、井戸に放り込んだか、穴を掘って埋めたかどうかは、調べてみないと判らないッスよね」

あまりに無神経な会話に西岡ははらはらした。

「だったら尚更《なおさら》、素人の手には……そろそろ警察に……」

だが真由美は特に気を悪くする様子もなく、全員で庭に回ることになった。寝室にあった懐中電灯を手にして。

あまり広くはないが、庭木が生《お》い茂《しげ》り、年月を感じさせる庭の隅《すみ》には果《は》たして……井戸があった。使われなくなって久しい感じで、手動ポンプもなく、朽《く》ちた木製の蓋が置かれているだけだ。その様子が、余計におどろおどろしい。

「さっきは僕が冷凍庫からホタテを出したんだから、今度は今永くん、君が蓋を開けなさいよ」

西岡は今永の背中を押して、井戸に向かわせた。

判りましたよ……と今永は渋々井戸に行き、蓋に手を掛けようとしたが、そこで手にした懐中電灯を西岡に渡した。

「西岡さん、これで井戸の中をよく照らしてくださいね」

そう言いながら、首からぶら下げていたペンダントのようなものの角度を調整している。

「さっきから気になってたんだけど、今永くん、首から提《さ》げてるそれ、なんなんです？」

名月師匠が指差した。

「もしかして、カメラ？」

「あっバレましたか」

今永はぺろりと舌を出した。

ペンダント状の機器はどうやらカメラらしい。

「おれ、ユーチューバーじゃないですか」

「じゃないですか、って、だから何なの？」

「だから、おれはユーチューバーなんですよ！　けど、ネタが近所のラーメンとか私生活の愚痴しかなくて、チャンネル登録数伸びないし全然ダメで」

動画配信の収益で生活するなんて夢のまた夢なんすよ、と今永は言った。

「だから……事故物件に潜入して、あわよくばスゴい映像を撮ろうとしてた？　もしかして、この件、ずっと撮ってた？」

西岡の問いに、今永は素直にそうなんすよ、と言って頷いた。

「いや、真由美さんの弟さんが大将の店で喋り出した途中から、回しだしたんですけどね、カメラ」

「そうか。だから、この件に関して、きみはやたら積極的だったのか」

納得した西岡は、懐中電灯で井戸の中を照らして、今永の動画配信に協力してやることにした。

今永が恐る恐る、というあからさまに芝居がかったアクションで井戸の中を覗き込もうとした、その時、名月師匠がいきなり「わっ！」と叫んだ。

「ななな、なんだ！」

尻《しり》もちをつく今永。師匠はニヤニヤ笑っている。

「いや、ホラーならこういう場合、絶対に、井戸から何かが出てくるじゃないですか」

「だからってそんな声出さないください」

勝手に盛り上げないでほしい、と西岡は思った。

真由美は、怖いのか、ずっと後ろの方で黙って見ているだけだ。

では……と男三人は改めて井戸の中を覗き込んだ。

濁《にご》った水が下の方に溜まっている。

「もしかして……あの水の下に」

三人は凝視したが、どうやら死体のようなものは井戸には沈んでいないようだ。

「いや、やっぱりそれはないでしょう。そもそも井戸の中にあるとしたら、腐敗臭がスゴイはずですから」

「確かに、ドブみたいな匂いしかしませんね」

「安心してください。入ってません」

三人を代表して名月師匠が真由美に言った。

彼女は、微笑んで小さく頷いたが、その微笑みはちょっと嘲笑のようにも見えた。いや、大の大人三人が死ぬほど怯《おび》えて腰砕《こしくだ》けになっているのだから、嘲笑されても仕方がないのだが。

一同はゾロゾロと居間に戻った。

「あれ？　あそこ、なんか光ってますよ？」

今永が目ざとく見つけた。壁際にある電話機のランプが点灯している。さっきは光っていなかったので、全員が庭に出たあとに着信したのだろう。

真由美が再生ボタンを押した。スピーカーがオンになっていたので、全員に内容が聞こえた。

『もしもし、ワタシ東亜食品公司あるよ。昨日注文受けた食材、量に間違いないあるか？　大量だが大丈夫あるか？　千葉の八街に送る、本当にそれで良いあるか？　店に送らなくていいあるか？』

往年の日活映画で藤村有弘《ふじむらありひろ》たちが演じた「怪しい中国人」そのままの中国訛《なま》りで用件が録音されていた。

それを聞いた真由美は、なぜかマズい、という表情を一瞬見せた。

「東亜食品公司……ここも当たってみましょうよ！」

今永が目を輝かせて提案した。

「いや、ここから先は、警察に任せた方が……」

西岡は言ってみたが、今永の耳には入らない。

「それはないっすよ。せっかくここまで来たんだから、徹底してやりましょう。東亜食品公司っと……住所は池袋の」

スマートフォンでさっそく検索している。

「すぐに行ってみましょう」

今永は相変わらず積極的だ。それはまあ、配信用の映像を撮っているからなのだが。

「いいですか、真由美さん？」

名月師匠が訊くと、彼女は「え、ええ」とあまり気が進まなさそうに返事をした。

四人は大型タクシーを呼んで、本郷から池袋チャイナタウンがある北口に移動した。

この界隈は、飲食店街ではあるが、ピンク系の店も多い。

「変態スナックかおる」「おさわりパブみちこ」など、ディープなサービスを想像させる看板が立ち並んでいる。

目的の食材店「東亜食品公司」はもう閉まっていたので、シャッターに書いてある電話番号に電話してみることにした。

「もうこんな時間だけど、大丈夫？」

真由美は心配した。たしかに時間はもう夜の十時になろうとしている。高齢者ならそろそろ寝る時間だろう。

一番年長の師匠がスマホを耳に当てた。すぐに相手が出た様子だが、師匠は「判りました」と切った。

「東亜食品公司の社長は、この近くのスナックで飲んでるそうです」

行こう行こうと、四人はそのスナック「えんどうまめ」に向かった。

店内はカウンターとソファ席が二つの、まあまあの広さだ。ソファ席には老人が腰を据えてマイクを握り、「北国の春」を熱唱していた。その脇で手拍子を取っている熟女はこの店のママか？

ビニールの合成皮革のソファは、ところどころ破れていてガムテープで補修してある。

店内は薄暗くてよく見えないが、壁にはシミや汚れが目立ち、古くなったメニューがヨレヨレの状態で貼ってある。カウンターの後ろにはボトルが並んでいるが、どれも安い焼酎《しょうちゅう》のようで、「しげちゃん」「まりたろうだよ～ん」などの名前がホワイトマジックで書き込まれている。

カウンターの向こうにはアルバイトのバーテンらしい若い男が立っており、仏頂面でパフェのようなものをぎこちなく作っている。

「四人ですけど、いい？」

真由美が先頭に立って店に入ると、老人が気づいてマイクを通して挨拶した。

「よう、高石んチの別嬪《べっぴん》さん！　相変わらずアコギな商売してるのか？」

その声がたっぷりのエコーを伴って店中に響いた。

「止めてくださいよ、ヤンさん」

食品会社の社長はヤンと言うらしい。電話と同じ声だが、電話の時のように妙な訛りはない。あれはふざけていたのか？

「だってアコギはアコギだろ！　いつもいつもウチの食材、値切りやがって！」

ヤンが発するその言葉もエコーがかかっていて、エコーがエコーを呼んでハウリングとなり、最後にはキーン！　という耳をつんざく爆音になったので、アルバイトのバーテンが慌ててカラオケを切った。

「どうだ、あんたも歌うか？」

いえ結構です、と言いながら、真由美はヤンの近くのソファ席に座り、他の三人もその周辺に座った。

「こちらは、どういうお連れさん？」

「いえ、名乗るほどの者ではござんせん」

名月師匠が言い切ったのでヤンはあからさまに不審そうな様子になった。

まあまあと真由美は軽く流し、ビール瓶を持ってヤンににじり寄った。

「ちょっとまずいことになっていまして……両親と連絡がつかないんです」

「そう？　身から出た錆《さび》じゃないの？　あんたの両親もアコギだからね」

ヤンは取り合わない。よほど真由美の一家に苦汁を飲まされてきたのだろう。

「まあ、そう言わないでください。こっちも商売ですから、慈善事業ってわけにもいかないんです。金額的にいろいろ厳しいことも言いますが、それはお互い様でしょ？　ね？」

真由美は、親であるオーナー夫妻に成り代わって、取引でも積極的な役割を果たしていたらしい。ということは……大将の店にお酒を売らなくなった酒屋の件でも、裏で動いたのはこの真由美、なのではないか？

そのことに真由美本人以外の全員が気がついた様子だ。強制的にママが配った水割りに口をつけた全員の目線が、彼女に集まった。

「そういやさあ、アンタのオヤジから怒られちまったんだよ。『お前ンとこのホタテとアワビでお粥を作ったんだが全然出したい味にならない。妙な食材を売るな、金返せ！』ってね。中国が買ってくれなくなってダブついたホタテやアワビを、アンタんとこが買ってくれたのは有り難かったけど、コッチの足元を見てさんざん買い叩かれた。値引きしろ値引きしろって。こっちは儲けが全然出ないうえに怒られるしで、踏んだり蹴《け》ったりだよ」

「あの、それは」

真由美は説明しようとしたが、ヤンは無視して話し続けた。

「そもそも味が出ないってのはアンタのオヤジの腕が悪いんだろ？　料理人はいろいろ工《く》夫《ふう》して味を出すんじゃないのか？　それを食材のせいにされても困るんだよ。もちろん食材の産地や加工の違いはあるけどよ、そこをなんとかするのが料理人の腕だろ？　しかもさんざん値切ったその上に、だよ？」

その話を聞きながら西岡がカウンターの若い男、アルバイトらしいバーテンを何気なく見ると、そいつがスゴイ形相《ぎょうそう》でこちらを睨むように見ていたので驚いた。

今永がトイレに立ったので、西岡も後に続き、そっと耳打ちした。

「今ね、あの若いバーテンと目があって、物凄い顔で睨みつけられたんだけど」

「アナタもですか。実は僕も……」

今永は自分もバーテンと目が合って睨まれたと言った。

「なんかね、この店、おかしな感じしないっすか？」

「そう？　あんまり流行《はや》ってなさそうだとは思うけど」

今永にそう言われた西岡は首を傾げた。

「そこですよ。わざと流行らせてない店って、なんかあるんすよ。場所柄、チャイニーズマフィアの基地、つうか中継地点みたいになっていたりとか」

今永は嬉々《きき》として想像を述べた。

言われてみればそうかもしれない、と西岡も思い始めた。

「とりあえず現状、手掛かりがまだ全然ないっすね。収穫ゼロ。僕としては、一波乱、期待してるんですけど」

「人の不幸を待ってるみたいだな」

そんなつもりはないっすけど、と今永は言ったが、明らかに期待している。

「そういや大将の店で真由美さんの弟が言ってたじゃないっすか。『最初の一杯』の店長の巌根、つまり真由美さんの内縁の夫が、オーナー夫婦と折り合いが悪い、みたいな」

今永が思い出した。

「頑張っても売り上げを吸い上げられるばかり。自分の取り分がないとか、いろいろ」

「言ってました。言ったと思います。親族内で方向性の違いがあるって感じで」

「じゃあさあ、内輪揉めって可能性もあるんじゃないっすか？」

「そこに、オーナーの財産に目を付けたチャイニーズマフィアが絡んできて……とか？」

「アリですよ、それ！」

今永の目はいっそう輝いた。

「で、これからどうします？」

「一応、内偵をやってみたってことで、プロの大内さんに相談した方がいいと思いますよ。

僕ら素人が相手に出来る相手じゃないですよ、チャイニーズマフィアなら。彼らは日本人と感覚が違うから、平気で殺して、それも残忍に殺して、死体を溶かすとか犬に食わせるとか、ムチャクチャやるわけでしょう？」

西岡はC級アクション映画で見たことと現実をゴッチャにしたような事を言って身震いした。

「悪いこと言わないから、ここで仕切り直しましょう！　素人が手を出しちゃいけない領域に達しようとしてるんですよ！」

西岡の力説に、今永もしぶしぶ頷いた。

「西岡さん、心配しすぎっすよ……けど殺されちゃったら、せっかく撮った動画も、配信できなくなるっすから……それにしても、あの真由美さんも、チャイニーズマフィアと関係あるんすかね」

「それは判りません。真由美さんも被害者側なのかもしれないし。オーナーの娘さんなので、チャイニーズマフィアに両親の商売を乗っ取られる側かも」

「じゃあ、オーナーと折り合いの悪い巌根が、チャイニーズマフィアと結託して？」

「それですよ！　娘婿という地位に嫌気がさした可能性も」

この線だ！　という了解がふたりに生まれた。

「判りました。これからは慎重にやりましょう！」

ふたりはトイレから出ると、名月師匠のところに行って「帰りましょう」と言った。

「え？　帰るの？　今、カラオケに曲を入れたばっかなんですよ。『イヨマンテの夜』」

名月師匠は不満そうだ。

「そういうのは地元で歌いましょう！　さ、帰りますよ！」

「なんだ水臭いあるよ。あんたらも一曲ずつ歌って帰るあるよ」

ヤンがそう言ってマイクを突き出した。

しかし、すでに一刻も早く逃げ出したくなっている西岡と今永は、席にも着かない。

「イヨマンテは社長に歌って貰って……さあさあ帰りますよ！」

西岡と今永は師匠を無理やり店から連れ出した。

「なんなんですか、急に」

師匠はふたりに抗議した。

「あれじゃあ社長に失敬でひょう！　あれ？」

師匠の口調が急に乱れた。しかし酔っ払っているわけではない。

「あれ？　ナンラカ急に……」

「あっ自分も」

西岡の膝の力が抜けて、かっくんとなった。

それは今永も同じで、「ありゃりゃ」と言いながら前につんのめった。

「急に酔いが回った……いや、みなさん、お酒ほとんど飲んでないですよね？　酔ったと言うより、あのお酒の中に……」

「一服盛られた、と？」

そう言った師匠も全身がぐだぐだになって、店の前の道路に座り込んでしまった。

そこへ、黒塗《ぬ》りのワンボックスカーが滑り込むように走ってきて止まり、中から出て来た男達が、フニャフニャになった三人を車の中に引き摺《ず》り込んだ。

＊

三人が目を覚《さ》ました場所は、倉庫の中だった。

「う」

目は覚めたが、手足が動かない。最初は真っ暗闇《くらやみ》だと思ったが、目が慣れてくると、明かり取りの窓から淡い月光が差し込んでいて、おぼろげながら室内の様子が見えてきた。

三人とも両腕が後《うし》ろ手に縛《しば》られていて、足首も縛られて、転がされている。

「師匠、今永っち、いる？」

西岡が呼びかけると、二人の返事があった。

「これ、やっぱり、チャイニーズマフィアの虎の尾を踏んだ結果かな……」

音の響き方からすると、空間が広い感じがする。倉庫の中だろうか。

「だからもう、警察に頼もうって言ったのに……」

西岡が再度、愚痴った。

「あ！　ここは……もしかして！」

今永が声を上げた。

「ここ、もしかして高石さんトコの、倉庫っつうかキッチンラボでは？」

「あーあー、そうかも！」

名月師匠も声を上げた。

「別荘というかキッチンラボというか、そういう場所があるって言ってましたな。高石さんチの仕事部屋に貼ってあった写真ですよね」

しかしその写真には「倉庫のような外観」しか写っておらず、ここがその建物の中だという確証はない。

三人は、なんとか上半身を起こし目を凝《こ》らして、あたりの様子を見ようとした。

室内にはアイランド型の流し台とガス台、そして作業用のテーブルがあり……その向こうには冷蔵庫があって、その周辺には米袋などが積まれているようだ。

「あの美女は……真由美さんはいませんよね？　我々だけですよね？」

名月師匠が聞き、二人が「そのようです」と答えた。

「ってことは……真由美さんもチャイニーズマフィアの一味だった？」

「さっきトイレでやった推理の通りだったら、つまり、夫の巌根が妻の親の財産に目が眩み、チャイニーズマフィアと手を組んで……という話だったら、真由美さんも縛られて転がされているはずですよね」

西岡と今永が推理を話したが、師匠は異を唱《とな》えた。

「あなた方はもう少し賢《かしこ》いと思っていましたが、馬鹿ですね。真由美さんは既に殺されて、もう、この世にはいないかもしれないじゃないですか」

「さー、どーなんでしょーねー」

馬鹿と言われた今永が棒読みで返事をした。

「真由美さんのあの態度は、仕方なく我々に付き合ってるけれど、本当は迷惑って感じがしたんですけど」

「それはあの方に失敬というものでしょう」

名月師匠は真由美に懸想《けそう》でもしているのか、妙に庇《かば》うような事を言った。

「でもですよ……仮に真由美さんが殺されたのなら、どうして我々はこうやって生きてるんです？　拉致監禁なんかして、どういうつもりなんでしょうね」

それはそうだと二人も頷いた。

「そもそも行方《ゆくえ》不明のオーナー夫妻……高石さんたちはどうなってるんでしょう？」

名月師匠は自問自答するように言うと、そこで声を張った。

「誰かいます？　高石さん、います？」

名月師匠が大声で呼びかけたが、反応はまったくなかった。

「高石さん？　います？」

と、なおも師匠が声をかけたところで、ゴソゴソと音がした。

「高石さん？」

師匠が再度呼びかけると……いきなり黒いカタマリが飛び出してきた。

「うわっ！」

それはまるまると太った、猫ぐらいに大きい……どうやらドブネズミのようだ。

次の瞬間、叫び声を聞いたのか、扉の開く音がして何者かが入ってきた。

淡い月光に照らされてそこに立っていたのは……巌根、オオキ、タミヤ、そして……真由美だった。

「面倒くさいことになっちまった。始末する人数がどんどん増えていく……」

うんざりしたように巌根が言った。

「そもそもは高石のジジババだけでよかったはずなのに」

「しっかりしてよ！　コイツらは囮《おとり》よ。囮」

キツい声で話すのは真由美だった。

「コイツらは、あの大将をおびき出すエサ、というか道具なんだから！」

気づいてるんでしょう？　と言いながら真由美は転がされている三人に近寄った。

「どうして直接大将を拉致しなかったのか、知りたい？」

そう訊くが、真由美は教えたくてウズウズしているようだ。

「大将にはスキがないでしょ。元組長だけあって基本、侮れないし、腕っ節もあるし、ドスやピストルを隠し持ってるかもしれない。どっちにしても簡単にはいきそうにないから、アンタらを囮にしたってわけ。誘い出すにはそれしかないと思ったから。常連のアンタらが捕まったとなれば、あの大将だってこちらの要求を呑《の》むしかないでしょ」

「そもそも、大将に要求って何なんですか？」

名月師匠の声は恐怖に震えている。

「わ、我々に、どうしろと？」

「だ～か～ら～、大将をここに呼び出せって言ってるの！」

現在の主導権は完全に真由美が握っているようだ。いや、これまでも、実はすべて、真由美がリードしていたのではないか？

「そもそもあの店が邪魔なのよ。目障りなの。それに私たちには作れない中華粥のレシピを知っていることも許せない」

憎々しげに言って真由美は続けた。

「あんたたち、大将の電話番号くらい知ってるんでしょ？　あのオッサンはメールやメッセージなんか読まないと思うから、電話で話して。捕まってるから助けに来てくれって言うのよ！」

「番号は？」

真由美は自分のスマホを取り出すと、囚《とら》われている三人に聞いた。

「覚えてないっす。アドレス帳に登録してて、いつもそこから電話出来るから、覚える必要ないし」

そう答えた今永に、真由美が迫った。

「アンタのスマホを出しなさい」

「尻ポケットだから出せないっすよ」

すると真由美は、手下のタミヤとオオキに命じて今永の身体《からだ》をひっくり返させた。尻ポケットからスマホを抜いて、今永の顔に向けて顔認証させ、電話番号を調べて勝手にかけると、今永の耳に押し当てた。

「今すぐ来いと大将に言いなさい！」

しかし電話は呼び出し音が鳴るばかりで、全然繋がらない。

「出ないっすよ……」

「こんな時に……大将、どこかに出かけてるのかな」

名月師匠が憤《いきどお》りを込めて言った。

その瞬間。

めりめりばきばきっという大音響がしてドアがぶち破られ、月光が射し込んだ。

白い光を背後に仁王立ちしている、そのシルエットは……。

「助けに来たでぇ！」

大将の声だった。

「お前ら、わしが必要なんじゃろう？　来てやったで！」

真由美がくいっと顎を動かした。

即座にウドの大木・オオキが突進して行ったが、軽く捻られて投げ飛ばされた。それを見たタミヤと巖根も同時に大将に襲いかかった。一人じゃダメでも二人なら、ということだろう。しかも、二人の手には、光るものがある。刃物だ！

だが、驚くべき事に、大将は、この二人も一緒に捌《さば》いてしまった。刃物などモノともせず、二人の胸ぐらを同時に摑んで、頭と頭を激突させたのだ。

大将が手を離すと二人はそのままヘナヘナと地面に倒れ込んだ。

ガタイのデカいオオキが起き上がって襲いかかったが、大将はすかさずその股間《こかん》を蹴り上げ、鳩尾《みぞおち》にも蹴りを入れ、トドメには顎を殴って失神させた。

「大将！　高石さんたちを、オーナー夫妻を捜してください！　この建物のどこかにいると思うんです！」

西岡が叫んだ。

「僕らは大丈夫ですから！」

「判った！　捜しちゃろう！」

大将がこの建物の中を捜し始めると……荷物の間に足のようなものが見えた。

大将はその足を揺さぶった。

「おい、あんた、生きちょるか⁉」

荷物の間でゴソゴソと身じろぎするようなが聞こえてきて、呻き声もした。

「大丈夫か！」

大将が声をかけると、荷物の中から、見覚えのある巨体が現れた。某国総書記そっくりの、でっぷりしたその人物は……。

猿轡《さるぐつわ》された「独裁者」こと、真由美の父・高石だった。口には猿轡、後ろ手に縛られ、両足首も縛られている。

「動けるか？　怪我《けが》はしちょらんか？」

高石は小さく頷いた。

「おお、無事か！」

大将はオーナー高石の猿轡を解き、手足のロープも解こうとしたが、太いロープで厳重に縛られており、刃物で切らないと解けそうもない。

その傍《かたわ》らには、高石の妻、真由美の母親の姿もあった。こちらも、気絶していたが足に触ると体温があった。

オーナー高石の猿轡を解いてやると、げっそりした独裁者が弱々しく言った。

「た、助けてくれ……命だけは……カネならいくらでも」

大将を、誘拐《ゆうかい》の一味と勘違いしている。

「わしは一味と違うぞ。アンタらを助けに来たんじゃ！」

しかし、ロープはなかなか解けない。

その時。

「さすがは元組長。強いな、あんた」

巖根が吠えた。投げ飛ばされたのに完全に戦闘モードだ。なんとか起き上がろうとしている。

「首謀者はお前か！」

殴りかかろうとした巖根を、しかし大将がその腕を摑んで捻り上げ、グギッという嫌な音がした。

昔取った杵柄《きねづか》、修羅場に揉まれてきた血が騒ぐのか、大将は八面六臂《はちめんろっぴ》の大活躍だ。喧嘩殺法で、向かってくる敵の顔面中央にパンチを入れては鳩尾を蹴り上げるのが大将のスタイルか、と西岡は感心した。ルール無用でダメージを与え一撃必殺を狙う遣り方だ。

オオキが何度も起き上がってはかかっていくが、その都度大将に倒される。次いでタミヤも挑みかかるが、手にしたレンチやバールのようなものすら使えないまま、倒される。

「踏んできた修羅場の数が違うけえ。わしはお前らとは格が違うんじゃ！」

大将は暴力の素人などまったく恐れていない。図体がデカいだけのオオキは、大将に顔面連打を浴びて鼻血を盛大に噴き出させ、崩れ落ちて動かなくなったし、タミヤも何度も投げ飛ばされ倒れたところを蹴り上げられて、そのまま動かなくなった。

「巖根！　ええ加減、観念せんかい！」

大将が、巖根に迫った。

巖根はチンピラさながら、手にした刃物を振り回して抵抗しようとする。

しかし、大将はまるで恐れず、ゆっくりと、ジリジリと巖根に迫っていく。

巖根の顔が、焦《あせ》りと恐怖で引き攣《つ》った。

巖根が大将にノックアウトされるのは時間の問題。

みんながそう思った。

しかし……。

西岡が「あっ！」と声を上げる間もなく、遠くに引いて戦いに参加していなかった真由美が後ろから大将に飛びかかり、その足に抱きついた。大将の僅《わず》かな油断だった。

「おう……」

不意を突かれた大将はバランスを崩し倒れた。倒れただけなら問題はないが、どうやら腰を捻ったらしく、大将は動けなくなってしまった。

そこに巖根が迫った。

「どうした？　もう終わりか？　え？　ヤクザの親分さんよ」

巖根は勝ち誇った笑みを浮かべた。

「まずこの親分。その次は……どうせならお前らにも死んで貰う」

巖根がそう言って、手にしたナイフを振り下ろそうとした、その時。

ぱい〜んというコントみたいな音がして、巖根が硬直した。

続けてもう一度、同じ間が抜けた音がして、真由美が崩れ落ちた。

巖根の背後には、フライパンを構えた紅一点が立っていた。

「なんて石頭なの！　フライパンが凹《へこ》んだじゃないの」

「ようやった！」

大将が叫んだ。

が、しかし。

巖根は倒れ込むこともなく、硬直が解けると頭を撫《な》でた。

「そうなんだよ。おれの唯一の取り柄《とりえ》は、石頭なんだ」

大将と、紅一点までが捕まってしまった。

オーナーの高石夫妻は、改めて全身を縛られて転がされていた。

そこに、名月師匠、西岡、今永、そして大将と紅一点が加わった。総勢七人。

「失敗した。打ち合わせはしてあったんじゃが……巖根があんな石頭だったとは判らなんだ」

大将は、悔しがった。

「しかし……、大将はどうやってここが判ったんです？」

今永が訊くと、大将は「それよ」と少し嬉《うれ》しそうに答えた。

「わしの店が取引してる八百屋《やおや》が、八街の契約農家から仕入れておってな。そこが、高石の会社とも取引があることは知っておった。その契約農家から手繰《たぐ》って、ここに来てみたら……ちゅう流れや」

「さすがです」

そう言った名月師匠がふと窓外を見ると、濃紺だった東の空に赤みが差している。

「これが……今生で見る最後の夜明けになるんでしょうか……」

気弱げに呟く師匠。

「諦めたら終《しま》いじゃ。気を強く持つんじゃ」

大将が叱咤《しった》激励《げきれい》する。

だが七人は倉庫の中に転がされたままだ。

「アイツ、我々も殺すって言ってましたね。だけど、あの手際の悪さだと、絶対失敗しますね」

そういう西岡に、全員が、たしかに、と頷いた。

「どうせ巖根は安い金で雇える素人を雇ったんだ。人を殺したことなどない、無経験者をな」

オーナー高石も言った。

「素人は怖いぞ。わしらの世界でも度胸を付けさせるために新入りにやらせることはある。だが、ド素人はトドメを刺すのに失敗するから、殺される側はえんえん苦しむんじゃ。刺青の入った荒くれモンが、痛い痛い言うてのたうち回ってたな」

大将が言った。

「大将。お言葉ですが……今、そういうことを言う必要がありますか?」

名月師匠が震え声で、だが無理に冷静を装《よそお》いつつ言った。

「アタシ、オシッコ漏らしちゃいましたよ」

その時、大将に壊されたままの入口から、巖根と真由美が入ってきた。

「これからお前ら全員を始末する。そうしないと秘密が守れない」

「ちょっと！　僕らは関係ないでしょう！」

今永が悲鳴のような声を上げたが、真由美に一蹴《いっしゅう》された。

「冗談《じょうだん》じゃないわよ。アンタたちが生き残ったら、警察に洗いざらい喋るでしょ？　生かしておけるわけがないじゃない。口封じは完璧《かんぺき》じゃないと意味ないのよ！」

だけど、と真由美は続けた。

「でもそれは、あの中華粥を作ってから。大将にあの中華粥を作らせて、レシピを聞き出してから。あの味がどうしても出せないのが悔しいのよ！」

真由美はそう言って、大将に迫った。

「さあ。縄を解いてあげるから、あの中華粥を作りなさい。私がその横で、全部見てるから」

「その後、わしらを殺すんじゃろう？」

「アンタだけは生かしといてもいいわ。あんたの腕は殺すには惜《お》しいもんね。私たちの忠実な料理人になるのなら、殺さない。ねえ、ウチのグループの総料理長になる？」

そう言われた大将は、しばし考えて「ええじゃろう」と返事をした。

「大将！　そんな殺生《せっしょう》な！」

我々を見棄《みす》てるんですか、と名月師匠が悲鳴を上げたが、隣の紅一点に突つかれた。大将には、なにか魂胆があるのだろう、という合図だ。

大将だけが縄を解かれて、キッチンに立った。

倉庫のようなキッチンラボの中には、食事ができるスペースもある。小さなテーブルに椅子があるだけの「試食スペース」だ。

「じっくり時間をかけるやり方と、簡単に出来るやり方の二通りがあるが、どうする？」

大将は、横にいる真由美に訊いた。

「お店でやる事も考えて……簡単に出来る方でやって頂戴《ちょうだい》」

大将は頷くと、調理を開始した。

土鍋に切ったホタテ・アワビ・干しエビ・水を入れて、弱火で煮立たせて、しばらく放置する。

真由美は熱心にビデオを撮っているが、巌根は、六人の人質を、タミヤや大木とともに監視するだけだ。

「ねえちょっと。ただ待ってるだけ？　なにを待ってるの？」

三十分、なにもせずに立っているだけの大将に、真由美が文句を言った。

「出汁が出るのをじっくり待っとるんじゃ。待てないヤツは料理をするな！」

そう言いながら「そろそろええじゃろう」と、土鍋に洗った米、紹興酒を入れて弱火にかけた。

「ちょっとちょっと、調味料の分量は？　使ったのは紹興酒だけよね？　それでいいの？」

「これでええんじゃ。黙って見ちょれ」

大将は土鍋を時々かき混ぜつつ五十分ほど煮込みながら、トッピング材料とおぼしき、ザーサイや白髪《しらが》ネギ、青ネギそして、クコの実を用意した。

「店で高い金を取ろうと思うんじゃったら、ピータンやら揚げワンタンやらピーナッツの素揚げやらを載せときゃあ、見た目もサマになるじゃろう」

なるほどね、と真由美はメモを取り、頷きながらビデオを回す。

大将はスプーンで少しすくって味見すると、塩をパラパラと振りかけた。

「これは目分量と言うしかないんじゃ。その日の気分じゃし、出汁の出具合でも、違《ちご》うてくるけぇな」

大将のその言葉に、オーナー高石が「そのとおりだ！」と声を上げた。

「そんな事も判らないで店をやってたのか！　お前らは！」

巌根が答えた。

「そんなことないよ。ウチは客に美味い美味いって言われてるんだ。キッチリやってるよ」

「そうか？　お前ら、なんにでもウェイパー使って味、ごまかしてるだろ？」

オーナーは中華の万能調味料の名前を出した。使えばほぼ間違いなく美味しく仕上がるという魔法の調味料だ。

大将は、鍋にゴマ油を少し垂らし、最終的に味を調えて、火を消した。

「ほれ。ホタテとアワビの中華粥の、出来あがりじゃ！」

期せずして、オオ、という声が上がった。

試食スペースのテーブルは小さいので、用意されたのは真由美と巖根の二人分だけだった。

「タミヤとオオキは、あとから食え」

巖根はそう言って、器に入った中華粥にレンゲを入れた。

湯気が立ち、白い米粒の間にはホタテとアワビの切り身、そして薄赤い干しエビとザーサイに青ネギ、そして白髪ネギと色どりも豊かだ。深紅のクコの実が見た目のアクセントになって、実に美味そうだ。

香りもシンプルなのに、暴力的なまでに食欲をそそる。縛《いまし》めを解かれないまま転がされている三人は悲鳴を上げた。

「あの、アタシら、ゆうべからなんにも食べてないんですよ！　腹減った！」

名月師匠が叫んだ。

「うるさい。どうせ死ぬんだから、食っても食わなくても一緒だろ」

巖根が言い放った。

「だったら、冥土《めいど》の土産《みやげ》に食わせてくれ！」

と、西岡も言った。

「だからうるせえんだよ。黙ってろ」

さあ食おう、と巖根が中華粥をレンゲですくい、口に運ぼうとしたまさにそのとき、外から声がした。

「警察だ！　今すぐ全員手をあげて出て来なさい！」

声の主は、大内だ。

「高石さん夫婦の拉致監禁、ほか三人の監禁容疑で、東京都墨井区向川《むこうがわ》三丁目三―八、巖根征太郎、ならびに高石真由美を現行犯逮捕する！」

その声と同時に制服警官十人くらいとスーツ姿の刑事、そして大内が倉庫の中になだれ込んできた。

逃げようとする巖根夫婦と、阻止《そし》する警官隊が揉み合いになって、テーブルは倒され、中華粥が入った鍋は無惨にも床に落ちて割れ、極上の香りの粥も警官と刑事と巖根夫婦に踏み躙《にじ》られて、食べることは叶わなくなってしまった。

だが、食い意地が張った巖根、真由美の内縁の夫である征太郎が、身柄を拘束される寸前に中華粥をいっぱいすくったレンゲを、かろうじて口の中に入れた。

「う、美味い！　これだ、この味だ！」

「往生際が悪いぞ、巖根！」

巖根征太郎に足を掛けて投げ飛ばし、馬乗りになった大内は、巖根の手に手錠《てじょう》をかけた。

「午前七時十三分、身柄確保！」

同時に真由美も警官に挟まれて身動きがとれなくなり、手錠がかけられた。

その時、巖根が叫んだ。

「ああもう、面倒だ！　そうだよ、何もかもおれたちが計画してやったんだよ！　この世界、食うか食われるかなんだよ！　こうなったら全部話してやる！」

「ちょっとあんた！　いったい何考えてるのよ？　ドサクサに紛れてそんな事ペラペラ喋るもんじゃないわよ！」

だが巖根征太郎はなおも不穏なことを喚《わめ》き散らし、それを必死に黙らせようとする真由美ともども、問答無用に連行されていった。

「ああ、勿体《もったい》ないことじゃや。せっかくの中華粥が……」

それを眺めながら、大将は大いに嘆いている。

しかし、西岡は見ていた。巖根が中華粥を口に含む直前、大将がポケットから何かの小袋を出して、その中身を秘《ひそ》かに粥に投入したところを……。

＊

「ま、いろいろありましたが」

大内が大捕物の顚末《てんまつ》を話しているのは大将の店だ。

「首謀者は、高石真由美でした。真由美は実の親である高石夫妻のやり方に承服できず、自分の両親を殺して行方不明を装い、会社全体を乗っ取ろうと計画。まず内縁の夫である巌根征太郎を唆《そそのか》し、安い金で『タミヤ』と『オオキ』の二人を雇ったと。しかし二人とも、その道のプロでも犯罪のプロでもない。犯罪未経験者のフリーターに過ぎなかったのですが、成功したら五十万という僅かなギャラに目が眩んで犯行に参加したのです。最初は安すぎて誰も遣り手がなくて、少しずつ額を上げたら二人が食いついてきたと」

「バイトホイホイで募集したんですか？」

それともワークルート？　と今永が訊いた。

「まさか。知り合いの人づてです。うまい話があるぞ、ホワイト案件だ、と言うアレです」

大内はそこでビールを飲んで喉を潤した。

「ところが金をケチって素人を雇ったので、イザという時にビビッてしまった。ひと思いに殺せず、いったん倉庫に監禁して覚悟を決めようということになったらしくて」

「覚悟って、殺す覚悟ですか……」

西岡が呆れたように言った。

「それにしても、大内さんたちはどうやって八街のあの倉庫が判ったんですか？」

今永が訊いた。

「それは簡単。大将を尾行していたからです。言ったでしょう？　大将には『ある事件』の重要参考人として尾行がついたって」

「そこまでの事は言われていなかったと思うが」

大将はムッとしている。

「で、あの高石の夫婦は何と言うちょるんじゃ？　身内の争いじゃから内輪に収めたい、いうことで嘆願書でも書いちょるんか？」

大将が訊いた。

「いや、それはないみたいです。実の娘もその内縁の夫も、二人とも厳罰に処してほしいと。巖根と別れても、真由美は相続から外されるでしょう。巖根が任されていた『最初の一杯』は、スタッフの中で一番腕のいい男に任そうという事になると思います」

「まさかそのスタッフが……」

名月師匠が口を挟んだ。

「巖根サンに心酔していて、『おれ、巖根さんがお勤めを終えるまでお店を守ります！』とか言ったりしないでしょうね？」

「なんですかそれは？　いったい何時《いつ》の仁侠映画ですか」

と大内が笑った。

「だとしても、巖根がそのつもりでお勤めを果たして刑務所から出て来たら、店は売り飛ばされてマンションになってたりするのよ！」

紅一点がウケるつもりで言ったのに、男たちはそれを聞いて、なんだかシュンとしてしまった。

「まあ、それも、仁侠映画のお約束ですがね」

名月師匠が寂しそうに言った。

「このへんも再開発だから、タワマンが建ってるっすよ、きっと」

と今永。

暗い空気になりかけたのを察した紅一点が提案した。

「結局、大将のオイシイ美味しい中華粥、あの時、誰もマトモにありつけなかったんでしょう？　私、今度こそあの中華粥、食べたいわあ！」

「あ、おれも」

「僕も」

と、全員が大将にお願いした。

「食い意地の張った巌根は捕まる寸前に一口頬張ったがの。まあ、仕方ないのう。材料はある……小一時間かかるが」

「お酒飲んで待ってますから」

大内がニッコリして、言った。

そして一時間後――。

大将がホラよと出したお椀を大事そうに押し戴いた全員が、レンゲで掬って口に運んだ。

「う、美味い！」

「見た目も、八街の倉庫の時より美味しそうに見える！」

　一同は異口同音にウマイを連発して、店の空気は一気にバラ色に染まった。

「レシピ、変えました？」

「変えとらんよ。じゃがピーナッツも入れてあるし。まあ、ちいとは丁寧に作ったかもじゃ」

「しかしあれですね、食べる我々だけではなく、美味いモノを作る人も、幸せであってほしいですね」

　西岡がそう言うと、今永がチャチャを入れた。

「またそんな、とってつけたようなことを。たとえ幸せじゃなくても、どんな悩みを抱えていても、美味いモノを作って出すのがプロなんじゃないっすか？」

「今永っち。そういうと、オチがつかないよ。話が丸く収まらないよ？」

「いいのよオチなんか。美味しければそれでいいのよ！」

　紅一点がそう言って、一同はどっと笑った。が、「オチと言えば、じゃが」と大将が続けた。

「あの巖根が、よくまあ全部ゲロったとは思わんか？　あいつは相当なクセモノじゃ。カネもあるから手練《てだ》れの弁護士を雇って、自分らは無罪だ関係ないと逃げ切ろうと思えば逃げ切れたじゃろうに」

そういう大将に、一同は、「もしかして？」という雰囲気になった。

「あの……大将は、もしかして……例の『自白ロースト七面鳥ベラドンナ添え』をあの中華粥に入れたとか？」

恐る恐る口にした西岡に、大将は仏頂面で「ご明察じゃ」と言った。

「巖根が捕まる寸前に一口頬張ったじゃろ？　あの中にアンタが言う『自白ロースト』を放り込んでやったんじゃ。乾燥させた粉末じゃがの」

それを聞いた西岡は「やっぱり」と言った。

「大将が何か入れたところは見てたんですよ」

「効果はあったじゃろう？　カミサンの方も観念したようじゃしな」

大将は少し自慢げな、どうだ、という顔になった。

「そんな少量でも、しかも速攻で効果があるんだから、大将の七面鳥料理、引っ張りだこになりますよ。世界中の警察や情報機関が、絶対に欲しがりそうだ。ねえ」

今永がそう言って大内を見た。

「いや……こんな飛び道具の存在が知れ渡ると、七面鳥を食わせて取った供述は採用されないかも知れませんが」

「それは判っとるよ。ま、あれじゃ」

大将は大内に頷いた。

「これは門外不出の危険なレシピじゃ。いわば『オキシジェン・デストロイヤー』みたいなもんでの」

　と大将は一同をケムに巻いた。

「ではこれがオチと言うことで」

　名月師匠がなんとかメて、一同は改めて乾杯をした。

第三話　免許皆伝！　鯵《あじ》のなめろう

「いやあ、バズりました！　おかげさまで、大ブレイクです！」

今永《いまなが》はホクホク顔で中生のジョッキを掲《かか》げた。

「大バズりに乾杯！」

今永はユーチューブに流した「中華粥のヤバい事件★全記録ノーカット！」の再生数が凄《すご》い数字になったので大喜びだ。単に人気が出たからではなくて収益化されて「結構な金が入る」予定なので、それが嬉《うれ》しいのだ。

「今日はおれのオゴリです！　みんな、中生《ちゆうなま》飲んでください！　ただし一杯だけね！」

「ケチ臭いですねえ。アタシたちのおかげであの動画が出来たのに」

名月師匠《めいげつししよう》が口を尖《とが》らせた。

「そうだよ。私たちの協力があってこその動画でしょうが」

と紅一点。

「大内《おおうち》さんがいたら、やっぱり奢《おご》らなきゃいけなかったのかな？　警察のヒトに奢るのは公務員ナントカ法に触れそうだけど……でも、一味を逮捕《たいほ》したのはそもそも大内さんの仕事なんだし」

と西岡《にしおか》もコメントするが、大内は今日はここにはいない。

「しかしさあ、アナタ、今永くん」

言わずにはいられない、という様子で物申す紅一点。

「アナタ、だいたい本業の『小説』はどうなったのよ？　ユーチューブが大ヒットしても本業が鳴かず飛ばずだったらダメでしょうよ」

「ええとですね、今永くんの場合、小説はまだ出版デビューしてないので、鳴かず飛ばず『以前』の状態です。離陸前だから墜落《ついらく》もしないンで」

名月師匠が皮肉たっぷりに言った。

「いや、そういう声もあろうかと、今日はボクの担当編集者をお連れしてます！」

今永は誇らしげに、自らの傍《かたわ》らに座っているスーツ姿の若い男を紹介した。

「横道《よこみち》出版文芸書籍部の若林《わかばやし》と申します」

スーツ姿の若い男は立ち上がると、みんなに一礼した。

「担当編集と言うことは……今永くんもやっとデビューってことですか？」

名月師匠はまさか、という表情で驚いている。

「アンビリバボー！　インクレディブル！　いや、ここはコングラッチュレーションですね」

「ねえ、いつ、どんな本を出すの？」

紅一点が興味津々《しんしん》な顔で訊《き》いた。

「それが今、調整中でして……」

担当編集の若林は言葉を濁《にご》した。

「弊社《へいしゃ》としては、この事件の体験談を、事件の関係者として、生々しいノンフィクションとして書いて戴《いただ》いた方が面白いと思うのですが、今永先生はあくまでもご自身で考えたフィクションに拘《こだわ》っておられるご様子で」

「今永センセイ！　エラくなったなあ！　寄席《よせ》で先生と呼んで貰《もら》えるのは講談師だけですよ。コウダンシと言っても好男子……イケメンのことではありません」

名月師匠が声に出すとよく判らないギャグを言い、編集者・若林が情報を追加する。

「それと、今永先生とは小説にする場合、視点的人物を誰《だれ》にするかでも揉《も》めてまして。犯人側か、被害者側か探偵側かって」

「なるほどね」

それは探偵側一択《いったく》でしょう、と名月師匠が言った。

「アタシがあの事件を落語に仕立てるなら、自分の経験談として喋《しゃべ》るのがラクですナ」

「高座と読み物は違うっすから」

今永が深刻な声で、言った。

「しかもそれは、あの事件を普通の小説にすることが前提っすよね？」

それは嫌なのだと今永は言った。

「ボクは、こういう事件はノンフィクションでも、キワモノにしかならないと思ってます。なので、ボクが長年ネットで書き続けてきた、壮大なファンタジー小説こそを、出版デビュー作にしたいのです」

どうやら担当編集・若林と今永の意見は真っ向から対立しているようだ。

「それに、ボクは、あの事件を書く気がないんです。ユーチューブに映像としてあげてしまったので、それはそこで終わりと。それに、若林さんだって、そもそもボクがネットにあげているファンタジー小説を読んで、この線で新作を書いて、ウチで出しませんかと言ってくれたんだし」

「ねえねえそれって、要するに、今永くんのファンタジー小説にいまひとつインパクトがないから、若林さんも迷っちゃって、事件をネタにしようと言いだしたんじゃなくて？」

紅一点がズバリ言ったので、今永も若林も言葉を失った。

「……いやもう、それは、ズバリ賞です」

今永が白状した。

「おや、今永くん、古い言葉をご存知ですねえ。ちなみに『ズバリ賞』というのは、往年の人気クイズ番組、松下《まつした》電器提供の『ズバリ！当てましょう』で、品物の値段を的中させると貰える賞で」

名月師匠がウンチクを垂《た》れたが、どうでもいいので誰も聞いていない。

「だったら、ファンタジー小説なら、こういうお話はどうかしら？　あたしが今、思いついたんだけど」

紅一点はニコニコして今永に向かって身を乗り出した。

「あのね、ノームだかドワーフだかが、ドラゴンが守っていた財宝をめぐって争って、全員が死んでしまう。ドラゴンの洞窟《どうくつ》には、ドラゴンの生贄《いけにえ》にされる筈《はず》だった乙女《おとめ》もいた。けれどもそこに勇者が現れて、ドラゴンを倒し、乙女を救う。勇者は金と乙女を手に入れるが、乙女はもう、自分を生贄にしようとした村人たちのところには戻れないと言う。勇者は乙女を遠くに逃がしてやる。しかし乙女はそのあと魔法を学んで魔法使いとなり、姿かたちもすっかり変えて、戻ってくるの」

「なんで？　なんのために戻ってくるの？」

腕組みをして聞いていた今永が訊いた。

「何のためって？　うーん。よく判んないけど……復讐《ふくしゅう》、かな？　自分を生贄にしようとした連中に仕返ししたかったのか、それとも……勇者が好きになっちゃったのかも？」

まあ、よくある設定かもしれないけどね、という紅一点を、面白いじゃありませんか、と名月師匠がホメた。

「今永くんが書かないなら、アタシが創作落語に仕立てますけど？」

そう言って身を乗り出した。

「ファンタジーをそのまま落語にはできませんから、お馴染《なじ》みはっつぁんクマさんご隠居さんの世界に置き換《か》えるとして……因業《いんごう》な大家が簞笥《たんす》に隠しているカネをひょんなことから与太郎《よたろう》が見つけて横取り、吉原《よしわら》に売り飛ばされそうになっていた長屋の小町娘を助け、自分も見違えるほど立派になって長屋に戻ってくる。折から長屋では大家が言い出した法外な家賃《やちん》の値上げに店子《たなこ》一同が猛反発しているところに、一見カッコいいけどヌケている勇者・与太郎が登場、しくじりながらも大家をとっちめて……って話はどうです？」

「悪くないわね。けど戻ってきて仕返しをするのは与太郎じゃなくて、小町娘のほうじゃないと」

「ちょっと待ちや。あんた、その話は……」

なぜか大将が険しい顔をして紅一点を黙らせようとした。だが、彼女は「ダメなの？　イイじゃない別に」と珍《めずら》しく大将に逆《さか》らった。

「オハナシだよ？　オハナシなんだから、構わないじゃない」

どんな展開だって、と紅一点は取り合わない。

すると、パンパン、とゆっくり手を叩《たた》く音がした。拍手をしているのは若林だった。

「いいじゃないですか。その線で行きませんか？」

ね、今永センセイ！　と若林は今永に向かって身を乗り出した。

「これならイケます。とりあえずこれで行きましょう」

「いけるかなあ……よくある、典型的ヒロイックファンタジーの展開じゃない？」

今永は浮かない顔だ。

「ヒロインのこういう形の逆転劇って、ありがちじゃないのかな？」

「それはそうです。オハナシのパターンはもう、出尽《でつ》くしてますから、たしかに月並みです」

「え。じゃあどうしてこのストーリーを絶賛するんですか？」

「それは……今まで出てきた企画の中で一番マシだからです」

若林は事もなげに言った。

「そろそろ一冊出して様子を見てもイイ頃《ころ》かもと思ったので」

「じゃあ、パッとしないけど今までの中では一番マシだからってことですか？」

容赦《ようしゃ》なく突っ込む名月師匠。

今永がふと西岡を見た。西岡も今永を見て、目が合った。

ちょっと、と目で合図した今永が電話でもかかってきたようなフリをして立ち上がり、店の外に出た。それを追って、西岡も店の外に行くと、今永が待っていた。

「ねえ西岡さん、どう思います？」

西岡は、今永がどんな返事を求めているのか、顔を見て探ろうとした。なにしろ今永の本業に関《かか》わる事だ。うっかり妙なことを言ったら今永を怒らせてしまうかもしれない。

「ボクに気を遣わなくてもいいですよ。西岡さんの思ったとおりを言ってください」

西岡の躊躇《ためら》いを察した今永が促《うなが》した。

「……じゃあ言うけど、紅一点が提案したあのストーリー、勇者とか乙女とか、キャラクターこそヒロイックファンタジーみたいに装《よそお》ってるけど、あれはたぶん、現実にあったことじゃないのかな」

「西岡さんもそう思いますか！」

今永も同じように考えていた。

「たとえ話ですよね、あれ。……なんかその、あくまで『感じ』なんですけど、あれは紅一点と、そして大将の話なんじゃないかって」

「勇者が大将で、乙女が紅一点？」

西岡が聞き返した。

「そうかも。で、これは調べてみた方がいいと思うんすよ。西岡さんもそう思わないっすか？」

今永はそう言いながらスマホを操作して検索をしているが、すぐには結果は出て来ない。

「もしも実際にあったことだとしたら、慎重を期した方がいいかもしれませんね」

西岡は答えも慎重だ。

「そうかなあ。調べるより、いっそ本人に直接聞いた方が手っ取り早いんじゃ？」

今永は乱暴なことを言ったが、「いや、世の中には知らない方がよかった話もあるし」などと自問自答している。

「さしあたり現実にあったことかどうかは別にして、今永くんがファンタジー小説にするなら、やっぱりもっと考えて、紅一点が提案したあの話に磨《みが》きをかけて、別物にしてしまえば問題はないでしょう」

西岡がそう言うと、今永は頷《うなず》いた。

「そうっすよね！　まったく別のストーリーの小説でデビューって手もあるし。ただ……紅一点のあのアイディアを超える、よりマシなものが浮かぶかどうか……それが問題なんすけどね」

今永は自信なさげだ。

「あれが本当にあったことだとすると、紅一点を生贄にしようとした悪者は、いったいどんな奴《やつ》らなんすかね？」

突っ込んで訊いてみたいっすよ、本人に、などと話していると、当の紅一点が店から顔を出した。

「ん？　どうかしたの？」

これには二人ともびっくりしてしまい、しどろもどろになって「いえいえなにも」と言うのがやっとで、大将の店に入り直した。

「なにコソコソしてたんですか？」

名月師匠にも言われてしまって、二人は余計に話を切り出しにくくなってしまった。

その微妙な空気を感じたのか、若林は「では私はこの辺で」と腰を浮かして、「私と、センセイの分を」と勘定を済ませた。

「では今永センセイ、よく考えて、また連絡してください」

若林はそう言って帰っていった。

「ほんと、あのネタ、今永くんが書かないなら、あたしが落語にしちゃいますよ？」

若林が出て行ったのを見送った名月師匠はそう言って、ん？　と首を傾《かし》げた。

「落語と小説は違うんだから、アタシが落語にしてしまっても別に問題ないか」

モタモタしてたら先にやっちゃうよと言われた今永が、ちょっと待ってくださいよと抗議していた、その時。

店の入口が勢いよく開いて男が乱入してきた。目付きの鋭い中年で、浅黒い顔に削《そ》げた頰《ほほ》。白髪《しらが》交じりの髪はオールバックで、派手《はで》なアロハを着ている。一見してカタギには見えない。

「おい、例の金は何処《どこ》だ！」

その手には拳銃がある。両手で構えて、カウンターの向こうの大将を狙《ねら》っている。

見た目どおり、こいつはマトモではない。ヤカラ、もしくは「賊《ぞく》」だろう。

店内はパニックになった。なんせ、飛び込んできた「賊」は拳銃を持っているのだ。

リボルバー。それは素人《しろうと》が見ても判る。

「S&WのM10。ミリタリー&ポリス……かな？」

今永が西岡に囁《ささや》いた。

賊の指はトリガーにかかっているから、いつでも撃てる。撃たれれば、死ぬ。

西岡は戦慄《せんりつ》しつつも、この賊をどこかで見たことがあるように思えた。しかし、それはどこで？

「聞こえてるのか！　金は何処かって訊いてるんだよ！　例の金だ！」

そこまで聞いて、思い出した。

この男は、西岡がこの店に初めて入った、そのキッカケとなった人物だった。

あの日も、この男は「金を出せ！」とか喚《わめ》いて、店から叩き出されたのだ。その時、入口の引き戸がふっ飛んで……紅一点がすかさずスペアの引き戸に取り替えていた。

あの時の男だ！

男はあの時、「ちくしょう覚えてやがれ！」という定番のセリフを残して逃げ去った。

だが……あの時はそのへんのチンピラにしか見えなかった男だが、今は違う。拳銃という武器が男を変えたのか？　殺気に満ちて、怖い。

「いいか。おれを舐《な》めるなよ。モトはオマワリだから、射撃の訓練もみっちりやった。おれに逆らうと、確実に死ぬぜ」

賊はそう言うと、銃口を常連たちに向けた。が、大将がちょっと身じろぎしただけで、拳銃の向きは機敏《きびん》に大将に戻る。

「何度でも言うぞ。お前が横取りして自分のモノにした例のカネの在り処《ありか》を言え！」

そういうと、ニヤリと口元を歪《ゆが》ませた。

「そもそもあのカネはお前のものじゃないんだからな！　おれは、お前の恩人である御大《おんたい》から直《じか》に聞いたんだ。カネの存在をな！　あるのは判ってるんだ！　寄越《よこ》さなければ、それ、そこに居る女の正体をバラしてやる！」

賊は、紅一点を銃口で差した。

正体って、なんだ？　常連たちには、紅一点についての興味が改めて沸《わ》き起こったが……それ以上に、身の危険が迫っている。

「言っとくがな、おれは伊豆《いず》の山賀野《やまがの》でオマワリをやっていた頃、この大将に協力して相当悪い事をやったんだ。今はしれっとした顔で飲み屋のオヤジに収まってるが、コイツは相当のワルなんだぜ。ヤクザの親分だったんだから当然ワルなんだがな。だが、コイツにもアタマが上がらないお人がいる。それが御大と言われる大親分だ。そうだろ？　おれはその御大から直接、話を聞いたんだぜ？」

だが、大将はまったく動じない。この賊に喚かれても怒鳴《どな》られても脅《おど》されても、大将はあくまで冷静に、落ち着き払って答えた。

「オヤジ……いや御大が、お前にそんなことを話すはずはない」

「うるせえ！　御大は高額な介護施設に入った。そんなカネが一体どこにあったんだ？　大将、お前が用意したんだろう？　そしてその出所はあのパーティだ。政治家の資金集めだ。会場から莫大《ばくだい》なカネが消えている。おれはそれを知っているんだぜ！」

大将は相変わらず冷静に答える。

「オヤジは出来たお人で人望があった。オヤジが施設に入った時の費用は、世話になった連中全員が出しあって工面《くめん》した。それだけの話じゃ。帰れ」

「そんな話をおれが信じると思うのか？　どうしても話さない気ならおれにも考えがあ

る」

脅しが通用しないのに焦《あせ》っているのか、元悪徳警官を自称する賊は饒舌《じょうぜつ》だ。

「金の在り処を教えない気なら、いいか？　そこに居る、その女の正体をバラすぜ？　こいつの正体がまた凄《すげ》えんだ！　聞いて驚くなってハナシだ。おいマジで聞いて驚くなよ！」

「ちょっと待った！」

そこで大将は小皿を出した。ミンチ状のものが載《の》っている。

「たちまち《とりあえず》、これでも食いんさい。アジのなめろう、懐《なつ》かしいやろが？　最近食ってるか？」

なめろうとは千葉の漁師料理で、魚を細かく叩いて味噌《みそ》・日本酒・ニンニク・生姜《しょうが》・ネギなどを混ぜたもの。そのままでも美味《おい》しいが、熱々のご飯に載せて食べるとなお美味しい。

大将は湯気が立っているご飯も出した。

「要《い》らねえよ！」

「出されたものはありがたく食えっ！」

大将は、吠《ほ》えた。その勢いに押されたのか、しぶしぶなめろうをご飯に載せて一口食べた男は、その瞬間、顔を綻《ほころ》ばせた。

「美味《うま》い！」

そうじゃろう、と大将は小さく頷いた。だが。

「おい、舐めてんじゃねえぞ！　これで話をはぐらかそうたって、そうはいかねえからな！　その女の正体を、おれは知ってるんだからな！」

そこで、紅一点がウンザリした声を上げた。

「あーもうめんどくさい。バラすならバラしなさいよ。あたし、懲役《ちょうえき》にでもなんでも行くから」

ほう、と賊は目を丸くして驚いてみせた。

「そうか。そう来たか。だがおれにはまだ切り札がある。おい、そこの兄さん」

賊は、西岡を指差した。

「え？　僕？」

西岡は驚いた。この男とはまったく何の関係もないと思っていたからだ。

「失礼ですが、誰かとお間違えでは？」

「いいや。お前、西岡……西岡琢郎《たくろう》だろ？」

フルネームをズバリ言われた西岡はもっと驚いた。

「え、ええ……。でも、僕はアナタを知らないんですが」

「そっちが知らなくてもこっちは知ってんだよ！」

そういった賊は、大将に向き直った。

「この西岡って兄さんと大将、あんたとの関係もバラしてやろうか？　こちらの兄さんもカタギの仕事なら困るんじゃないのかい？　ヤクザと繋《つな》がりがあるってバレたらマズいぜ。

暴対法的によ」

西岡は、いきなりのことに目を白黒させた。「関係をバラす？」「ヤクザと繋がり？」どういうことだ？　店の常連というだけなのに？

ここで大将が口を開いた。

「判った、寺尾《てらお》。お前の言うとおり、カネは用意する」

そうか。この男の名は寺尾というのか。

寺尾と呼ばれた賊はニヤリとした。

「そう来なくっちゃ。言っておくがこれはお前が分捕ったカネを、きちんと返せって事だからな！　極めて正当な要求なんだからな！　なんせ、御大が」

「判った！　もう言うな！」

大将は寺尾を止めた。

常連のみんなには、何がなんだか判らない。

「金は用意するが、今ここにはない。判るじゃろう。それなりの額じゃ」

「伊豆にあるんだろ？　だいたいのことは判ってるんだ」

「言うとくが、お前の思っちょる額を渡せるかどうかは判らんぞ。使ってしもうた分もあるしな」

大将は平然と言った。

「使ってしまった分だと？　冗談《じょうだん》じゃねえ。この店たたき売ってでも金を作れ！　さもないと……どうなるか判ってるだろうな！」

「判っちょる」

大将はそう言い終わるより早く、寺尾の顔にお湯をぶっ掛けた。鍋で沸かしていたお湯をそのまま投げたのだ。

「うわっち！」

寺尾は顔を押さえて飛び退《の》いた。発砲するどころではない。完全に不意を突かれて火傷《やけど》をしたようだ。

その機に乗じて素早くカウンターから出た大将は、あっという間に寺尾をボコボコにした。膝蹴《ひざげ》りを浴びせ、身体《からだ》をくの字に折って前に出た顔を殴《なぐ》った。

寺尾はそれでも応戦しようと、大将に銃口を向けた。

しかし大将は怯《ひる》むことなく寺尾の右腕を捻《ひね》り上げ、グギッと嫌な音を立てさせた。肩を外したのだ。肩の骨が折れたかもしれない。

そのまま右腕を摑《つか》んで、投げ飛ばした。

床に落ちた寺尾の腕から力が抜けて、ピストルが床に落ちた。

大将はすかさず拾い上げて、仰向《あおむ》けに倒れた寺尾に狙いを定めた。

「出ていかんかい！　こんクソタワケが！」

大将は寺尾の股間のあたりに一発発射した。

ぱん、という乾いた音がして、床に小さな穴が開いた。

「や、やめろ！」

完全に形勢逆転した寺尾は、慌てて立ち上がろうとしたが、腰が抜け、失禁して足をバタバタさせるばかりだ。ようやく立ち上がると、這《は》うようにして店から転がり出た。

カウンターの向こうにあった塩壺《しおつぼ》を取った師匠が、逃げ去る寺尾に塩を撒《ま》いた。

「なんですか、あれは？」

名月師匠が呆《あき》れて、言った。

「わしらを舐めちょるか、よっぽどの阿呆《あほう》か」

大将も戻ってきて、ボソッと言った。

「しかし……あの男は、この前にもこの店に来て、大将に叩き出されましたよね。ならば、甘く見てはいないと思うんですが」

西岡が指摘すると、大将は「あんた、よう覚えちょるな」と驚いた様子だ。

「拳銃があればわしが震え上がると思ったのかもしれん。じゃが、生兵法《なまびょうほう》は大怪我《おおけが》のもとじゃ」

凶器を使い慣れていない人間は過信して墓穴を掘る、ものらしい。

「あの寺尾という男は元警官だと言ってましたけど」

「警官がヤクザになったんじゃ。じゃが、警官だった時から中身はヤクザ同然じゃ」

「僕はてっきり、大将がまた七面鳥のローストを食べさせるんだと思いましたが」

そう言った西岡に大将は一瞬、片頬に笑顔を見せた。

「まあ、あの男なら、あれを食わせんでも簡単にゲロするんじゃが……作り置きはもう、ないしな」

そう言いつつ、寺尾の食べ残しを片付けていた大将は、西岡を見た。

「そうじゃ。明日の夕方、時間作れんか？　ちょっと助けてほしいんじゃ」

「ええと……外回り先から直帰する、と会社に連絡入れとけばナントカなります」

すまんのう、と大将は西岡に頭を下げた。

＊

翌日の午後四時。

西岡は墨井《すみい》駅から少し離れたところに建つ有料老人ホーム「墨井の郷《さと》」の前で大将を待っていた。

まさか大将がここに入所するから一緒に下見をしてくれって事か？　などと考えながら建物を眺《なが》めた西岡だが、これはなかなかいい施設ではないかと感じた。

高級感溢《あふ》れる外見で、高級ホテルか、はたまたＶＩＰ御用達の高級病院かと見紛《みまご》うほどだ。病院併設で、完全看護を謳《うた》っている。そして、駐車場には見るからに高価そうな外車や最高級の黒塗《くろぬ》りの国産車がずらりと並んでいる。

ここは自分のような一般人には縁がない場所だと思いつつ、西岡が大将を待っていると……。

軽のライトバンが勢いよく走ってきて、西岡の前で急停車した。

「すまんのう、西岡さん。ここの夕食にあわせて出したいものがあっての」

大将はバンの荷台から大きなクーラーボックスを取り出すと、すたすたと老人ホームに入っていった。高級なところなので、入口には警備員がいるのだが、「ヨッ！」と片手を挙《あ》げて挨拶《あいさつ》してそのまま通り過ぎる。顔パスか。西岡は慌ててその後を追った。

大将は夕食の準備が進む施設の厨房《ちゅうぼう》の一角を借りて、クーラーボックスから出したアジを捌《さば》き、フライを揚《あ》げた。

「あ、西岡さん、悪いんじゃが、クーラーボックスから『なめろう』を出して、皿に小分けしてくれんか。二十人分」

西岡は言われるままに食器棚にある小皿を取り出し、クーラーボックスから「なめろう」が入った密封容器を出して、小分けを開始した。昨日、店に乱入してきた寺尾が美味そうに食べた、あの「なめろう」だ。

大将は、アジフライを揚げながら、アジの干物《ひもの》も焼き始めた。アジの干物は庶民の食べ物だが、素人が家庭の調理器具でジューシーに美味しく焼くには熟練が必要だ。大将は、厨房にある一般的な調理器具でどんどん焼いていくが、火加減の見極めがさすがにプロで、絶妙なタイミングで皿に移していく。

高級な老人ホームだけに、食事も美味しいものが出ていると思うが、プロが丁寧《ていねい》に作った一品はまた格別だろう。それに大将は、値段なんか気にせずいい食材を選ぶから、美味しいことに間違いはない。

本日の夕食のメニューはチキンの照り焼きだったが、アジフライと干物と「なめろう」が加わって豪華なものになり、入所者からは歓声が上がった。

「大将、アンタが差し入れてくれるモノはなんでも美味い。アジの干物にしても、普通に出て来るものとはモノが違うし、このアジフライだって……」

と言いかけた入所者の高齢男性は近くにいる施設付きのシェフをちらっと見て、口を噤《つぐ》んだ。こういう比較論は批判も同然だ。いつも世話になっているシェフに申し訳ない、とさすがに気がついたのだろう。

「いやあ、それはわしが悪いんじゃ。コスト無視でやらせてもらってるけえ。ここのシェフさんは毎日予算と格闘して、少しでも美味いモノを出そうと頑張っておられるんで、外から来た者がこういう事をするのは、本来はよくない。それは重々わかっちょる」

大将が言葉を選んで弁解をしていると、横からシェフが笑顔で割り込んだ。

「大将。そんなに気を遣わなくて良いじゃないですか。採算度外視なのは差し入れだから出来る事です。それはみなさんよくお判りです。だからみなさん、大将の差し入れを心待ちにしているし、私らの料理だって毎日喜んで食べて戴《いただ》けてますし」

「そう言うてもらえると、わしも気が楽です」

大将は丁重に頭を下げた。入居者の老人が話しかけてきた。

「いや私はね、どんなご馳走《ちそう》よりも、熱々のご飯に『なめろう』を載せて、醤油《しょうゆ》をちょっと垂らして食べるのが大好きなんですよ。何とも言えず美味しくてね、これが」

大将は笑顔で会釈《えしゃく》した。「古い人間」である大将は、高齢者には敬意を欠かさない。

「『なめろう』もいいが、このアジフライがまた絶品だね」

如何《いか》にも食通という風情《ふぜい》のまた別の老人が話しかけてきた。

「肉厚で、嚙《か》みしめると身がホクホクで、カリッと揚がったコロモと対照的で……しかもこのタルタルソースとの相性が抜群だ。ソースで食べるかタルタルソースで食べるか、迷ってしまいますなあ」

皿にはアジフライが一枚載っているので、大将はもう一枚追加してサーブすると「一枚ずつソースを変えて食べて比べてつかぁさい」とカラシも添えた。

絶賛を浴びつつ、大将は食堂の奥まった一隅《いちぐう》に足を進めた。

そこには、車椅子《くるまいす》に乗った高齢の男性が一人で黙々と箸《はし》を使い、少しずつアジの干物を口に運び、ご飯に載せた「なめろう」も食べている。角刈《かくが》りの髪は白く、長く伸びた眉毛《まゆげ》も白い。深い皺《しわ》が刻まれた顔に浮かぶ表情は険しく、近寄りがたい気難しさを感じる。喩《たと》えるならば、「機嫌《きげん》が悪い晩年のジャン・ギャバン」。そのせいか、近くには人がいない。

だが、大将はその人物に向かって真《ま》っ直《す》ぐ歩いていった。

「御大！」

その声を聞いた老人が顔を上げて大将を見た。途端《とたん》にいかつい顔が綻んだ。

「おお、来てくれたか」

掠《かす》れた声が弾《はず》んでいる。

「お前、ようここまでのレベルになった。ここのところますます腕を上げたな。来る度《たび》に美味くなってるんで、驚いとるよ。いや、世辞や冗談ではない」

そう言われた大将は相好《そうごう》を崩した。

「そりゃあうれしい。ようやっとお墨付きを戴けました。御大はいっつもそがいな怖い顔で食べちょって、いっこも美味しそうじゃないですけぇ、お口に合わんのじゃないかと心配しとりました」

西岡は、その「御大」という老人には初めて会った。大将からは何も聞かされていないので、大将とはどういう関係なのか、どういう人物なのか、まったく何も判らない。

ただ、二人は実に和《なご》やかに話し込んでいる。ともすれば老人が箸を置いてしまうので、大将が時々「温かいうちに食べてつかぁさい」と食べるのを促《うなが》すほどだ。

あまり近くにいるのは邪魔になると思って少し離れたところに座った西岡に、施設のスタッフらしき女性が、彼の分の食事を運んできてくれた。

「あ、いえ、僕はただの手伝いで」

「いえいえ、助かったわ。これ、せめてものお礼ですから」

そう言われると、遠慮《えんりょ》するのも失礼になるので戴くことにした。

施設の元々のメニュー、チキンの照り焼きは美味しい。皮はパリッと焼けて照り焼きの甘いタレと絶妙のマッチングだ。しかし……肉厚のアジフライは図抜けて美味しいので、チキンの照り焼きが霞《かす》んでしまう。そして、熱々ご飯に載せて醬油を垂らした「なめろう」の破壊力！　日本人に生まれて良かった、としみじみ感じる味だ。シンプルなのに奥深い。幾らでも食べられる。しかも低カロリーでヘルシーなのだ。作り置きをすると途端に味が落ちてしまうが、これは大将が店でこしらえて持ってきた作りたてだ。アジの干物も焼き加減が最高で、骨までパリパリと食べてしまえる。

西岡が料理に舌鼓《したつづみ》を打っていると、大将と御大の話が切れ切れに耳に入ってくる。

「思えばこの『なめろう』は、御大に絞られましたさけぇ。これじゃあ素材の味を殺しとる。アジに申し訳ないと思わんのか！　って」

「千葉も伊豆も、獲《と》れるものは似ているし、漁師の舌も似てるんだろうからな。ま、美味いモノは世界中、どこに行っても美味いンじゃよ」

御大は穏やかに話してなめろうを口に運び、美味い美味いと眼を細めた。

二人の間では、西岡が訊いてもよく判らない固有名詞連発の思い出話に花が咲いている。大将はここによく来て料理を振る舞っているらしいから、この『思い出話』も同じ事を何度も繰り返して話しているのかもしれない。御大はどうやら「恍惚《こうこつ》の人」の領域に達しているようだが、その話を大将は辛抱《しんぼう》強く、初めて聞いたように受け答えしている。

「アジはどこででも獲れるが、やっぱり千葉や伊豆のアジが最高だな。わしの舌ではな」

「たしかに、千葉と伊豆のアジは美味しいですけぇ……なんせ、わしに料理の道に進めと諭《さと》してくれたのは御大ですけぇ、頭が上がりませんわ」

「ナニを言う。昔の話じゃ」

　御大はそう言って笑った。

「お前は、極道では大成せんと思うたからな。ヤクザに必要な非情さちゅうもんが欠けとった。いつも最後で許してしまうから、子分には舐められ、親分には使い捨てにされかけ……裏切られてばかりじゃった」

「御大、それはもう、言わんでつかぁさい。すべて過ぎた話ですけぇ」

　大将は苦笑いして頭を掻《か》いた。

「たしかに御大に意見をもらって、いわば、道を外れて料理の道に進んで……それは、よかったと思うちょります。今となっては。御大のおっしゃるとおり、あのまま極道を続けとったら、わしは今頃、この世にはいなかったかもしれんです」

　そこから二人は小声で、額《ひたい》を寄せ合うように話し続けた。親密な、二人だけの、他人には聞かれたくない話をしているのだろうか。時に難しい顔になったり笑顔になったり、表情の変化が大きい。大将も、いつもはあまり感情を顔に出さないのに、御大相手だと、表情豊かだ。これは……親子が話しているような感じでもある。親子というか、師匠と弟子というか、恩師と教え子というか……とにかく大将は御大を深く敬愛し、まさに頭が上がらない関係であることが西岡にも見てとれた。

やがて他の入所者たちは食事を終えて次々に席を立ち、それぞれレクリエーションルームに、或《あ》いは自室へと移動していき、食堂には御大と大将、そして西岡の三人だけが残された。

「御大……そろそろわしらは。みなさん食事を終えられて、わしらがいると片付かないようですけぇ」

「そうじゃの。じゃあ、また来ておくれ」

「もちろんじゃ」

大将が立ち上がって御大に深々と一礼すると、施設の職員さんが車椅子を押しに来た。

「では、オンタイさん、お部屋に戻りましょうね。それとも食後のレクリエーションしますか？」

「馬鹿もん！　八十面下げて、あんな幼稚園のお遊戯《ゆうぎ》みたいなこと、出来るか！」

親切に訊いた職員に、御大は大将と話す時とはまったく違うドスの効《き》いた声で応《こた》えた。が、職員は慣れたもので「はいはいそうですか」と聞き流して車椅子を押した。

西岡は、職員にまで御大と呼ばせていることに妙に感心した。

「あ、待て」

御大は突然、何かを思い出したように職員にストップをかけて車椅子を止めさせると、振り返って大将にオイデオイデをした。

「なんじゃろうか、御大？」

大将が飛んで行くと、御大は大将を見て、大きく頷いた。

「お前はもう、いわば免許皆伝《めんきょかいでん》じゃ。これ以上、わしがお前に望むことは何もない。これまでに作ってくれた美味い飯に礼を言う。わしには何の心残りもない」

そう言うと、御大はポロシャツの襟元《えりもと》から何かを引っ張り出した。首からかけていた紐《ひも》の先についているガマ口だ。そのガマ口から御大は何やら小さなものを取り出すと、大将に渡した。

「例のものを、お前に託《たく》したい。多くは組の者たちの社会復帰に使ったが、わしはもう、動くことが出来ん。場所は、あのままだ」

「伊豆の……」

「そうじゃ。こちらに来てから、まったく動かしてはおらん。そのまんまじゃ。お前の好きにせぇ」

大将は「ははっ」と、まさにひれ伏さんばかりの勢いで頭を下げて両手を差し出し、ガマ口から出て来た小さなものを押し頂くと、さっと仕舞い込んだ。

車椅子を押されて御大が行ってしまうのを見送った大将は、西岡に振り返ると、少しばかりバツの悪そうな顔をして「行こうか」と言った。

西岡はそのまま大将と店に行き、「オゴリだ」と出されたビールや日本酒を飲み、またしても「なめろう」や干物をアテに飲んだが、大将から何かを説明されることはなく、西岡から訊くこともなかった。

聞きたいことは一杯あった。あの「御大」とは何者で、大将とどういう関係なのか、大将はナニをしてヤクザから料理人に転身したのか、そして、最後に御大が大将に渡したものはなんだったのか……。

しかし、どれも大将には聞き難いことばかりだ。それに、そもそもどうして自分を連れて行ったのか？　何かを見せておきたいと思ったのか？

考えれば考えるほどに判らなくなったので、西岡は考えるのをやめた。

やがて名月師匠に今永、紅一点といった常連が集まってきたが、カウンターの中で黙々と立ち働く大将と、無言で飲み続けている西岡を交互に見ると、「なんかあったの？」と何か事情を察した感じで聞いてきた。

「いえ、別に何もないんですけど……店が開く前に、近くの老人ホームに行って夕食のおかずを差し入れしたんです」

そこまで言って黙ってしまった西岡に、全員が「それで？」と先を促した。

「いや、それだけです。大将の師匠みたいな人が入所していて、その方と親しく話し込んでました」

「で？」

「ですから、それだけです」

「どうして西岡さんがついて行ったの？」

今永が訊いた。そういうことは自分が頼まれるべきなのに、というニュアンスが感じられた。

「さあ？　それは大将に聞いて貰わないと」

大将が妙に静かで、西岡も老人ホームに行ったことを話さないので、店の中はしんとしたままだ。なんだか居心地が悪いので、常連たちは話題を見つけようと、あれこれ口にし始めた。

「そういや、この前、店に入ってきて妙なことを口走って、あげく大将にお湯ぶっかけられて逃げたあの男、もう来ないでしょうね？」

と、名月師匠。

「あのヒトは、一人で来たのかな？　電車に乗って？」

と、紅一点。それを受けて、大将が言った。

「さあ。仲間が車で待機しているかもしれん」

「すると……この店はもしや、連中の標的になってしまった……かもしれない？」

名月師匠が芝居《しばい》がかった調子で言った。

しかし大将は首を横に振った。長年の勘なのだろう。

「それはないじゃろう。仲間がおったなら、全員でカチ込んどる。店をメチャクチャにするか、居合わせた客を人質に取る。わしならそうする」

「それをやらなかったから、あの男の単独犯っすか？」

そう言った今永に大将は頷いた。

「あの時はな。だが、これからは判らん」

そう言いつつ、大将は店の外に顔を出して周囲を見渡した。

「行くなら早いほうがええな。あの男がまたやってくる前に」

大将はそういうと、奥に引っ込んだ。

「しかし……事情が全然、判らないんですけど」

西岡が訊いた。

「そもそも、あの男は何だったんですか？」

「元は警官だと自分で言っていましたね。けど、それを話すと、長い話になりますよ？」

名月師匠が重々しく言った。

「いろいろ曰《いわ》く因縁《いんねん》があるようなんですよ」

そもそも「前号までのあらすじ」が長すぎるんすよね、と今永までが言った。

「え？」

西岡は驚いた。

「もしかして、みなさん、全員が事情をご存知なんですか？」

「西岡さん。あなただって、もう絡んでるんじゃないですか？　あの男……店に来て暴れた寺尾って男も、大将と西岡さんの関係をバラしてやるって、そう言ってたでしょう？」

名月師匠が言ったが、西岡にはますますわけが判らない。

「あれは何かの誤解です。あの寺尾ってヒトが人違いをしているんです。僕には脅されて困るようなことは何もありません。大将との関係って言いますけど、そもそも僕がこの店に入ったのは、まったくの偶然です」

それを聞いた他の常連たちは、なにか言いたいことがありそうなのだが、他の常連の出方を見たりして、モジモジしている。

なんだかここに居る全員が、「大将の過去」に関係があるらしい。

そこに、奥から大将が戻ってきた。店で調理をする時の白衣は脱《ぬ》いで、動きやすいスウェットの上下に、アポロキャップというういでたちだ。

「急な話じゃが、わしは伊豆に行く」

一同は、大将の思いがけない言葉に、目を丸くして絶句した。

「え？　どういうこと？」

「じゃから、伊豆に行くんじゃ！　山賀野じゃ！　思い立ったが吉日というじゃろが」

「そんな急な」

異を唱える名月師匠を大将は一喝《いっかつ》した。

「黙りんしゃい！　どがぁしても行かにゃあならん。アンタらは各自、自分で身を守るんじゃ。そういうことじゃけえ！」

そう言い置くなり大将は店を出た。当然、という感じでその後に続く紅一点。常連たちが呆然《ぼうぜん》と見送る中、通りがかったタクシーを捕まえた大将は紅一点と共に乗り込み、あっという間に走り去ってしまった。

「これはこれは。逃げ足が速いですねえ！」

師匠が呆れ声を出した。

「なんか、慣れてるっすね」

と、今永。

「で……残された我々はどうしますかな？」

と、名月師匠が言った。

「それにしても……どうして店を放《ほう》り出して伊豆に？　何故《なぜ》？」

師匠は首を傾げた。

「前々からあたしらになんか言ってたのならともかく、伏線も張らないで、出し抜けですよ！　絶対におかしい！」

師匠はそう言って西岡を睨《にら》んだ。

「ねえ西岡さん、老人ホームで一体、何があったんです？」

「何もないですよ……昔馴《な》染《じ》みらしい老人と昔話をしてましたけど」

「それだけ？」

今度は今永が疑わしそうな声を出した。

「ええと……大将が『伊豆の』とか言って、そのご老人が……どうやら伊豆にあるらしい、ある場所がそのまんまだ、とか」

「そのまんま？　伊豆の？」

「判じ物ですな」

名月師匠が首を傾げた。

「それと……御大が大将に、なにかを授《さず》けてましたね」

「授けた？　『ロード・オブ・ザ・リング』？　『アーサー王伝説』？　にわかにファンタジーみたいになってきたっすね。アイテムを授かって移動？　ゲームっすか？」

今永が身を乗り出した。

「どうでしょう？　我々も伊豆の……山賀野ってところに行ってみませんか？」

名月師匠が言い出した。

「ここにいても、またあの男が襲ってくるかもしれません。今度は武器をパワーアップしてマシンガンを持ってくるかも。大人数でやって来るかも。そうしたら絶対身を守れませんよ」

「それか、各自、自宅に立て籠《こ》もるとか？　でも、それも怖いっすよ」

家バレしてそうだし、と今永。

「ひとりになりたくないっす」

西岡も言った。

「僕も怖いですけど、それより、大将と紅一点がなんだか心配ですね」

「さて、どうしますかねえ」

名月師匠は天を仰いだ。

「ウチに帰っても、場所を突き止められたら……さっきの男みたいなのがいきなり発砲してきたら、確実に死にますね」

「そうっすよ。帰りたいけど帰れない」

今永が言った。西岡も同じ事を考えている。

「いっそ、大内さんを頼って警視庁に行くというのは？」

と西岡が提案すると、名月師匠が首を横に振った。

「ダメでしょう。そもそも我々は悪い事をしてないんだから、留置場にも入れてくれませんよ。かと言って、留置場に入りたいからと言って悪いことをするわけにもいかない。それに、事情を説明すると大将に迷惑がかかってしまうかも」

「しかし、そんなことを言ってると、寺尾かその仲間だかが襲ってくるかもしれないんですよ！」

「襲ってこないかもしれないし」

「なんだかアタシはやっぱり、アタシらも伊豆に行ってみるのが一番いいって気がしますねえ」

攻撃は最大の防御、と名月師匠が言った。

「大将はアタシらを放り出して行っちゃいましたが、アタシらが行けば、なにか事情が判るかもしれない。それに、大将が困ってるんなら、助けてあげるのが我々常連でしょう」

今永が溜息《ためいき》をついた。

「だけど……あまりお金がないっすよ。急な事だから……特急踊《おど》り子《こ》は終わっているし」

「しかし……そもそも、伊豆にはなにがあるんですか？」

なにも判っていない西岡が訊いた。

「それも話せば長くなるんで、おいおい道中で」

三人は手分けして店の明かりを消し、扉を閉めて鍵《かぎ》を掛け、シャッターを下ろした。食材も冷蔵庫にしまったし、火の始末も確認した。勝手知ったる他人の店だ。

「寺尾たちが家捜しに来るかもしれない」

そう言いつつ名月師匠がタクシーを捕まえようと手を挙げたのを、今永が腕を摑んで下ろさせた。

「師匠、金は節約しましょうよ」

まるで予算内で旅する番組の出演者のようだ。

「それはそうです。節約しましょう」

西岡も同意した。

「さっきも言ったように、特急はもう終わってます。熱海《あたみ》まで新幹線と思ったけど、それも終わってます。というか、伊豆の山賀野までは行けません。あ、在来線ももう終わってます。そもそも夜の九時から山賀野に行こうというのが間違ってる感じです」

スマホで乗り換えを調べていた今永が言った。

「ちなみに高速バスでも伊豆方面には行けないっすよ。行けても三島《みしま》とか沼津《ぬまづ》まで。もっと言えばそれももう終わってるっすからね」

「じゃあ……どこかで夜を明かしますか？」

名月師匠が少し苛《いら》ついたように言った。

「いえ、夜のうちに移動した方が安全ではないかと」

ということで、三人は私鉄の墨井駅に向かったが、歩きながら師匠が首を傾げた。

「なぜ駅に向かうんです？　電車に乗ってどこに行くんですか？　どうせ電車じゃ山賀野まで行けないんでしょう？」

「行けるところまで行くってのは？　熱海までは行けるっすよ」

スマホで調べた今永に、師匠はしぶしぶ頷いた。

「よろしい。熱海までは行きましょう。そこで野宿するか、ヒッチハイクということで」

三人はとりあえず東京駅から熱海に向かった。顔を隠すのは逆に目立つような気がして、マスクもサングラスもなしで、ガラガラのボックス席に陣取った。さすがに監視されてはいないだろう。

「ところで……僕には、やっぱり、なにがなんやら、全く判らないのですが……」

西岡が二人に訊いた。

「大将は元組長だから、その筋の誰かに狙われるってのは判る気がしますし、紅一点も、なんだか大将と昔からのお知り合いという感じがするのですけど……他の方たち……師匠と今永さんはどうして……あの寺尾という男が言っていた事件に、どんなふうに繋がってるんです？　それに、『御大』って、何者なんですか？」

「それも話すと長くなりますが」

名月師匠が言った。

「道中長いようですから、この際、全部話してください」

そう西岡に突っ込まれて、「それもそうですね」と応じた。

「アタシたち落語家は、お呼びがかかればどこにだって行きます。主義主張関係なく、右《う》翼《よく》の会で一席やるし共産党の会でも一席うかがいます。北は北海道南は沖縄、おアシが出れば海外にだって行きます。もちろん、ヤクザの会にだって」

そういった名月師匠は真顔で頷いた。

「今を去る五年前。アタシは伊豆山賀野のリゾートホテルに呼ばれて、一席うかがったんです。その席が、何を隠そう、地元の暴力団の懇親会《こんしんかい》だったワケです。本当は暴対法上、そういう会をホテルでやれないんですが、その組の幹部がホテル支配人の弱みを握っていて、主催者を一般企業と偽《いつわ》って強行したんです。アタシは呼ばれればどこにでも行きますんで、そういう裏のハナシは全く無関係で」

その説明を今永が受けて続けた。

「その同じホテルで、それも同じ日、同じ時刻に、たまたま地元選出の国会議員の、政治資金を集めるパーティーが開かれていたんすよ。で、ボクはその記録ビデオのメインの撮影、それから、他のカメラで撮《と》った複数の素材もまとめて編集するアルバイトを請け負《うお》ったってわけっす」

と、今永。

「それでですね、こともあろうに、その日、同じホテルの、政治家のパーティとは別の会場に集まっていた暴力団に、対立している組がカチ込んだんです。それだけならいいんですが」

「よくないでしょう！」

西岡が反射的に突っ込んだ。

「いやいや、ヤクザ同士の抗争なら仕方ないでしょ。問題は、そのカチ込んだ組が、会場を間違えたことなんです。よりにもよって、政治資金パーティの方に雪崩《なだれ》込んだので……それはもう大変な騒ぎになりました」

阿鼻叫喚《あびきようかん》ですよ、と師匠は思い出し笑いをして、ニヤニヤした。

「時は五年前、ところは山賀野の有名なリゾートホテルの宴会場。地元の暴力団、近藤《こんどう》一家が主宰する懇親会という名目の、その実体は近藤一家と花森《はなもり》組の、親子の盃《さかずき》の祝賀会が、まさに宴たけなわ、となっておりました、まさにその時。会場は羽織袴《はおりはかま》や黒スーツ、黒タイの正装をしたヤクザのみなさんでギッシリ。その前でアタシが『粗忽長屋《そこつ》』をうかがっていると……まあ、取り違え噺《ばなし》ですな。死んでいるのは自分だと言い張る、粗忽な熊五郎《くまごろう》のお噺です……なぜか外がうるさいんです。お皿が割れる音がするし、いきなり怒号がガンガン響くし、金属がぶつかったり、何かが倒れたり、ご婦人方の悲鳴までが聞こえてきて。アタシが出ていた宴会は、さっきも申しましたように、ヤクザの懇親会なンで、出席者が全員、極道かその関係者です。その業界人特有の勘で、これはおかしいぞとザワザワが広がって……みんな落語どころじゃなくなって会場から出て行っちまいました。もちろんアタシも行きましたよ。面白いから」

そうしたらですよ……と名月師匠は詳細に語りはじめた。

「ホテルのその階には宴会場が並んでいて、アタシが一席うかがっていたヤクザのパーティは『山賀野を盛り上げる有志連合の会』というタテマエの名称で、もう一つは、こちらと同時刻に始まった『山賀野活性化有志の会』というものでした。似てるなあとは思っていたんです。でも、あちらは聞くところによると地元の政治家の資金集めのパーティだし、関係ないと思っていたら……」

どう見てもヤクザの集団が、政治家のパーティ会場に雪崩込んで、ボーイさんたちが恐怖の表情で会場から逃げ出したので、開けっぱなしのドアから中の様子が見えた。

覗《のぞ》き込むと、ヤクザがドスを振りかざして来場者を追いかけ回し、配膳用のお皿の山も次々に叩き落とされて、悲鳴と皿が割れる音が交錯《こうさく》していた。

「まあ、ひどいもんでしたよ。お酒のボトルも叩き割られて、アルコールの匂《にお》いが凄かったです。アタシを呼んでくれた近藤組の皆さんは口々に、『おい。カチ込む先を間違えたんじゃねえか？』って言ってるんですが、止めに入るとこっちが襲われるんで、手出しをしないで静観というか傍観というか、高みの見物状態でした……」

一方、今永もその夜、同じホテルに居た。地元選出の衆議院議員・東山榮太郎《ひがしやまえいたろう》の資金集めパーティ『山賀野活性化有志の会』の記録ビデオ撮影を請け負っていたのだ。政治資金パーティは、「政治活動」なので、支援者に向けて記録し、発信しなければならない、重要なイベントなのだ。

ホテルの広い宴会場での立食パーティだが、食べ物の用意は僅《わず》かだった。焼きそばとかカレーとかサンドウィッチといった炭水化物ばかり。申し訳程度にその場で揚げる天ぷらの屋台があるにはあったが。

しかし、用意された量は少なくて、とてもじゃないが来場者全員には行き渡らない。飲み物はビールや水割り、ワインが用意されているが、それもまた来場者には行き渡らない。そもそもグラスの用意が少ないし、椅子の用意もない。立食とは言え、入場する人数は百人程度と見積もられている。受付だけで帰る人の分、パーティ経費が浮く算段なのだ。

参加者は、来場して受付で記帳して、のし袋に入った現金を渡せばコトが済む。そのまま帰るのが「裏マナー」とされているという説すらあるほどだ。かと言って会場がガラガラだと主宰の政治家が不人気だと思われるので、政治家を特に熱く支持する人たちは会場に入って、盛り上げ役に徹《てつ》する。それは来賓《らいひん》とはまた別だ。

来賓は、東京から大物政治家を呼び、地元の名士も招待して挨拶をして貰う。これは、もちろん箔付《はくづ》けが目的に他ならない。

今永はメインカメラを担当し、議員の地元事務所の職員がサブカメラを五台回している。合計六台で撮ったビデオを編集して、一本にまとめるのも今永の仕事だ。

東山榮太郎が属する「那良派《ならは》」の長・那良信輔《のぶすけ》党幹事長の挨拶の後、那良派に連なる地元市会議員が東山議員をヨイショしまくっているときに、事件は起きた。

いきなり怒声を発しながら、一見してガラの悪い集団が会場に押し入ってきたのだ。

「ええ加減にさらせよワレ！」

「ぶちかましたるド、ワレ！」

「地元を食いモンにするのも程があるんで！」

乱入してきたガラの悪い……どう見てもヤクザな連中は、手当たり次第《しだい》に皿を割り、料理の載ったテーブルを蹴散らして食べ物を散乱させ、木刀でお酒のボトルを薙《な》ぎ払っては全部割り、あげく悲鳴をあげて逃げる和装のご婦人達を追い回し、立ち向かおうとした青年団のメンバーも張り倒した。

乱入して暴れているヤクザたちは、なにが目的でこんな乱暴狼藉《ろうぜき》を働くのか……。

今永はヤクザたちにカメラを向けて、その行為を冷静に撮り続けた。

さすがに余興？　サプライズ？　とは思わなかったが、もしかして、このパーティの主催者である東山議員はこういうヤクザと繋がりがあって、不義理をしたのでこういう報復を受けているのか？　と今永は考えた。だがそれは自分には関係がないことだ。触らぬ神に祟《たた》りなしだ。

と、入口の受付できゃあと言う悲鳴が上がった。

今永は本能的に三脚からカメラを外して受付に走った。

そこでは、受付の女がヤクザと揉めているところだった。その受付嬢に今永はパーティの開始直前に挨拶をしたので顔は覚えている。なかなかの美人で、派手めの顔の作りが印象的な、色っぽい女だった。なんといってもすらりとしたスタイルが抜群だった。

その受付嬢が、ヤクザに突き飛ばされて、倒れた。

後頭部をテーブルの角に打ち付けたグシャッという嫌な音がして、彼女はそのまま動かなくなった。

「や、やべえ」

揉み合っていたヤクザは、泡を食って逃走した。東山議員の事務所のスタッフがワッと寄ってきて介抱したが、彼女はそのまま動かない。

やがて誰かが通報したのか、制服警官がドヤドヤと現れて、ヤクザ集団と揉めはじめた。

遅れて救急隊員もやって来て、受付嬢を担架に載せて運んでいった。

「あの子、ダメかもしれないね……頭打ったから」

「そもそもあのヤクザは、なにをしようとしたんだ？」

「っていうか、そもそもどうしてヤクザが襲ってきたんだよ？」

事務所のスタッフ同士、首を傾げながら、警官隊とヤクザが大激突しているのを眺めていた。今永も、ビデオカメラでその一部始終を撮った。

警官の数はどんどん増え続け、山賀野中のすべての警官がここに集結したのではないかと思うほどだった。それくらいヤクザの暴れ方はド派手だったのだ。

が、やがて……。

「なんやて？　違うやと！」

という男の叫びが宴会場に響いた。

「隣が……近藤一家の……じゃあ、ここは？　別のパーティか⁉」

その声を発したのは、乱入したヤクザのリーダー格とおぼしい男だった。

「ななな、なんでや！　ここは『山賀野を盛り上げる有志連合の会』の会場やろがっ⁉」

そう叫んだ男に、警官はうんざりしたような顔で隣の会場を指差した。

「あっ！」

隣の宴会場の案内板を見た男は、息を飲んだ。

男はポケットからメモを出すと、老眼気味なのか紙を遠く離して読んだ。

「山賀野を盛り上げる有志連合の会」

そう声に出して、廊下にある案内板を見比べた。

「ああ……こっちは『山賀野活性化有志の会』……なんでや！　なんでこんな紛《まぎ》らわしい名前にしよったんや！」

だが隣の会場には、誰もいない。宴会場からは既に、近藤組の関係者全員が退出してしまったのだ。こっちの会場には潤沢《じゅんたく》な食べ物や飲み物が並んでいるのに、ほとんど手付かずで残されたまま、誰もいなくなっている。

「くそう！　近藤一家の外道《げどう》ども、わしらがこっちで暴れてる隙《すき》に、逃げよったか！」

一方、受付では、東山事務所のスタッフが「ない！　のし袋の山がない！」と叫《さけ》んでいるが、警察はヤクザ全員の身柄拘束《みがらこうそく》と連行に忙しくて、「のし袋が消えた」件については誰もタッチしなかった。


「あとから判ったことですが、東山議員のパーティを襲ったヤクザは、山賀野の隣町にある村上組《むらかみぐみ》。関西が基盤の巨大暴力団の系列で、地元の近藤一家と対立関係にあり、東山議員は近藤一家と繋がりがあると。この大失策で村上組の組長は責任を取って辞めて代替わりしたそうですが、それもあって、村上組の連中は、近藤一家を逆怨《さかうら》みしているそうなんすよ」

今永は事件の背景を説明した。

「で、あのう、その大将の言う『御大』の件は？　大将が大変、お世話になった人だということは判りますが」

西岡が訊いたが、名月師匠も今永も首を傾げた。今永が言った。

「その辺のヤクザ業界の内部事情はボクもよく知らないんで……で、ボクの苦労はその日から始まったんです。政治資金パーティの模様は、東山議員の政治活動の映像記録としてウェブサイトに置いて、誰でも観《み》られるようにするのが目的なんですが、パーティの後半が村上組の乱入では、政治家の活動報告としてはマズいでしょ？　なにも知らない支援者が、東山議員がヤクザと揉めていると誤解するかもしれないし。それは絶対に困るんで」

あ、そう言えば、と今永は自分のバッグの中をゴソゴソ探して、一枚のマイクロメモリーを取り出した。

「この中に、六台のカメラで撮った映像データが全部入ってるんです。これを墨井の自宅に持って帰って編集をはじめたんですが……いやもう、困り果てたっすよ」

ヤクザが突入してくるところは大胆にカットしたり、ストップモーションや字幕、要人のアップで誤魔化《ごまか》したりして、ラストは警官隊がヤクザを全員捕縛して会場から連れ出すところに列席者の満場の拍手が送られる現実を、編集とCGのテクニックを駆使《くし》して、東山センセイに向けた絶大なる拍手と熱い歓声が嵐《あらし》のように起きたかのように偽装した。結果、形としてはあくまでも『平和に上品に開催された政治資金パーティの記録』に仕上げたのだ、と今永は胸を張ったが、動画編集に素人の西岡は半信半疑だ。

「まあ結果オーライっす。出来映《ば》えは大好評で、東山議員の地元秘書のヒトに褒《ほ》めちぎられて、約束のギャラよりかなりの額を足《た》して貰えたんですけどね」

ちなみに地元秘書は谷沢《やざわ》といって、これまたヤクザか政治家秘書か判らない、コワモテの人物だったそうだ。

今永の話をそこまで聞いた西岡は、首を傾げた。

「しかしですよ、その騒ぎと大将はどう関係があるんですか？　もしかして、襲った側の村上組の幹部だったとか？　それとも東山議員や近藤組と繋がりがあった？」

「いや……大将は、東山議員の資金集めパーティの方に板前さんとして参加していて、会場で天ぷらを揚げていたと。それは、映像にも記録されているし、ヤクザと無関係であることはあとから大将に聞いて確認しました。それは立場的にも人脈的にも、近藤一家とも村上組とも、今はなんの繋がりもないと。なんせボクは、映像を編集するのに何度も観ていて、天ぷらを揚げてた板前さんが大将そのヒトだったことも実際に見て知っているんですよ」

師匠も頷いた。

「ああ、そう言えばあの時、床に散らばってたわずかな食べ物の中に、揚げたての天ぷらも入ってましたな」

「ええ、だから、大将、やっちゃったようなんすよ、どうやら」

「なにを？」

と西岡は思わず身を乗り出した。

「政治資金パーティの受付に集まった莫大な現金を、混乱に乗じて、大将は奪って逃げたんですよ！　きっと！　たぶん！　いや、もしかして」

すげーじゃないですか！　と今永は笑った。

それを聞かされても、西岡にはまったくピンとこない。

「しかしそれはまた乱暴な……でもそれ、仮定の話ですよね？」

西岡は、今永の言う大胆不敵すぎる行動に驚いた。

「たとえばそれは、田舎《いなか》の銀行に強盗に入ったらとんでもない額のカネがあってホクホクしてたらマフィアの隠し金で、凶悪な殺し屋がやって来るって言う、まるであの映画みたいな展開じゃないですか！」

「で、紅一点はその事件にどう絡んでくるんですか？」

「さあ？」

師匠と今永が合唱するように答えた。

「ボクらも、その辺は知らないんです。というか、そもそも、大将と紅一点がどういう関係なのかも」

そう言った今永に、師匠が頷いた。

「大将のレコかと思ったけど、そうでもないようですし……そもそも、大将の周囲には女っ気がまったくないんですよ。だから、もしかして、大将は男が好きなのかも」

「イヤそれは違うと思いますね」

今永が即座に反応した。

「大将は筋を通す男でしょ？　紅一点は、大将が恩義に感じている人の娘さんか奥さんで、それを守ってあげてる感じがするんですけど」

「ま、紅一点についてはよく判らないんすけどね」

「いやいや、大将が政治家の裏金をごっそり持ち逃げしたって話も、今永さん、アナタが実際に目撃したわけじゃないんでしょう？　師匠だって見てないんでしょう？」

西岡は性格的にモノゴトをキッチリしたい。類推や推測と、事実はきっちり切り分けて論じたいタイプなのだ。

「だけど、状況を考えると、それしかないっすよ。大将はドサクサに紛れて、政治家のパーティの受付から、ごっそりのし袋を奪ったんですよ。もうキマリっすよ。だからあの寺尾みたいな男が来たんですよ！」

今永が力説した。師匠も頷いてそれに乗じた。

「ああいう金は、振り込んだりすると証拠が残るんで、現金オンリーなんですよ。アタシたちの世界でも、『トッパライ』で現金でギャラを貰ったら税務署に申告しませんモン。だからあの世界が長い大将だから、こういう金は結局裏金になるんだから、幾ら盗られたとか表沙汰《おもてざた》にはならない、と踏んだんですよ。大金を摑む一世一代の大チャンスだって」

名月師匠が言い切った。

「それは判るとして……でも、そこにどうしてあの寺尾が絡んでくるんですか？　裏金を持ち逃げされた政治家が、ヤクザに回収を頼んだ、とか？」

「そうかもしれないですよ。だって寺尾はヤクザですよ……アタシはそう思うんですけどネ……そうじゃないのかなあ？」

名月師匠は自信なさげに言葉を濁《にご》した。

「そういや寺尾は、元は伊豆の警察官だったと言ってましたね。だからあの時、あの会場に居たかもしれない。だから大将が裏金を横取りしたことを知っている。ヤバいカネを手にした人間は殺し屋に消される。その情報を知ってしまった人間も消される……あ、今がそれか！　だからアタシたちは消されそうになってるんだ！」

師匠は妙な具合に納得している。西岡は異を唱えた。

「しかし……今の話は、どこまでいっても、お二人の推測というか、想像でしょう？　それとも大将から直接聞き出したんですか？　あの大将が、そんなこと話しますかねえ？」

筋が通っていそうで穴だらけのふたりの話に、西岡は突っ込まざるをえない。

「だってアタシたちはその日、その場にいたんですよ。いわばアタシたちは当事者だったわけで、大将も一応説明しておかねばと思ったんでしょう」

その説明も、完璧《かんぺき》に納得出来るものではない。まあ、大将が二人にどこまで話したのか、何を今も秘密にしているのか、それが判らないのだし。

「大将は、その奪った裏金で、あの店を出したんでしょうか？」

「そうなんじゃないですか？」

名月師匠は無責任に言った。

「あの店、外見はボロだけど、白木のカウンターとか細部に拘《こだわ》りがあるから、けっこう金かかってますよ」

「それよりなにより、あの採算度外視の値段っすよ。あれ、ボクらが食べれば食べるほど、赤字になってますよ。もしかして、商売して損をすることが大将の贖罪《しょくざい》、だったりして」

「居酒屋だけに食材で贖罪……ウマい！」

名月師匠は落語家ならではの着眼点で今永を褒めた。

そんな話をしているウチに、東海道線の普通電車は熱海駅のプラットフォームに滑《すべ》り込んだ。


深夜の熱海は、真っ暗だ。

駅前から下って飲み屋街まで行けば開いている店もあるだろうが、駅前は土産物屋はもちろん、飲食店まで閉まっている。頼みの綱《つな》のマクドナルドも二十二時で閉店している。

「腹減ったなあ……」

今永のボヤキに、残る二人も同意した。

「飲み屋街も、もうこの時間……二十三時にはほとんど閉店みたいっす」

スマホで調べた今永は溜息をついた。

「熱海の夜は早いんですよ。宿泊のお客は旅館の部屋で飲んだりしますしね。アタシは時々、熱海に呼ばれて一席やりますから、よく知ってます」

「とりあえず、先を急いだ方がいいのでは？」

師匠の喋りに被《かぶ》せて、西岡が常識的な提案をした。

「モタモタしていると、怖い刺《し》客《かく》が迫ってくるかも」

「急ぎましょう」

「急ぐって、どうするんすか？　山賀野までの電車は終わってるし、バスもないし」

レンタカーも営業所がもう閉まっていて借りられない、という今永に師匠が言った。

「タクシーでは？」

「熱海から山賀野まで幾らかかるか……あ、三万七千円くらいみたいです」

今永はなんでもスマホで答えを見つけてしまう。

「だったらタクシーで行きましょう！　もっとかかるのかと思いましたよ」

「そう言うけど、手持ちの金はそんなにありませんよ」

と名月師匠。

「今はタクシーもカードが使えるんッス。とりあえずカードで払いましょう！」

しかし今、駅前にはタクシーの姿はない。すべて出払ってしまったようだ。

「じゃあ今永くん、電話でタクシー呼んで」

急に師匠は師匠風を吹かし始め、今永はタクシー会社を調べて電話を入れた。

「一台、熱海駅前に……え！　全車出払ってる⁉」

熱海にはタクシー会社が数社あり、どこも二十四時間対応をしているが、あいにく今夜はすべての車両が出払っているらしい。

「ありますか、そんな事が？　これは誰かが手を回しているんじゃないですか？」

陰謀論を口にする師匠に、西岡が常識的に答えた。

「いや、それはないでしょう。タクシーの台数を減らしているところに、たまたま長距離のお客さんが集中したのかも」

そういうことなら駅前にいてもどうしようもない。山賀野まで行くのなら、幹線道路に出てヒッチハイクをするしかない。

「この道は山賀野に続いています」

三人は駅前から海岸の方に歩いて県道に出た。

と言った今永に、すかさず師匠が突っ込んだ。

「そりゃ、どんな道もどこかには繋がってるでしょうよ。さすがにローマには通じてないでしょうけど」

「海があるんだからそれは当然っすよ」

師匠の教養を無視する今永。

それから深夜の県道を走ってくる車すべてに、三人は手を挙げてヒッチハイクをアピールしたが、男三人というのを怪しまれたのか、どの車もトラックも全然停《と》まってくれない。

道端に立って一時間が経過しかけた時……ようやく一台のトラックが停まってくれた。

長い荷台には鋼材を積んでいる。ボディには「伊豆産業急便」と書いてある。

「ヒッチハイクなんです。山賀野方面に行きますか？」

西岡が交渉役を買って出た。

運転席の窓から顔を出したのは、いかつい髭面《ひげづら》の中年男だった。

「オウ行くよ。ウチは山賀野が地元の会社だからな。しかし三人か……助手席はゴチャゴチャしてるから全員は乗れねえよ」

西岡が覗き込むと、助手席には弁当の殻《から》やペットボトルなどのゴミ、タバコの空《あ》き箱、スポーツ新聞やタオル、財布などが雑然と散らばっている。

「なんなら荷台でも……」

「ダメダメ！　道路交通法違反だから、おれが捕まっちまう。それに、風が吹き込んで寒いし、ケツも痛くなるぜ」

「そうですか……」

と、諦《あきら》めかけたが、しかし、運転手の仮眠スペースなのか物置なのか、後ろの席は狭いが、空いている。三人はそれを見た。

「後ろの席はダメですか？」

「三人は無理じゃねえか？」

「いえ、なんとか」

今永が少し強引に頼み込んで、三人は狭い後部席になんとか収まり、トラックは発車した。

「兄さんたちはなんだい？　こんな時間に。追い剝《は》ぎにでも遭《あ》ったのか？　バクチでスッテンテンとか？」

運転手は時代がかったことを言った。

「いえ、ちょっと東京に居られない事情がありまして」

「なんだよ。貫一《かんいち》お宮《みや》かよ」

運転手が尾崎紅葉《おざきこうよう》の有名な作品を例に出し師匠が相槌《あいづち》を打った。

「お宮を熱海の海岸で蹴っ飛ばす貫一……銅像になってますね」

「それ、ボクもさっき見たっすよ！　あっ、ＤＶが銅像になってる！　って」

「ま、いろいろあらぁな」

と詳しくは訊かない運転手だったが、「で、これからどうするの」と訊いてきた。

「いやあね、実は、お宝っていうか、隠し金が伊豆の山賀野にあるって話で、それをね」

ぺらぺらと師匠が喋りかけたので、今永と西岡が袖を引っ張って止めさせた。

「いや、そうじゃないかな……という噂《うわさ》話があって、ボクたちは狙ってるんすよ。一攫千《いっかく》金を」

「それは徳川《とくがわ》埋蔵金みてえな話かい？　今どき？」

「まあ、ダメモトってコトで」

師匠はなんとか夢物語に話を仕立てた。

「それでですね」

と話を続けようとしたとき、師匠のスマホが鳴った。

「お。大将からだ」

師匠が出た。

「今どうしてる？　どこにおる？」

「はい、熱海から親切な地元のトラックに乗せて貰って、やまが……いえ、そっちに向かってます」

「来とるんか！　まあええ。トラック？　どこの運送会社じゃ？　いやいや、わしが言うから当たったらなんか言え」

「了解」

「山賀野運送？　山賀野急便？　どれも違うか？　じゃったら伊豆産業急便？」

「ビンゴ！」

「そうか……判った。運転手に訊かれたらなんでも言ってエエぞ。で、わしらは今、海の上だ。船で山賀野港に入る。どうじゃ。森繁久彌《もりしげひさや》か加山雄三《かやまゆうぞう》みたいじゃろうが！」

「それはそれは結構な道中で」

我々に引き換え、と師匠は皮肉たっぷりに答えた。

「じゃあ、山賀野の『海の駅』で落ち会おう。ええか、運転手には全部話せ。何も隠すな。むしろ、何もかもこっちから言うてやるんじゃ！」

大将の意図《いと》を何となく察した師匠は電話を切った。

「大将は船で来るらしいですよ。加山雄三みたいじゃろう、と自分で言ってました」

「大将って？」

運転手が話に割って入った。

「いえね、大将ってのは、さっき言った隠し金の秘密を知ってる、元ヤクザの親分で」

今永と西岡がまたも師匠の袖を引いたが、師匠はふたりに、曰くありげな笑みを見せ、大きく頷いて見せた。

「以前に、山賀野で、政治家のパーティにヤクザが雪崩込んで、大騒ぎになった事があったでしょう?」

「よくは知らねえが、あったそうだね」

運転手は無関心を装っているが、バックミラーで三人を見る目つきが鋭くなったのが判った。

「ホテルで懇親会を開いた暴力団・近藤一家と対立している村上組が、同じフロアで開催されていた、地元の政治家の政治資金パーティに間違ってカチ込んだ。実に間抜けな話ですが」

運転手の目が光ったのを、三人はバックミラー越しに確認した。

「しかし、ヤクザの出入りでカチ込む場所を間違えるなんざ、まったく信じられないオハナシですよね。間違われた政治家のパーティはもう、阿鼻叫喚だったそうで」

「そりゃそうだわな」

運転手の口数はめっきり減った。

「それでですよ、そのパーティで集められていた多額の政治資金、すなわち裏金が消えたらしいんですよね。裏金だから、事実関係が判らないってんで、報道はされなかったし、警察もなぜか動かなかったしで、事実上、有耶無耶《うやむや》になったと」

「……」

そこで運転手は完全に無口になった。

「あ、興味ないですよね、こんな話。長々とすみませんでした」

師匠は頭を下げて、話をやめ、それ以降、運転手はまったくの無言になってしまった。

少しウトウトして目が覚めると、トラックは山道を抜けて町中を走っていた。しかし、まだ夜明け前だ。

「そろそろ山賀野駅だけど、兄さんたち、どうするかね？」

運転手が久々に口を利《き》いた。

「さっき、あんた、船がどうのと言ってたようだが、港まで行ってやろうか？」

「ああそれはもう、願ったり叶《かな》ったりで」

しかも運転手は、「やまがの海の駅」まで回ってくれた。トラックにしてみたら、かなりの回り道だろう。

午前四時。東の空が少し明るくなってきた。

海を見ると、沖の方からライトを点《つ》けてこちらに向かってくる船影が見えた。あれが大将たちが乗った船か？

三人はトラックから降りて、師匠はお礼に万札を一枚、些少《さしょう》ですがと言いながら運転手に渡した。

運転手は礼金の受け取りを固辞したが、「まあそう言わないで」と師匠が強引に渡すと、「悪いな、ところで」と受け取って、運転台に戻った。

「どんな船が来るのか、見ててもイイか?」

トラックの窓から運転手が訊くので、「どうぞどうぞ」と言うしかない。

沖合からサーチライトを点けて颯爽《さっそう》と接近してきた船は、豪華なクルーザーだった。

釣り船やモーターボートとはまったく違う。十人は乗れそうだ。船上パーティが出来そうな広い甲板があり、キャビンの上には展望デッキもある、白亜の大きな船。なるほど、加山雄三かマドロス姿の森繁久弥がパイプを咥《くわ》えて舵《かじ》を取っていてもおかしくはない、大きな船だ。

「これはこれは……いかにも成金御用達《ごようたし》、金の匂いがプンプンする船ですな」

師匠が悪意を込めて、言った。

その船が港に滑り込むと、乗組員が慣れた手つきで係留ロープを投げ、岸壁に飛び移ると、ロープをかけるビットに船を舫《もや》った。

クルーザーはエンジンを微調整しながら接岸した。舵を握っているのは、イメージしていた森繁久彌そっくりの、見るからに金持ちそうな好々爺《こうこうや》だった。

「恩に着るでぇ! ぶち助かったけぇ!」

船のオーナーに声をかけつつ大将がキャビンからデッキに出てきた。岸壁に渡されたブリッジを渡ってこちらに来る。背に担《かつ》いだ大きなナップザックが往年のマドロスのような出《い》で立ちで、それが妙にキマっている。ついで、紅一点が身一つ、ではあるが、店から出たときとはまったく違うリゾートウェアに身を包んで、現れた。途中のどこかで買ったか、この船に積んであったものかもしれない。

その紅一点は、舵を握っていた「船長」と抱擁《ほうよう》を交《か》わすと、名残《なご》り惜しそうに見つめ合い、何事か囁きあって、大将に急《せ》かされて下船した。

すると、黒塗りのリムジンがお迎えに参上、という感じですするすると現れ、クルーザーの前で音もなく停車した。

「乗ってつかぁさい」

常連三人にそう言った大将と紅一点は率先して乗り込んだ。

あまりに想定外の成り行きに面食らいつつ、ふかふかシートのリムジンに三人が腰を下ろすやいなや、ドアが自動で閉まってリムジンはゆっくりと走り出した。

三人を乗せてきたトラックは、リムジンが走り出したのを確認したかのように発車した。リムジンとは違う方向に走っていく様子がバックミラーに映った。

「あれが、あんたらの乗って来たトラックか？」

大将は確認した。

「伊豆産業急便ちゅうのは『近藤一家』と敵対する、地元の村上組と繋がってる運送会社じゃ」

「運転手さんは親切な人でしたけどね……って、いやいや、それじゃマズいじゃないですか！　隠し金の話が筒抜けになってますよ！」

そこで師匠は、ハハ～ンという顔になって言葉を切った。

「大将、わざと、村上組側に話を流そうとしましたね？」

「そうじゃ。利用出来ることは何でも利用せんとな。今更、村上組が動くかどうかは判らんが、布石は打っておいて損はない。寺尾は近藤一家の客分だから、そっちは詳しい事を知っちょる」

さすが、海千山千の大将。先を読んで手を打ったのだ。

「ところで、あの……この車はどこに向かってるんですか？」

西岡が恐る恐る訊いた。西岡たちが座っている後部座席と運転席とのあいだには透明の仕切りがある。防音仕様になっているので、込み入った話も出来る。

「もしかして……我々は始末されたりして……」

「そんなことはせん！　わしを誰やと思うとる？　筋が違うことだけはせん男やぜ、わしは」

大将がムッとしたので、西岡は速攻で謝った。

「済みません！　だけど……なんだか、現実的ではないことばかり起きてる気がして」

それを聞いた大将がニヤリと笑った。

「さもありなん、じゃろう」

「では、あの、ええと、これはどういうことなんですか？　大将って、実は大金持ちで……あの、これは道中、師匠や今永くんから聞いた話なんですが……その、大将は、あの」

西岡は聞き難いことを聞き出そうとしてうわずった。

「それは違う。あの船はわしのものではないし、このリムジンも運転手もわしのではない。すべて、大林《おおばやし》さんのご厚意じゃ」

「大林さんって……さっき、船の舵を取っていた、あの、お金持ちそうな……」

「そう。コイツにベタ惚《ぼ》れしとる大金持ちじゃ」

大将はそう言って紅一点を指差した。

「あれからわしらはタクシーで逗子《ずし》まで飛ばして、逗子マリーナからあの船に乗ったんじゃ。コイツの頼みなら、嫌とは言わんお人じゃからな、大林って人は」

「あたしにだってとっておきの切り札はあるのよ。出来れば使いたくなかったけれど」

紅一点が自慢そうな、そうでもなさそうな微妙な表情で言った。

「ねえ大将。そろそろ、この人たちには本当の事を言った方がいいんじゃない？」

そうじゃな、と大将は頷くと、少し考え込んだ。

「あんたらは、どこまで知っとるんじゃ？」

「え～、大将が政治資金パーティのカネを盗んで逃げた、かもしれないところまで」

西岡が答えた。

「うむ。闇《やみ》が深くはない、当たり障《さわ》りのない部分じゃな」

充分当たり障りのある部分だと思われるのだが、大将は全く否定しなかった。

海岸線に山が迫っている伊豆は、市街地から少し走るとすぐに山がちになる。

リムジンは山の中を走っていく。

後方に、この車にピッタリついてくるように見える銀色のワンボックスカーがある事に、西岡は気がついた。気のせいかもしれないと思って黙っていたが、代わりに質問をした。

「大将。大将は本当に、東山議員の政治資金集めのパーティから現金を持ち去ったんですか？」

「その通りじゃ」

大将がアッサリと認めたので西岡は改めて驚いた。

「あの東山という代議士は、口では皆様のための政治などと言うちょるが、しかしてその実体は、金まみれの悪徳政治家じゃ。そんなヤツの金なんぞ、幾ら盗っても良心は痛まんわい」

「そういや、この前の伊豆に移住して寂《さび》しくて死にそうになった小向《こむかい》さんもそんな政治家がいたとか言ってましたね」

そう言った西岡に頷いた大将は、それにな、と裏の話をしてくれた。

「あの東山議員は地元の近藤一家とつるんでいて、公金にかかわる極秘情報……入札とか落札予定価格じゃな、そういう情報を流してリベートを取ったり、その不正を逆手《さかて》にとって企業を脅していたりするんで、ご祝儀が多いんじゃ。そういう、うしろ暗い金は現ナマでやりとりするのが原則でな」

西岡たちはウンウンと聞いている。

「あの夜、あのパーティ会場には東京から党幹事長のセンセイが来ておった。そのセンセイに渡すための実弾……地元の業者からかなり強引に集めてあった……その現ナマを渡す算段もしちょった。東京からセンセイを呼べば、当然、それ相応のカネが渡る。それはあの世界の常識じゃ。ならば、それを丸ごと戴いてしまおうとな。一攫千金のまたとないチャンスじゃ。わしの最後の金儲《もう》けのな。まさに一世一代の大勝負じゃった。それに、東山のカネを奪うについては別の理由もあった」

そう言った大将は、大きく頷いた。

「ここまでは、ええな？」

「ひとつ、いいですか？」

今永が人差し指を立てて、聞いた。

「おれ、仕事でビデオを撮ってたから見たんすけど、政治家のパーティの受付に、すげーいい女が居ましたよね？　派手な美人で、スタイルもよくて目鼻パッチリで……でも、そのヒト、襲撃で突き飛ばされてひっくり返って頭を打って、『意識がないぞ！』『死んだか？』とか騒いでるウチに警察や消防が来てよく判らなくなってしまったんですが……彼女、あれからどうしたのかなぁ、知ってます？　あの美人さん、無事だといいけど」

そう言えば、と西岡が言った。

「僕も今思い出しました。山賀野のホテルの会場取り違え襲撃事件、新聞で読んだことありますよ。たしか、女性がひとり、あとになって死んだとか」

「ええーっ、そうなの？　そうか……死んじゃったのかぁ。すらりとした、立ち姿のきれいな、素敵な女性だったんだけどな……なんて勿体《もったい》ない」

今永はひどく残念がった。

「すらりとした立ち姿っていうと、まさに、こちらの、紅一点さんのような？」

名月師匠が紅一点を観た。

「そうそう。めっちゃシュッとしてたよぉ！」

今永にそう言われた紅一点は、照れた。

「やだ。私を褒め殺したって何も出ないわよ……でも、これあげる」

と、バッグからお菓子を取り出して今永に渡した。

「あっ、サンクスです。これ、美味しいんだよねぇ」

しかし西岡は気づいていた。平静なやりとりを装いつつも、紅一点の表情が微妙に引き攣っている様子を、ずっと不審に思っていたからだ。

「でな、そこから先の本当にヤバい部分については、まだ誰にも話しておらん、出来ればあの世まで持っていきたいヤバい話なんじゃが」

そう答えた大将の顔色は、いつになく悪かった。

「この際……もうええじゃろうか？　喋っても」

大将は紅一点に訊いた。

「いいんじゃない？　そこを話さないと、みんな、訳が判らないでしょう」

「そうじゃな」

覚悟を決めた大将は、大きく息を吸い込むと、話し始めた。

「こいつ……名前は春日恵子《かすがけいこ》というんじゃが……いや、元の名前は、ということじゃ」

元の名前？　と今永がツッコミを入れかけたが、師匠に制された。話の腰を折られたくないのだ。

「春日恵子だった頃は、さっきから話題になってる東山榮太郎衆議院議員の政治資金団体『東山会』で、名ばかりの会計責任者をやっとった。会計のことなんか何も判らなくていいから。ハンコだけ押してくれればイイ』と言われてな。『選挙管理委員会に提出する政治資金収支報告書の責任者として、名前とハンコさえあればエエと」

それを黙って聞いている紅一点は表情が硬《かた》い。

「実際の政治資金は、暴力団近藤一家とツーカーの悪徳秘書・谷沢俊三《しゅんぞう》、いう男が集めて管理しておったんじゃ。政治資金としては法外な金額の、しかも表には絶対に出せないカネをな。銀行に入れておくとカネの流れを捕捉《ほそく》されるんで、現金で隠しておくという周到さじゃ。そして谷沢は、いずれ裏金の存在やカネの流れがバレて、大きな事件になると踏んでおった。悪党の悪知恵じゃな。蛇の道はヘビと言うアレじゃ。であるから、当然、用意周到に、そういう責任をすべて擦《なす》り付ける……ほれ、何と言うたか」

「スケープゴートですか？」

西岡が助け船を出した。

「そう！　そのゴートじゃ！　ヤクザと繋がりがあると罰《ばっ》せられる暴対法と、政治資金規正法違反の罪は、全部コイツ、春日恵子に背負わせて」

大将は、紅一点を指差した。

「東山センセイと秘書の谷沢は『まったく知りませんでした』というテイで逃げる算段じゃった。そうだな？」

そう問われた紅一点は、相変わらず硬い表情のまま頷いた。

「警察に捕まるだけならまだエエ。しかし、コイツは実際のところ、なんにも知らん訳や。そんなこいつが警察に捕まったら、全部本当の事を言いよる。つまり、谷沢と東山でつくった裏金とその流れが、全部バレてしまうかもしれん。それはマズい。東山個人の問題ではなく、与党全体の問題に発展するしな。そうなったら、コイツをなんちゃらゴートにした意味がない。そうやろ？　だから……」

大将の顔が、引き締まった。見開いた目が、光った。

「警察に捕まる直前に、会計責任者の春日恵子は、すべての責任を取って自殺する、という筋書きだったんじゃ」

大将は、そこで、芝居がかった間を置いた。その間が、恐怖を盛り上げた。

「当然、コイツは自分で死を選ぶなんてことは絶対にせん。死ぬ気もないいんじゃし、死ぬ理由もないしな。判るか？　つまり、コイツは、自殺と見せかけて殺される予定だったんじゃ。死人に口なしという寸法じゃ」

「そうよ。あたしはね、その頃、その東山センセイの愛人だったのよ。その前が、さっきの、あの大金持ちの大林さん。下手《へた》に乗り換えなきゃよかったのよね～」

　紅一点が、やっと口を開いた。

「で、わしは、東山の事務所でそのカラクリを盗み聞きしてしもうた。知った以上は、そういう道理に外れた事をさせてはいかん、と思うた。問題のパーティが始まる直前のことじゃった。さてどうすべえかと思案している折も折、元子分が駆け込んできたんじゃ。

『組長！　シャブの打ち過ぎでデリヘルの女が死にました！』とな」

　大将の目は光り続けている。完全に悪党の頃に戻っている。

「わしはその頃、組を解散してきっちり足を洗って料理人をしておったのじゃが、元子分が濃厚サービスのデリヘルをやっておった。温泉場にそういうのは付き物じゃろ？　それに、組を解散して若い衆も何かして食べていかんとな。で、そこの女が死んだと聞いたわしは元子分にカネを渡して、車がついとる大きな旅行鞄《かばん》を買ってこさせての」

「その中に、デリヘル嬢の遺体を入れたんですね？」

　そう言った今永に、大将は頷いた。

「元子分は、『どこの産廃に埋《う》めましょう？』と聞いてきたが、わしは、ここに運んでこいと命じた。考えがあったからの」

「……もしかして」

西岡が閃《ひらめ》いた。

「死体をすり替えた？」

「そうじゃ！　シャブ食って死んだ女の遺体を、春日恵子のもの、ということにしたんじゃ。これは完璧にやらねばならん。綻《ほころ》びが出ると敵の察知するところとなって、苦労してすり替えた甲斐《かい》がなくなるからな。法的にも完璧に、デリヘル嬢の死体を春日恵子のものに仕立てあげねばならんかったんじゃ。コイツの身の安全のためでもあるし……カネのためでもあるしな。この際、道義的な問題は置いといて、な」

「え？」

三人は「どういうこと？」と首を傾げて大将を見た。

「わしはあのパーティの夜、ハナから会場に集められたカネを奪うつもりじゃった。春日恵子にも、パーティが終わったらすぐに姿を消すよう言い含めてあった。そこにカチ込みがあり、大混乱に乗じて掠《かす》め取ったカネはなんと数億。悪党の谷沢が、それまでに溜《た》め込んだ全額を与党の大センセイに渡すべく、会場に持ち込んでおったんじゃ。コイツを殺してまで東山が守ろうとした隠し金……絶対秘密にしなければならない裏金は、春日恵子の口さえ封じれば、ハナから存在しなかったことになる」

その春日恵子がカチ込んだヤクザに突き飛ばされ、頭を打ったことからすり替え工作は前倒しになった。

「前々からその段取りは組んであった。山賀野署のおまわり、あの寺尾を抱き込んでな」

「驚いたわよぉ。気がついたら病院で、別の名前で入院してたんだもの」

紅一点こと元・春日恵子が言った。

「それで、その数億円にもなる裏金はどうなったんですか？」

西岡は訊いた。これは訊かずにいられない。

「それよ。わしはわしに必要なだけ取って、残りはすっぱりと全部渡した」

「渡したって……どなたにです？」

名月師匠も思わず身を乗り出している。

「御大じゃ。西岡さんは知っとるじゃろ？　墨井の老人ホームに居た、あのお人じゃ。あの方は、わしが世話になった大親分なんじゃ。わしがヤクザの世界から足を洗うのを助けてくれた、本当の恩人なんじゃ。山賀野の裏社会のドンでもあってな、近藤一家や村上組の上に立つお人じゃったが、寄る年波には勝てず、また暴対法やら条例やらがあって、当時はひどく困窮《こんきゅう》されておった。それでわしはいい介護施設を見つけて、御大が入れるように取り計らった。それでもまだ余ったカネも全部、御大に渡した。御大なら昔の子分やら、生活に困っとる元ヤクザやらを助けるように使うじゃろう、と思うてな」

間違《まちご》うた使い方はせんお方じゃ、と大将は言った。

「それに、たまたま転がり込んできた大金の額があまりにも法外じゃった。ここまでの大金となるとわしの身にはつかん、分相応が大事じゃ、と思うたからの」

そうか。それで大将は手に入れた大金の一部を使って墨井にあの店を出し、採算度外視の料理をつくって、我々に振る舞ってくれているのか、と西岡は腑《ふ》に落ちた。

「それで、御大は、わしが渡した金を伊豆の山中に隠して……実際に隠しに行ったのはわしなんじゃが、その金庫の鍵は御大に渡した。わしとしては御大に献上《けんじょう》したつもりだった」

だが、と大将は西岡を見た。

「御大が、『わしももう長くない。あの金をあの世まで持って行けんから、お前が持っていろ』と言うてな……それで、この前、鍵を預かったんじゃ」

なるほど、それで繋がった、と西岡は腑に落ちた。

「だが、その大金の存在を薄々知る人間がほかにもおった。寺尾じゃ。春日恵子の死を偽装する計画に協力させたからな。寺尾が、施設にいる御大に何度も面会に行き、いろいろ聞き出そうとしていたことは、わしも知っておった。御大は当然喋らない。しかし、悪知恵が回る寺尾は、御大が高級な介護施設に入居した、その金の出所を怪しんでおった。御大も不死身ではないけぇ、近々わしにカネを渡すに違いない、と踏んだのじゃろう。それでわしの店に殴り込んで来た」

そう言った大将は、全員を見渡してニヤリとした。

「カネは、ある。そして、その在り処を知っているのは、わしだけなのじゃ」

とりあえず寺尾に先んじて、今はその金を取り出す必要がある、と大将は言った。

「だから今、この車は、その隠し場所に向かっているのじゃ！」

大将は見得を切るように高らかに宣言した。

「隠し場所にですか！」

西岡が驚いた。

「徳川埋蔵金みたいだ！」

と、今永。

「ワクワクしてきた！」

と言っているうちに、車は完全に山の中に入り、道は二車線ある国道から、対向車が来てもすれ違えない、細い林道に変わった。

西岡がふと後方を見ると、さっき気がついた銀色のワンボックスカーが、相変わらずついて来ている。

これはやっぱり尾行されている、と西岡は思ったが、口に出すと事実になってしまう気がして、逆に怖くて言い出せなくなってしまった。

「話が途中になったが、コイツのすり替えのことじゃったな」

まだまだ道中は長そうで、大将が話を続けた。

「法的にも完璧にするには、どうしてもオマワリの協力が必要じゃった。検視の書類をキッチリ作って貰わにゃならんからな。で……さっきも言ったように、店に来て暴れた寺尾を使ったんじゃ。あの男にはけっこう貸しがあったんでな。寺尾は山賀野署の刑事だったが、わしの組がやっていた違法カジノでボロ儲けさせてやっていたんじゃ。その貸しが、いつかきっと役に立つときが来ると思うてな」

なるほど……と三人は感嘆《かんたん》した。

「なので、コイツは、今は山田《やまだ》ミヨ子、二十三歳」

大将がそう言うと、紅一点は自分のマイナンバーカードを見せた。山田ミヨ子と名前が書いてあるが、写真は紅一点に酷似《こくじ》している。

「春日恵子は、法的に、完全に、死んだんじゃ。それで、東山センセイと谷沢秘書は安心して納得して、ホテルでわしが掠め取った裏金については、『なかったこと』にした。わしらへの追及も、ない。しかし、わしは、御大に渡した巨額の裏金の残りがまだ隠されていることを御大から伝えられておる。そして、寺尾も、春日恵子が山田ミヨ子にすり替わったことを知っておる」

やっぱりね、と今永は紅一点というか春日恵子というか山田ミヨ子をしげしげと見た。

「あの時、凄い美人がいるなあと思ったし、大将の店でお目にかかったとき、似てるなあと思ったんですけど……あの、春日さん？　山田さん？　何と呼ぶべきでしょうか？」

「美人さんでいいわよ」

紅一点はふざけようとしたが、ふざけきれない空気だ。

「つまり、山田さんか春日さんかよく判らない美人さんは、あの時の受付の美人で、死んだと報道されたけど、すり替えが上手《うま》くいって、今ここにいると」

「そういうこと」

紅一点は頷いた。

「ちょっと整形しました？」

彼女を直視した今永が、聞いた。

「ちょっとね。そのまんまだと、寺尾みたいなのが来たとき、なんにも言い訳出来ないと思って……鼻の辺りを、少し。化粧《けしょう》も変えたけど。女は化粧で凄く変わるのよ」

今永はまたも「やっぱりね」と言った。

大将は、常連たち三人の顔を次々にゆっくりと眺めた。

「そしてな、西岡さん、寺尾はあんたの素性《すじょう》まで調べ上げて、脅しの材料にしようとしとる。寺尾には相当なカネを渡して口封じをしたんじゃが、おそらくあのガキは、その金を使い果たして、秘密をバラすとせびりに来たんじゃ。このままではわしやコイツ、そしてアンタ」

大将は西岡をハッタと見据《みす》えた。

「西岡さんも、このままでは一生、あの男にカネを無心され、しゃぶり尽くされる。そうなってはいかん。わしの責任でなんとかする覚悟で、わしはここに来たんじゃ」

西岡は、だが、そう言われても理解が追いつかない。

そこまで大将が話したとき、リムジンは静かに停車した。運転手に、目的地を最初から伝えてあったものか。

「たしか、ここの筈じゃ」

そこは下田《しもだ》から松崎《まつざき》方面に向かう山の中を分け入った、奥深い森の中だった。

「ここに、大金が隠してあるそうじゃ」

大将は森の奥を指し示した。

「では、さっさと回収して、帰ろう」

「まさか……誰かに尾《つ》けられてないっすよね？」

今永が不安そうに言った。

「一本道っすから、尾けられてればすぐ判るはずだけど」

「実は……」

西岡が後からついてきたワンボックスカーのことを口にしようと、道路を確認すると……例の銀色のワンボックスカーの姿はなかった。

「あ、いや、勘違いだったかもしれません」

西岡はごまかした。

しかし、寺尾のバックには東山議員と繫がっているヤクザがいるのは間違いない。そして、近藤一家も、大金の存在を嗅《か》ぎつけた以上、静観するはずもない。この界隈のヤクザや反社、ウラの勢力が束《たば》になって、東山議員が隠した「裏金」を狙っているはずなのだ。

それは、ここにいる五人が口に出さなくても同じ事を考えているはずだ。それがなにより証拠には、全員の口が重くなり、表情も固まっている。

もしも、ここに暴力団とか反社とかが攻めてきたら、この五人ではどうにも出来ない。戦力になるのは大将だけだ。それは、この前の千葉・八街《やちまた》での監禁事件の時によく判った。

「だから、敵がやってくる前に、戴くものは戴いて、さっさとトンズラするんじゃ。このリムジンを待たせてあるのも、そのためじゃ」

しかしこのリムジンこそ、こんな山の中では目立って、格好の目印というか標的になってしまうのではないか？

三人が心配するのを尻目に、大将と紅一点はずんずんと林の中を分け入って進んでゆく。もうとっくに夜は明けているが、山の中はまだ暗い。

西岡たちも慌てて大将と紅一点を追った。寄らば大樹ならぬ、寄らば大将だ。

枯れ木の枝をポキポキと踏み鳴らしながら、一同は進んだ。

「このへんは……熊、出ないでしょうね？」

名月師匠が心配そうな声を出した。

「さあな。出んとは言えん」

「いや、熊よりも、もっと怖いものが待っていたりしてね」

師匠がギャグのつもりで言ったら、他の全員の顔が引き攣ってしまった。

さっきの銀色のワンボックスカーは、本当に尾行車ではなかったのか？　尾行していたのなら、それは敵か味方か……いや、味方なんかいるわけがないか。

西岡もあれこれ考えながら、おっかなびっくり、林の中を進んだ。

やがて、木立の中に、炭焼き小屋みたいな掘っ立て小屋が見えてきた。

（あの中？）

と西岡が目で訊くと、大将は頷いた。

サクサクと落ち葉を踏みしめて近づいていると、突然、大将が両腕を横に出してみんなを止めて、周囲をゆっくりと見渡した。

大将は、海千山千の経験から磨いた特殊な嗅覚で、何者かの殺気を感じたのか？

西岡たちも周囲を見たが、何も見えない。

大将は身を屈《かが》めた。足音を立てないように、ゆっくりと慎重に歩を進めていたが、小屋に近づいた瞬間、一気に走り出した。他の四人もそれに倣《なら》った。

小屋に到達した瞬間、アクション映画によくある動きで、五人全員が外壁に貼り付いた。

大将が入口ドアのノブを回したが、開かない。

もちろん「敵」が中に潜《ひそ》んでいて、こちらが入るのを待ち構えている可能性もある。

大将はしばらく耳を澄《す》ませた。音から内部の動静を判断しているのだろう。

しばらくしてみんなに向かって頷いた大将は、ドアに向かって体当たりを食らわせるか……と西岡は思ったが、片足をあげ、ドアノブの脇を思い切り蹴った。ヤクザキックだ。

「ドアを壊すときは体当たりではなく、ああやってドアロックの脇を蹴って壊すんですよ。それがセオリーっす」

体当たりでは開かないのだ、と豆知識を披露《ひろう》する今永。

数回の蹴りでドアは簡単に開いた。老朽化《ろうきゅう》して、ドアロックの周辺もかなりボロボロになっていたのだ。

中を見渡すと、四畳半くらいの狭い室内には、誰もいない。

目を凝らすと、その隅っこには年代モノの金庫が鎮座している。

ダイヤルが二つとレバーが一つ。黒塗りで、ところどころ、塗料が剝げている。戦前に作られたような感じだ。

大将をはじめ全員は金庫に近寄って、しげしげと眺めた。

「金庫破りじゃないんだし……よくある『開かない金庫を開ける』アレじゃないんだし……大将、鍵を持ってるんですよね？」

名月師匠が大将に言うと、大将はポケットから和紙の包みをうやうやしい手つきで取り出し、丁寧に広げて、大事そうに鍵を持ち上げた。

「では」

と、儀式めいた手つきで、大将はその鍵を金庫の鍵穴に差し込んだ。

ぐいと鍵を回してレバーを動かせば、金庫は開く。そのはずだ。しかし……。

「レバーが動かん！」

大将はレバーをガチャガチャさせたが、金庫が開く気配はない。

「ちょっと失礼」

名月師匠が大将と交代してレバーを動かしたが……やはり、動かない。

「錆《さ》び付いてしまったんすかね。元々が年代モノみたいだし」

今永が首を傾げた。

「これは……素人にはちょっと無理かも」

名月師匠が言い、他の面々も頷いた。

「いや、ここで諦めるわけにはいかん」

大将はそう言いつつなおもレバーをガチャガチャと動かしたが、やはり開く気配はない。

「やっぱり無理か……」などと言っていたら、掘っ立て小屋の外に気配があった。それは大将だけではなく、他の四人も感じた。どうやら「敵」がやって来たようだ。

西岡が窓から外を覗いてみたが、怖いのですぐに隠れた。チラ見もチラ見なので、外の状況はよく判らない。

「どうだ？」と大将に聞かれても、首を捻るばかり。

「役に立たんのう。まあ素人に文句を言っても始まらんからのう」

大将は自分で首を伸ばして外を見て、反対側の窓からも見た。

「どうやら敵は三人。寺尾と、その子分らしい二人じゃ」

臨戦態勢になっている大将は簡潔に言った。

「どうしてたった三人なんすか？」

今永が戸惑《とまど》った様子で訊いた。

「地元のヤクザが絡んでるんすよね？　東山とかいう議員は、地元のヤクザとつるんでるんでしょう？」

　名月師匠が推理を披露する。

「いや、たぶんですが、連中は、どうせたいした額はないとタカを括《くく》ってるのかも。今は暴対法の締め付けがきついですからね。ハシタ金のためにドンパチやったら、組が警察に壊滅させられる恐れがあるから、割に合わんと踏んだ……ってのはどうです？」

「たとえハシタ金でも、寺尾は欲しいわけだ」

「いや、この裏金の存在が知られていないからじゃないの？」

　紅一点が言った。

「ヤクザを舐めるな！　裏金みたような美味しいネタを見逃すヤクザはおらん！」

　大将が声を抑えて吠えた。

「お互い牽制《けんせい》し合って、睨み合ったまま動けないのかもしれませんよ」

と、西岡。

「誰と誰が睨みおうてると？」

　大将は、素人は黙ってろと言わんばかりの険しい表情だ。

「近くに、仲間が隠れておるに違いないんじゃ！　連中の欲深さを舐めたらアカン」

　そう言われて、素人に過ぎない西岡、そして師匠も今永も蒼《あお》くなった。

「おれ、まだ死にたくないです。暴力団なら、チャカというかハジキというか、飛び道具を持ってるんですよね？」

西岡は震える声で訊いた。

「そりゃそうじゃ。なんせ北九州の工藤會《くどう》はロケットランチャーまで持っとったんじゃからな」

「資金が潤沢な組なら戦車や武装ヘリだって持ってるかも」

「それじゃ戦国自衛隊ですよ」

想像力が暴走する今永に師匠が突っ込む。

「そういや、大将は、寺尾が持っていた拳銃を奪ったんですよね？」

西岡は大将の店でのいきさつを思い出した。

「おう。六発のうち一発撃ったから、残りは五発じゃ。大切に使わんとな」

やがて外に気配があった。窓から覗くと、浅黒い顔色に削げた頬、鋭い目付き、白髪交じりのオールバック、顔を火傷したのか、大きなガーゼを貼った男が立っていた。寺尾に間違いない。寺尾が、窓ガラス越しにこの小屋の中を覗き込んだ。

西岡たちは身を屈めて、なんとか寺尾の視界に入らないように壁にへばりついた。

じりじりと緊張が高まる。

外では寺尾が手下になにか指示を出している気配だ。三人で小屋を取り囲み、一斉に進入しようとしているのか？

そうなると、入口のドアロックを壊して入ったことが悔やまれる。

西岡はそういう思いで大将を見たが、この場の最高司令官は落ち着き払っている。踏んできた場数が違うのか。

そんな大将は、なにかを待っている風だ。

すると、少し離れた場所……林道の方から怒声が聞こえてきた。

大将はニンマリした。

「来よったか。連中が。これで面白くなるぞ」

「来たって……ヤクザですか？」

「他に誰が来る？」

大将が言い切った。

「あ、林道の方だと、もしかしてリムジンが襲撃されたのでは？　やっぱり尾けられたんだ！」

尾行を危惧《きぐ》していた西岡が言った。

「リムジンにはさっき連絡して、帰ってもろうた。大林さんに迷惑はかけられんからな。尾けられちょったのはわしも知っておったよ。あの車は目立つからな。銀色のワンボックスじゃろう？　あれは、伊豆産業急便の営業車じゃ」

「じゃ、村上組の」

なんだ知ってたのか大将は、と西岡はいったんは安堵《あんど》したが、すぐに「じゃあどうして！」と聞き返した。

「もしかして大将は、村上組を……暴力団をわざと呼び込んだんですか？」

「そうじゃ。考えてもみんさい。ここでヤクザ同士の出入りが起きれば、わしらに逃げるチャンスができる。活路を見出せるっちゅうヤツじゃ！　この金庫の中の金を狙うとるのは寺尾だけではない。パーティから消えた巨額のカネの噂は相当、広がっておったからな」

林道の方での騒ぎのせいか、寺尾たちの姿は消えている。危険を察知して逃げたのかもしれない。

「まあとにかく、ヤクザがここを嗅ぎつけたんじゃ。火に油を注ぐ好機じゃ」

そう言った大将は、寺尾から奪ったS＆W M10ミリタリー＆ポリスを取り出した。

「ひとつ、景気づけしちゃろうか」

大将は、窓をそっと開けて、近くに寺尾たちがいないことを目視で確認すると、空に向けて、一発撃った。

ぱん、という乾いた音が、山中に響いて、こだました。

辺りはにわかに騒然となった。

怒号や罵声《ばせい》が湧き上がった。

それを聞いた大将は、してやったりとニンマリした。

「な？　連中は潜んでたんじゃ。で、少なくとも東山側の近藤一家と、その敵の村上組が激突することになるはずじゃ。いわば宿命の戦いじゃ」

怒号や罵声は、やがて、パンパンという銃の撃ち合いに発展した。

その流れ弾か、古びた木製の壁に突然、穴が開いた。ピシッピシッと立て続けに着弾があり、壁際にいた面々は慌てて飛びのき、床に身を伏せた。

「なんですかこれは？」

「聞いてないっすよぉ」

師匠と今永の顔からは血の気が引いている。

「大将、火に油を注ぎすぎたんじゃ……」

今度は窓ガラスがパリンと割れた。

「こら危ないでぇ！　早う伏せるんじゃ！」

大将に言われて、全員が慌てて床に伏せた。

銃撃の音は続いている。そのうちに「あ！」とか「うっ！」という撃たれたのであろう悲鳴が混じりはじめ、「救急車！」「あほか！　呼べるかいそんなもん」などの怒号も聞こえてくる。

「大将……我々は、生きて帰れるんですか？」

名月師匠が声を震わせた。

「仮に、金庫の中に大金が唸《うな》っていても……死んで花実が咲くものか、ですよ」

「そうっすよ。ヤクザ同士が潰《つぶ》し合ってくれるとしても、寺尾、あの寺尾がモロに我々を狙ってるんだし……あっ！」

窓外を見た今永が叫んだ。

寺尾が猟銃のようなものを手にして、迫ってくるのが見えたのだ。暴力団同士の撃ち合いに巻き込まれるのを警戒してか、ゆっくり、ジリジリと近づいてくる。

万事休す。

こちらの武器は、大将が持っている拳銃一丁のみ。しかも残る弾は四発だ。

「これはダメかもしれんな。覚悟してくれ」

大将は、因果を含めるように全員に告《つ》げた。そして、西岡を見た。

「西岡さん。死ぬ前に本当の事を言っておきたい。アンタの出生に関することだ」

なにやら重大な事を口にし始める気配だ。

「アンタの父親は、わしじゃ。アンタの母親は昔、伊豆にいて、わしとわりない仲だったんじゃ。しかし……ある日突然、姿を消してしもうた。今にして思えば、わしの子を身籠《みごも》ったが、当時のわしはまだヤクザで、まさに常在戦場ちゅう毎日じゃった。他にも女はたくさんおった。そんなわしと一緒にいても、生まれてくる子供が不幸になるだけだ、と思うたのじゃろう。しかし、血というものは不思議なもので、アンタがわしの店に初めて来たとき、感じるものがあったんじゃ。そして名字も同じじゃ」

「西岡さんも、大将の店に吸い寄せられたんじゃないの？」

紅一点が言った。

「いや～それは。しかし……言われてみればそんな気もするようなしないような……」

「わしの血が呼んでいたのじゃ」

大将はそう断言した。

「だけど大将、そんな重大な話を、どうして今ここで？」

「それは、死ぬかもしれんからじゃ。死ぬ前に、本当の事を言っておきたくて、じゃ」

西岡はそれを聞いて、考え込んでしまった。確かに、母親が若いころ伊豆に居た、という話は聞かされている。しかし、それだけでは……。

一方、大将は、胸のつかえが下りたようにスッキリした様子だ。

「死ぬかもしれん、とは今、言うたが、このまま座して死を待つのみ、という成り行きにするつもりは、無い。まだ打つ手はある。心配するな」

「打つ手とは……どういう？」

名月師匠が震えながら聞いた。

「ここを脱出する。わしが囮《おとり》になって寺尾を引きつけるから、その隙にアンタらは逃げろ」

「逃げろったって、林道にはヤクザがいてドンパチ撃ち合ってるし、寺尾は迫ってきてるし猟銃も持ってるし……私ら、人間狩りの格好の標的ですよ！」

名月師匠が悲鳴を上げた。

「じゃけぇ！」

大将が声を荒らげた。

「じゃけぇ、わしが囮になって寺尾の注意を引きつけると言うておろうが！　人の話はきちんと聞け！」

それから大将は、全員に簡潔に指示を出した。要するに、大将と反対の方向に走れ、ということだ。

「でも、寺尾には手下がいます。そいつらが我々を追ってきたらどうします？」

西岡は訊いてみたが、自分で答えを出した。

「あ、五人がてんでんこ、バラバラに走れば、手下は二人だから、誰かしらは助かると言うことか！」

「そうじゃ。逃げおおせたものが警察に連絡して助けを求めればええのじゃ」

「裏金を戴こうとしていたのに？」

と今永。

「わしに無理やり連れてこられた、と言えばエエじゃろ。あんたらは、何も知らんことにするんじゃ。寺尾は銃を持って殺しに来ちょる。そっちの罪の方がはるかに重いじゃろうが！」

「だったら、今、助けを呼んだ方が……」

「こんタワケが！　とっくに呼んであるわい！　スマホの緊急ナンタラのボタンを押したんじゃ！　つべこべ言うとらんと、逃げるぞ！　助けはすぐには来ん！」

大将に叱咤《しった》されて、西岡たちも肚《はら》を括った。

「一、二の三で、全員、めいめいの方向に散開する！　ええな！　あんたは」

大将は紅一点を見た。

「一番使えそうな、西岡君と一緒に逃げた方がええな。師匠はトシじゃし、今永くんは頼りない」

それには師匠も今永も反論しなかった。

「ほいじゃあ行くでぇ！」

一、二の三のカウントで大将がドアを開け、全員が小屋から飛び出して、ちりぢりバラバラに走り出した。西岡は紅一点と一緒だ。彼女を守らなくてはならない。

「おい！　あそこだ！」

寺尾の声がした。

西岡が振り返ると、顔に大きなガーゼを貼った寺尾は立ち止まって、手にした猟銃を構えている。しかし大将は右に左にとジグザグに走っているので、狙いが定まらない。

それでも一発撃ったが、とんでもない方向の木の枝を吹き飛ばしただけだ。

「おう、寺尾、こっちじゃこっち！」

ガキ大将が鬼を挑発するように、大将が寺尾に大声で叫んだ。

大将は、いつの間にか手に折れた木の枝を持って、落ち葉の表面を慌ただしく叩きながら走っている。躓《つまず》いて倒れたら終わりなのだ。慎重かつ大胆な大将らしい。

西岡たちも、寺尾の標的にならないよう、身を低くして、走った。しかし林道方面にはヤクザの集団が待ち構えている。それも二つ。お互いに乗ってきた車を盾にして、リボルバーや自動拳銃を構えて撃っている筈だ。

そのうちの一発が、どうやらガソリンタンクに命中したようだ。

「ヤバい！」

「ガソリンが漏《も》れてるぞ！」

「逃げろ！」

弾がガソリンタンクに命中したからといって、必ずしもその瞬間に爆発が起きるとは限らない。ガソリンが流れ出して何かに引火して爆発的に燃え上がるのだが、ヤクザたちが逃げ出した、まさにその瞬間に爆発が起きた。

そして、撃った側の車も引火して炎上した。

このまま放っておくと山火事になる。

西岡は慌てて木の陰に隠れ、スマホを取り出した。１１９番に通報しようとしたが、電波状態が悪くてアンテナが立たない。

「大丈夫よ！　火の手が上がれば遠くからでも見えて、誰かが通報するから」

と、紅一点。それもそうだと西岡も納得して、紅一点とともにその場にしゃがみ込んだ。

周囲を見渡すと、偶然、大将の姿が見えた。

大将は、囮として寺尾を挑発する役目を充分に果たしている。走って逃げながら、寺尾に向けて銃を撃った。偶然かどうか、その銃弾は寺尾の至近距離にある木に命中して、樹皮を吹き飛ばした。

「おら！　撃てるモンなら撃ってみぃ！」

大将は山肌のちょっとした窪《くぼ》みをヒョイと跳び越えるなり振り返り、寺尾に向かって両手を広げてみせた。

「畜生！　舐めやがって」

寺尾は猟銃を構えたが、距離が遠すぎると思ったのか、それとも狙いがつかないのか、じりじりと大将との距離を縮めていく。

煽《あお》るように、大将がさらに一発撃った。その弾は寺尾の足元に着弾した。

寺尾も応戦して、一発撃った。しかし弾は外れて空を切った。

「くそう」

寺尾はボルトハンドルを動かして弾を排出し、次の弾を込めた。

寺尾の目は、すぐに照準器に戻った。銃を構えて狙いを定めながら、前進してゆく。

大将はジリジリと後退しながらもう一発撃った。

それは寺尾の右頬を掠めた。

「やるじゃねえか。しかしおれが警察で射撃の訓練を受けてることを忘れるな！」

寺尾はまた撃った。

その弾は大将の右の小さな木に命中して、吹き飛ばした。

「大将。お前もこれまでだな。次は絶対に当てるぞ！」

寺尾は照準器から眼を離さないまま、怒鳴《どな》った。

「判った。なにが目的だ？　わしに何をしてほしい？」

「お前が隠している裏金を全部、おれに寄越せ！　そうすればお前らの秘密は黙っておいてやる」

「ふん。どうせお前は食い詰めて、わしから一生、カネをせびろうって魂胆じゃろう。そうはいかん」

「うるさい！　おれは、お前と、お前の店の客である西岡とのヤバい間柄を全部知ってるんだ！　おれが喋ればお前らはおしまいだということを忘れるな！」

寺尾は猟銃を構えて、撃つ気マンマンで大将に迫っていく。

大将はなおも寺尾を誘うように、挑発しつつジリジリと後退しながら、さらに一発撃った。

「ハハハハ！」

寺尾は笑った。

「お前、撃ちきったな。もう弾はないはずだ！」

大将はトリガーを引いたが、かちっかちっという音しかしない。寺尾の言うとおり、弾は撃ち尽くしてしまったのだ。

「ははは！　おれが圧倒的に有利になったな！」

寺尾は大将に狙いを定めたまま、ズンズンと足を進めた。

大将はそのまま仁王立ちしていたが……勝ち誇りつつ近づいてきた寺尾が、一瞬気を抜いた、その瞬間を逃がさなかった。

突然、大将はラグビーのタックルのように頭から寺尾に突っ込んでいった。

「うわっ」

寺尾の腰に取り付いた瞬間、大将は頭をぐいと上げて、寺尾の顎に激しい頭突きを食らわせた。

もはや寺尾が持つ猟銃は使えない。銃身が長い猟銃は取り回しがきかず、密着している大将を無理に撃とうとすると自分を撃ってしまいそうだ。

大将は、怯んだ寺尾に連続パンチを浴びせた。一番効いたのはやはり、顎へのアッパーだ。

脳震盪《のうしんとう》を起こしてふらついた寺尾だが、最後の力を振り絞って大将に反撃した。

だが大将はそれも予想していた。

寺尾が飛びかかると同時に仰向けに下に潜《もぐ》り込み、そのまま両脚を突き上げて投げ飛ばした。

柔道の巴《ともえ》投げだ。

寺尾の身体は宙を舞い……枯葉の上に落ちたが、そこは枯葉が集まって窪みを覆《おお》っている場所だった。

「うわ」

寺尾はそのままごろごろと枯葉の上を転がって斜面を滑り落ち始め、駄目押しに大将がその脇腹に蹴りを入れた。

「うわっ！」

勢いがついてゴロゴロの回転が早くなった。寺尾はその拍子に一発撃ってしまった。弾は空に向かって飛んでいった。

ライフル銃の構造上、新たに弾を装填《そうてん》しないと、次は撃てない。

寺尾は、そのまま枯葉の上を転がり落ち続けて……姿が消えたが声は残った。

「うわわあああ〜！」

枯葉が隠していた小さな崖《がけ》に転落したのだ。

まっしぐらに滑落《かつらく》した寺尾は、そのまま崖下に姿を消した。

「うわ〜っ！」

悲鳴が山中に響き、下方に遠ざかっていった。

ややあって、ドスンという嫌な音がした。この分では、かなりの距離を落ちたはずだ。

大将が、崖下を覗き込んだ。

「おい、寺尾。生きちょるか？」

かなり下の方からは、呻《うめ》き声がかろうじて聞こえてきた。

寺尾の手下二人は、完全な劣勢になったことを知り、逃げようとした。

「やべえぞ」

「ずらかろうぜ」

位置的には寺尾を挟むように扇形《おうぎ》に展開していたが、逃げると決めたのか二人は合流した。

それを見た大将は、枯葉の上に落ちていた寺尾のライフルを拾い上げた。

おもむろに構えて弾を装填した大将は、二人の背にライフルを撃った。

大将の腕がいいのか、その一発は手下の頬を掠めた。

「うわわわ！　撃つな！　撃たないでくれ！」

手下二人は手を挙げて降参したが、その行く手から新たに五人の男が姿を現した。

林道で抗争していたヤクザか？　あの連中は車が爆発して逃げたんじゃないのか？

西岡たちが怯《おび》えていると、五人の先頭に立つ男が声を上げた。

「警察だ！」

聞き覚えのある声に西岡と紅一点は安堵し、しゃがみ込んだ姿勢からへなへなと尻餅《しりもち》をついた。

「容疑はいろいろあるが、省略して、とりあえず現行犯で逮捕する！」

二人はまた離れて逃げようとしたが、相手は五人。すぐに捕まってしまった。

「警視庁捜査二課の大内だ！　罪状は脅迫、業務上過失致傷未遂《みすい》ってところだな」

大内は続けて、あたり全体に向かって呼びかけた。

「そのへんにいるんだろ、みんな？　師匠に今永くんに西岡さんに、山田ミヨ子さん！もう大丈夫だ！」

そう言われて、西岡と紅一点は恐る恐る立ち上がった。

少し離れた藪《やぶ》からも、師匠と今永が顔を出した。

「大将、ご無事ですか？」

大内は離れた場所に踏ん張っている大将に声をかけた。

「わしは大丈夫だが、寺尾が」

手下の身柄拘束を部下に任せた大内は、大将のそばに走った。

「気をつけるんじゃ。このへんは窪みだらけで、しかも枯葉が積もって地面が見えんからの！」

大内も近くにあった木の枝を突き刺しながら慎重に前進した。

「この下じゃ。寺尾は」

西岡たちも、警察が来たんだからもう大丈夫と判断して、大内とともに、崖下を覗き込んだ。

雨が降って滝ができると滝壺になる窪みに、寺尾は落ちていた。

「大丈夫か？」

大内が呼びかけると、寺尾は呻いて返事をした。

「消防は手配してあるな？」

大内が部下に確認しているところに救急車や消防車が林道を上ってきた。

「ここはレスキューに任せましょう」

大内は声をあげ、手を振って救急隊員を呼んだ。

寺尾の手下二人をパトカーに乗せ終わった大内の部下の刑事たち、そして救急隊員がロープを使って崖下に降り、寺尾の身柄を確保しているのを見ながら、西岡が訊いた。

「大内さん、どうしてこのタイミングで？」

「私はね、警視庁捜査二課の刑事として、ずーっと大将を内偵してたんですよ。まあ、私も店の常連になってしまったから『内偵』と言えるのかどうかよく判らんのですけどね」

消防車が炎上する車を消火し、ヤクザたちを後続の警官隊が次々に捕まえている間に、大将たちは小屋に戻った。

「では、警視庁の大内刑事立ち会いの下で」

大将は宣言するように言って、金庫の前に座り込んだ。

「今度こそ、開けてみせる！」

そもそもの疑問を、名月師匠が口にした。

「そんな……プロを呼ばないと開かないでしょうに……」

師匠がそう言っているのを尻目に大将は鍵を差し込み直して、レバーを渾身《こんしん》の力で、再度ガチャガチャと激しく動かした。

と。

かしゃ、と軽い音がして、金庫はあっけなく開いた。

唖然《あぜん》としている一同を見て、大将はどうだ、という笑みを浮かべた。

「おそらくじゃが、ガチャガチャやっているウチにサビが落ちて歯車が動くようになったんじゃろう」

となれば、金庫の中には札束が唸っているかも、と一同はワクワクした。ただの皮算用で終わるという不安もあるが、それでも今はワクワク感の方が勝っている。

「さあ、中を見るぞ！」

大将は息を吸い込むと、ふたたびレバーを握り、思い切り手前に引いた。

ぎ、ぎ、ぎ、と錆び付いた音がして、金庫の厚い扉はゆっくりと開いた。

中を覗き込んだ全員は、絶句して、やがて、歓喜のあまり笑い出した。

金庫の中には、想像を超える量の札束が唸っていたのだ！　みんながほとんど諦めていた巨額のカネが詰まっていた！　その札束の圧倒的な量に、全員が笑い出すしかなかった。

大内が札束から無造作に札束を引き抜いた。

古い一万円札の束だった。大内はそれを全部めくり、じっくりと検分した。

「偽札ではない。どれも、本物だ！」

「なんとまあ。テレビでよくある『開かずの金庫開けました』のガックリだと思っていたのに！」

と満面に笑みの師匠。

「そうですよね！　それか、紙切れが一枚入っていて、その紙には超高価な切手が貼ってあって、それが物凄い価値があってという展開とか」

「紙切れが地図で、ここから更に奥地にカネを隠してあるとか」

「スイス銀行の隠し口座の番号だとか？」

「言っときますが今永くん、スパイ映画とかで言う『スイス銀行』ってのは日本で言う日本銀行、つまりスイス中央銀行のことですからね、一般人は口座を持てませんよ」

師匠も今永もテンションが上がり、口々に勝手なことを言っている。

しかし、大内が金庫の前に立ちはだかり、両手を前にしてみんなを押しとどめた。

「みなさん！　このカネは、警察が没収します！」

一同は、思わず「え〜〜〜〜！」と声を上げた。

「そんな殺生《せっしょう》な！　見逃してぇな！　大内はん」

師匠が何故か大阪弁で言った。

「こんなに艱難《かんなん》辛苦の末に辿《たど》り着いたのに……」

「当然のこととして、このカネの帰属については、警察の管轄となります。犯罪に関わる以上、全額、警察が保管します。悪《あ》しからず！」

大内はそう宣言して、金庫から何億あるのか判らない札束を取り出しはじめた。

それを、他の面々は指を咥えて見守るしかなかった……。

エピローグ

「あの金、警察が召し上げたことは、何度考えてもひどい話ですよねえ」

東京・墨井《すみい》の大将の店で、名月師匠《めいげつししよう》がボヤいた。

「ま、我々には所詮《しよせん》、あんなアブク銭、縁がなかったんですよ。どうも、お後がよろしいようで」

いつもの店内。

カウンターの向こうでは、いつものように大将が包丁を握っている。

「しかしま、いろいろありましたが、大将もお咎《とが》めなしって事でよかったです」

名月師匠がそう言って手にした盃《さかずき》を乾杯するように持ち上げ、今永《いまなが》や西岡《にしおか》、そして大内《おおうち》もそれに倣《なら》った。

「まあ大将が無罪放免になったことについては、大内サンのご尽力《じんりよく》もあったやに承ってお りますが」

名月師匠は奥歯に物が挟まったような言い方をした。

「大内さん、アナタ、ずーっと大将が怪しいと思ってこの店に通ってたんでしょ?」

「最初はね。だけど、だんだん、大将の腕に惚《ほ》れ込んで、仕事は二の次になってましたがね」

大内は苦笑いした。

紅一点こと山田《やまだ》ミヨ子は、大富豪・大林《おおばやし》の豪華クルーザーに乗って日本を脱出して、今はシンガポールにいるらしい。

「大将が釈放されなかったらこの店どうしようって、話してたんですよ」

西岡がそう言うと、「それはアナタ」と名月師匠が微笑《ほほえ》んだ。

「大将の息子たる、西岡さん、アナタが決めればいいんですよ。唯一の血縁者なんだから」

「その事なんですけど……」

西岡が苦笑いした。

「伊豆《いず》から帰って、田舎《いなか》にいるおふくろに聞いたんですよ。僕の父親は誰《だれ》だって。そうしたら、アンタなにバカなこと言ってるの、アンタのお父さんは私の夫でしょうが！　って。おふくろは、僕を身籠《みごも》った時には既に結婚していて、もう伊豆には居なかったって。それに、おふくろは、結婚して西岡になったので、独身時代は清水《しみず》って名字ですよ。まあ昔は結婚したら夫の姓になるのが普通だったし……」

「は？」

師匠と今永が目を丸くした。

大将もさすがに決まり悪そうな様子になり「勘違いじゃったか。勘弁してくれ」と両手を合わせた。

「あれでしょ、西岡という名字の、別の女性がいたんでしょ！」

今永がそう言うと、大将も「まあ、そういうことなんじゃろう」と曖昧《あいまい》に幕を引こうとした。

「しかし……モヤモヤするじゃないですか、この結末は！」

全然オチになっていない、と名月師匠は不満そうだ。

「みんなで伊豆に行って死ぬ思いをしたのに我々は一銭にもならず、親子の血に引き寄せられてこの店にやってきたという西岡さんの感動ストーリーも、ただの勘違いだったし……」

「重々済まんことじゃった。しかしあんたらが来てくれたお蔭《かげ》でうまいことヤクザ同士を相討ちで始末できた。ありがとう。まあ、美味《うま》いもん食べて、忘れてつかぁさい」

大将はそう言うと、全員の目の前に大ぶりのおにぎりを置いた。握りたての湯気が立つおにぎりからは海苔《のり》の香りが沸《わ》き立っている。

「梅におかか、シャケに明太子、昆布《こんぶ》……どれがなんだったか忘れた」

「いいんです。大将のおにぎりは、具に何が入ってたって、とにかく美味《おい》しいんだから！」

西岡が早速手を伸ばしながらそう言うと、他の全員も大きく頷《うなず》いた。

「あ、忘れちょった。おにぎりには赤だしがつきもんじゃ！」

大将はそう言うと、手際《てぎわ》よく赤だしの味噌汁《みそしる》もみんなに振る舞った。

「美味い！　ヘソまで温まる！」

赤だしを一口飲んで、感に堪《た》えないように名月師匠が叫《さけ》んだ、その時。

引き戸が開いて、西岡と同年配の女性が顔をのぞかせた。

「こちら、五十嵐《いがらし》さんのお店ですよね？　わたくし、伊豆の西岡といいます」

投資詐欺の一件の時に大将が名乗った「五十嵐」という名字を口にした妙齢の女性が、おずおずと入ってきた。

若い女性で、美形と言える顔立ちだ。だがその眼力の強さと鋭さ、くっきりとした眉《まゆ》の濃さ、通った鼻筋など、そこここに大将と似通った面影《おもかげ》が見てとれた。

もしかして……いやもしかしなくても、このひとこそが？

誰もが初めて見る女性なのだが、みんな思うことは同じようだった。

それを知ってか知らずか、大将は、何食わぬ顔でその女性に席を勧《すす》めると、次の瞬間、いかにも懐《なつ》かしそうな笑顔を見せた。

あの大将が、いきなり微笑《ほほえ》んだ！

常連たち一同が驚いていると、なんの注文も受けていないのに、大将はおにぎりの皿を女性の前に置いた。

「まあたちまち、これでも食いんさい」

西岡と名乗った若い女性も食い入るように大将の顔を見つめつつ、大将自慢のおにぎりを口に運んだ。

「美味しい！」

「そうじゃろうとも」

大将の目は、彼女を慈《いつく》しむように細くなっていた。

本書はハルキ文庫の書き下ろしです。
本作品はフィクションであり、登場する人物、団体名など
架空のものであり、現実のものとは関係ありません。

Haruki Bunko
ハルキ文庫

あ 36-2

極《ごく》道《どう》酒《さか》場《ば》

著者 安《あ》達《だち》 瑶《よう》

2025年4月18日第一刷発行

発行者 角川春樹

発行所 株式会社角川春樹事務所
〒102-0074 東京都千代田区九段南2-1-30 イタリア文化会館

電話 03(3263)5247(編集)
03(3263)5881(営業)

印刷・製本 中央精版印刷株式会社

フォーマット・デザイン 芦澤泰偉
表紙イラストレーション 門坂 流

ISBN978-4-7584-4705-8 C0193 ©2025 Adachi Yo Printed in Japan
http://www.kadokawaharuki.co.jp/[営業]
fanmail@kadokawaharuki.co.jp[編集] ご意見・ご感想をお寄せください。

夕暴雨 東京湾臨海署安積班

今野 敏

コミックイベントへの爆破予告がネット上に書き込まれた。迫り来るイベント日。安積班は人々を守ることができるのか？　異色のコラボが秘められた大好評シリーズ。（解説・細谷正充）

烈日 東京湾臨海署安積班

今野 敏

安積班に、水野真帆という鑑識課出身の女性が新しくやってきた。初任課で同期だった須田は彼女に対して何か思う所があるらしく……。（「新顔」より）。安積、村雨、桜井、東報新聞記者・山口、それぞれの物語を四季を通じて描く短編集。（解説・香山二三郎）

晩夏 東京湾臨海署安積班

今野 敏

台風一過の東京湾で、漂流中のクルーザーから他殺体が発見された。重要参考人として身柄を確保されたのは、安積の同期で親友の速水直樹警部補だった——。安積は速水の無罪を晴らすことができるのか!?　（解説・関口苑生）

捜査組曲 東京湾臨海署安積班

今野 敏

お台場の公共施設で放火の通報が入った。一大事にならずに済んだが、警備員から聞き込みをした須田は、何か考え込んでいて……。（「カデンツァ」より。）臨海署メンバーの物語を音楽用語になぞらえて描く、安積班シリーズ短編集。（解説・関口苑生）

潮流 東京湾臨海署安積班

今野 敏

東京湾臨海署管内で救急搬送の知らせが三件立て続けに入り、同じ毒物で全員が死亡した。テロの可能性も考えられるなか、犯人らしい人物から臨海署宛に犯行を重ねることを示唆するメールが届く……。（解説・関口苑生）

安達 瑶の本

〝悪徳〟弁護士・鵠沼千秋

大手法律事務所を一年で辞め、母に貰った屋敷に事務所を構えるお坊ちゃん弁護士・鵠沼千秋。権力者を守ることを嫌って退所したのだが、その評判が災いして仕事はゼロ！　働かないなら支援を打ち切ると脅された鵠沼が選んだのは、なんと悪党の弁護だった？　無茶な依頼者に、鵠沼は堅物助手・鳥飼美智子とコンビで立ち向かう！　お金のため？　正義のため？　気付けば逆転！　スカッと解決、読後爽快弁護士コメディ！